부녀 교사가
고생 제자에게
빠지는 이야기
루마 히토마 일러스트 네코야시키 푸시오

선생님께
무서운
학생 지도를
받게 되는 거죠?

토가와 린
고등학생 2학년.
밤에 돌아다니다가
들켜서 주의를
받은 이후로
선생님을 흠모하고 있다.

점심시간에
괜찮으면
잠깐 얘기를
하고 싶은데.

이치고하라 이츠키
린네 반의 담임 선생님.
학생에게 인기도 많은
미인 교사.
남편과 사이는 좋으나
섹스리스인 듯,
아이는 없음.

“토가와, 잠깐만.”
신발도 갈아신지 못한 채 둘이 교사를 뛰어나왔다.
이대로 지구 끝까지 달릴 기세였는데
운동장까지 나오자 갑자기 제동을 걸어 멈춰서길래
안심하여 호흡을 가다듬었다.

이렇게 전력으로 달려 보는 걸까.
나는 숨을 헐떡이는데
토가와는 춤추듯 빙글빙글 돌면서 나와 거리를 벌렸다.

“토가와……”
“이렇게 다정하게 굴면, 저, 선생님을 좋아하게 될 거예요.”

"음…… 근처에 약국 있니?"
"그보다요, 선생님. 그대로 있어 줘요. 손, 기분 좋아요."

"열이…… 꽤 높은 것 같던데, 체온은 쟀어?"
"최근에는 쓴 적이 없어서 어디 뒀는지 잊어버렸
"약은?"
"약도요."

"……왜 와 준 거예요?"
"너니까."
"그런 말 하면 나, 선생님을 좋아하게 될 거예요."
"……그보다, 몸은 좀 어때?"
"아침부터 머리가 아파서 잤어요.
자는 동안 열도 난 것 같고요."

CONTENTS

1장 『바다 내음이 닿지 않는다』 005
2장 『떨어지는 별을 올려다보며』 181
『그날, 그때, 그곳』 287

부녀 교사가
고생 제자에게
빠지는 이야기

루마 히토마

스트 네코야시키 푸시오

인생이 망했다고 느끼게 되는 순간은, 역시 사람을 죽였을 때 가장 와닿지 않을까 생각한다.

내 상상력으로는 거기에 다다른다.

그러면 나는 지금, 인생의 막다른 곳으로부터 어느 지점에 있는 걸까. 있기는 할까? 발끝으로 벽을 차고 있다는 실감은 확실히 나고, 압박감이 입술을 누르고 있다. 그런데 그 입술은 누르는 감촉이 부드럽고, 닿아 있을 때 살짝 빨아들이기만 해도 머릿속이 표백되어 간다.

입술 틈새로 속삭이듯 새어 나오는, 나를 부르는 소리에 소름이 돋는다.

나의 위치와, 지금 벌어지는 일이 불가항력으로 눈앞에 끌어내져 오한 같은 것이 퍼진다. 그리고 그 오한의 중심을 피부의 온기가 스쳐 지나가니, 한란의 차이에 살갗이 비명을 지르는 것도 당연했다. 하지만 그 비명마저도, 포개지는 소리 속으로 매몰된다.

더 여유가 없었다면, 이렇게 되지는 않았으리라.

운이 좋지 않았다면. 행복하지 않았다면. 충분하지 않았다면. 더 지쳤더라면. 하늘을 올려다볼 수 없을 만큼 맥도 못 추었다면. 일을 열심히 하지 않았다면. 시력이 더 낮았다면. 야맹증이었다면. 말을 걸지 않았더라면. 쫓아가지 않았더라면. 몰랐다면.

교복을 입지 않았더라면.

사람은 죽이지 않았다.

아직 아무도 상처받지 않았다.

알아 버린 외로움에 다가서려 해서.

그런데도 나는, 인생이 끝나려 한다.

품 안에 얻은 것은, 전부 나를 애태우고 번민하게 한다.

열 살 어리고, 여고생에, 제자에, 교복을 입고, 치마에다 속옷은 파란색, 키가 나보다 크고, 2학년에 미성년자, 나는 기혼에, 교사에, 휴일이고, 집이 있고, 남편이 있고, 불륜에, 여고생에, 열일곱에, 유부녀고, 여고생에, 바람에, 묘령에, 부정이고, 여고생에.

하나만 꺼내도 나를 파멸로 이끌 요소를, 용케 이만큼이나 모아서.

그런 상대와, 제자의 집에서, 그녀의 침대에서 입술을 겹치고 있는 나는.

풍경이 희미해질 만큼 여고생의 향기에, 굽으면 안 되는 쪽으로 뇌가 비틀리며.

지금도, 그때를 회상하며, 생각한다.

여유 따위 없었다면, 그때의 나는 발길을 돌리지 않았을 텐데.

1장 『바다 내음이 닿지 않는다』

직업 특성상, 교복 차림을 볼 기회가 많다. 그래서 유독, 눈에 띄었던 걸까. 생각보다 시간을 잡아먹은 사무 업무가 끝날 무렵에는 심야로 접어들어, 교사 밖에서는 바닷물을 약간 머금은 바람이 목덜미를 어루만졌다.

낮보다 밤에, 바닷바람이 더 잘 느껴지는 이유가 무엇일까.

그 답은 차치하고, 발길을 멈추어 바로 옆쪽 거리를 응시한다. 길 하나를 사이에 두고 건너편 역 앞의 소란함과 이곳의 고요함은 꽤 차이가 컸다. 그 어둠에 녹아들 듯이 빛에 빨려 들어가 사라진 모습을 반추해 본다.

밤에 빛나는 가게들의 조명을 등지고 또렷하게 보인 것은.

"눈, 맞아 버렸다."

성은 토가와. 이름은 아마도 린. 올해부터 내가 담임을 맡은 학급의 학생이다. 이 시간까지 집에 안 가고 돌아다니는 것도 문제지만, 교복을 입고 있었다. 누군가와 동행하며 걸으며 문득 무언가 느낀 양 이쪽으로 고개를 돌렸고, 나 또한, 눈에 빛이 들어와 우연히 본…… 것이었다. 교사로서 보고도 그냥 둘 수 없는 정보가 많은 만남이었다.

이른바, 밤거리로 나와 한창 노는 중인지도 모른다.

그냥 내버려 둬도 되는 걸까. 담임 교사와 학생 사이의 거리감이라고 해야 할까. 어느 선까지 지도하고 어느 선까지 자유롭게 두고 지켜봐야 할는지. 교사로서 해야 하는 당연한 판단은 생각보다 어렵다.

지나다니는 사람들의 통행을 방해하지 않기 위해 한편으로 치우쳐서 고민한다. 새카만 벽에 손이라도 놓여 있는 듯 어깨가 무겁다. 움직일 거면 서둘러야 하며 못 본 셈 치는 것도 늦지 않는 편이 낫다.

눈이 맞아 버렸단 말이지. 약간 후회와 흡사한 우연이 머리를 빙글빙글 돌고 있다.

교복을 안 입고 있었더라면 애초에 그 사람이 토가와임을 못 알아봤을 수도 있다. 학생들이 1학년에서 진급한 지 아직 얼마 안 돼서 피차 인상이 흐릿하다. 저쪽도 내가 담임 선생님임을 알아차렸을까. 알아차렸다면 어쩌려나, 도망칠지도 모른다.

노동을 끝내고, 오늘은 아직 수요일 밤. 딴 길로 샐 기력이 내게 남아 있는지 고개를 숙이고 자신에게 묻는다. 오늘 뒤따라가지 않더라도 내일 학교에서 넌지시 물을 기회가 있겠지.

이런 합리화 거리가 생각날 정도의 퇴근길.

밤의 어둠과 약간 뾰족한 전기 불빛에 눈을 한 번 감고.

"……가……자!"

망설였으나 모은 기세로 발을 내디딘다. 이대로 집에 가서 옷을 벗어 봤자 마음에 걸릴 게 뻔했기 때문이다. 마음에 걸릴 거라면 그냥 못 본 셈 치지 않는 게 낫다.

적어도 이때의 나는 그렇게 생각할 만큼 긍정적이고 여력이 있었다.

발길을 돌려 옆쪽 거리로 벗어난다.

밤을 뒤집어써서 아주 살짝 모르는 얼굴을 하고 있는 다른 길로.

쫓아가 봤다가 발견하지 못할 성싶으면 포기하고 집으로 가자는 생각을 하면서 옆길로 들어서니, 자판기 쪽에 조금 전의 그림자가 바로 보였다. 건물 모퉁이, 건물에 붙은 임대 모집 중이라는 종이와 함께 빛을 받은 토가와가 나를 보더니 바로 내 쪽으로 다가왔다. 나를 기다린 듯한 기색과 거동이었다. 그대로 곧장 걸어서, 내 앞에 섰다. 토가와가 앞에 서자, 적당한 위압감이 느껴진다.

키가 큰 편에 속한다는 것을 알고는 있었지만, 정면에서 마주 보니 눈높이가 미묘하게 안 맞는다. 마지막으로 키를 쟀을 때 160cm가 넘을락 말락 한 나보다 5cm는 크려나.

하지만 토가와는 세일러복을, 나는 정장을 입고 있다.

서로의 위치를 증명하는 것은 키가 아니다.

"이치고 선생님 맞네요. 눈이 마주쳤죠?"

키와 다르게 약간의 낙차가 느껴지는 아직은 앳된 목소리. 주눅 들지 않고 상냥한 말씨.

교실에서 대화할 기회는 좀처럼 없어도 가끔 보는 토가와는 항상 따뜻하게 웃고 있다. 작게 웃거나, 크게 웃거나. 웃는 얼굴 외에는 본 적이 없는 듯하다. 온화한 눈매는 뭐

랄까, 꼭 사람을 좋아하는 강아지 같은 분위기가 있다. 그리고 그 온화함과 맞춘 듯 머리끝도 부드럽게 구부러져 들어가 있다. 마치 밀크티 같은 색으로 염색한 머리 색과 아주 잘 어울렸다.

"이치고하라란다, 선생님 이름을 함부로 줄이지 말렴. 토가와 학생은 이 시간에 여기서 뭐 해? ……거기다 교복도 입고."

"에이, 저는 교복이 예뻐서 우리 학교에 온 거란 말이에요."

"책가방까지……. 집에 안 가니?"

그렇게 지적하자, 토가와가 가방을 등 뒤로 숨긴다. 손으로 가리키려 하니 이번에는 몸의 방향을 틀어 저항한다. 등 뒤로 돌아가려는 자와 막는 자. 무의미한 술래잡기를 시작했다. 기본적으로 토가와가 더 잽싸서 증거를 잡을 수가 없다.

여유롭게 피하는 게 약이 올라서 잠시 버텨 봤으나 결국은 포기했다.

항복을 표하며 뒤로 물러나 거리를 두자, 유유히 웃는다.

"헤헤. 선생님이 졌어요."

"승패는 아무래도 상관없다는 걸 깨달았거든. 토가와 학생, 여기서 뭐 해?"

"음~, 산책요."

"이 시간에?"

"밤이 좋으니까요."

대답이 경박한 듯한 기분이 드는 건, 내 편견일까.

"어떤 사람이랑 어디 가려는 것 같던데?"

"아까 그 사람요? 아~, 언니예요."

"언니……. 그렇단 말이지."

"거짓말 같으면 물어보지 그래요? 저기 있으니까."

그러면서 토가와가 지척을 눈짓으로 가리킨다.

언니라고 소개받은 인물은 여기서 약간 떨어진 곳에 있는 중식당의 진열장을 흥미롭게 들여다보고 있었다. 진열장의 빛에 눈부시게 비치는 것은 뿌리까지 금으로 만든 실처럼 아름다운 머리칼이었다. 언니라는 사람은 염색 머리가 아니라 천연 금발인 듯했다.

그 금색 머리칼은 청바지에 셔츠만 입은 수수한 차림인데도 십분 돋보여서 더 꾸미면 과할 정도로 존재감이 컸다. 요컨대 금발 미인이라는 뜻이다.

"언니~, 잠깐만."

토가와가 생글생글 웃으며 손짓하자, 언니라는 사람이 의아한 표정으로 잔달음질 쳐 우리가 있는 곳으로 온다.

우선 가까이서 본 첫인상은 토가와와 전혀 닮지 않았다.

"네? 네, 언니 맞는데요. 그쪽은 린의……."

"담임입니다. 밤중에 마주쳐서 일단은 주의를 주려고요……."

"아아, 선생님……. 오, 그래 보이시네."

"그래 보인다고요?"

행색을 말하는 걸까.

"어, 선생님요?"

언니라는 사람이 돌연 안색이 바뀌어 토가와를 힐끔 본다. 정확히는 시선이 토가와가 입고 있는 교복을 확인하는 눈짓이었다. 무엇 때문에 당황했는지 내게는 전해지지 않는다.

언니 쪽은 무언가 눈치챘는지 웃기만 할 뿐이었다.

"왜 그러시는지……."

"아뇨, 아닙니다. 린이 신세가 많습니다."

"언니분이시면 이 시간까지 돌아다니지 말라고 주의 좀 주세요."

"네? 아, 그러게요. 그러면 못써."

어색하고 가벼운 주의.

"알았어, 알았어."

수긍하는 토가와도 건성건성.

"먼저 갈게, 린."

"응. 오늘은 역시 됐어."

"그래. 다음에 보자."

혼자서 허둥지둥 도망치듯 자리를 뜨는 언니 쪽에 대고 나도 모르게 한숨이 새어 나왔다.

"언니와 안 닮았구나."

"아, 자주 들어요."

“머리 색, 토가와 학생은 금발이 아니네.”

“언니는 아빠를 닮았나?”

“······하아.”

이만하면 됐겠지. 능청 공방을 끝내기로 한다.

“사실은, 언니 아니지?”

“아하하하.”

숨길 마음도 없는 웃음소리.

“친구예요, 살짝 연상인 친구요. 눈치채셨으면 말씀을 하시지.”

“그러면 네 거짓말에 흔쾌히 말을 맞춰 준 사람이 민망해지잖니.”

그리고 괜히 언급했다가는 성가셔지리라는 우려도 있었다. 당장 중요한 문제는 내가 맡은 반의 학생이 밤에 교복을 입고 돌아다니는 것이지, 교우 관계는 내가 간섭해서는 안 된다고 생각한다.

“선생님은 재미있으면서도 성실한 것 같아요.”

“내 관찰보다는 선생님에게 태연하게 거짓말한 걸 반성하도록.”

꾸짖을 요량으로 어깨를 약하게 쥐자, 토가와는 또다시 환히 웃었다.

친구 대하는 듯한 표정에 나도 무심결에 해이해진다. 그렇구나. 교실에서 이 아이 주변에는 늘 사람이 있는 것 같다. 누군가와 즐겁게 이야기를 나누는 모습을 보고는 했다.

그 사근사근함에 '그렇구나' 납득한 것이다.

하지만 나는 선생님이기에 납득하고 넘어갈 수는 없다.

"어디를 가려고 한 거야?"

"곧장 집으로 가려고 했습니다."

허리를 척 곧추세우고 늠름하려고 의식하며 말한다.

"거짓말, 하지, 마."

한 번 더 어깨를 움켜쥐려 하니, 이번에는 법석을 떨며 도망쳐 다닌다. 내게는 술래잡기에 어울려 즐길 기운이 없는데도 도망을 치니 나도 모르게 쫓게 된다. 그리고 또 못 잡았다.

흐느적흐느적, 연약한 나비처럼 역 앞을 우왕좌왕한다.

토가와는 혼자서 춤이라도 추듯 빙글빙글 원을 그리고 있다.

"같이 밥 먹으러 가려 했을 뿐이에요."

"가더라도, 교복은 갈아입고 가."

교복 차림으로 밤에 돌아다니는 행위가 자아내는 불건전함은 대체 어디서 생겨난 것일까. 낮에 느껴지는 산뜻함과는 전혀 다른 축축함이 그 어깨와 스카프를 뒤덮고 있다.

"갈아입고 가고 싶은 마음이야 굴뚝 같지만, 지금은 배가 고픈걸요."

순서가 엉망인 말을 한다.

"배가 고프면 더더욱 서둘러 집으로 가려무나."

"집에 가 봤자 말이죠."

토가와가 난처한 듯 눈을 피하며 웃는다. 그 미묘한 반응이 그 아이가 안고 있는 사정을 넌지시 비추었다. 그 속을 어디까지 파고들어야 할지, 이 역시도, 교사란 역시 어렵다.

그 사정은 당사자도 꺼리고 싶은지 곧바로 말을 돌렸다.

나로서도 그 편이 낫다. 나을지도 모른다.

"선생님, 뭐 하나 여쭤봐도 돼요?"

손을 살짝 드는 동작이 귀엽다.

"그러렴."

"왜 집에 가야 하나요?"

"왜냐니."

근본적인 질문을 던져 나를 얼떨떨하게 만들려 한다는 것은 금방 알았다. 그러나 학생이 질문을 한 이상, 답해 주지 않을 수 없다. 그렇기에, 생각한다. 학생이 집에 들어가야만 하는 이유……. 부모님이 걱정한다. 이 답은 왠지 안 될 것 같다. 애들은 밤에 돌아다니면 안 된다. 나보다 키가 큰 애지만. 익숙해 보이는 분위기를 미루어 봤을 때, 밤거리를 쏘다니는 것이 드문 일은 아닐 듯하다. 오히려 내가 더 위험하려나? 교복을 입고 있지 않았다면 그냥 그러려니 눈감아 줄 만도 하지만, 역시 밤에 교복 차림으로 다니는 것을 두고만 볼 수 없는 위태로움이 있다. 그런데 조리 있게 말이 안 나온다.

그러니까 어쨌든.

집은, 돌아가야 할 곳이니까.

“밤에 돌아다니면 위험하니까.”

생각이 정리가 되지를 않아서 무난한 답이 나갔다.

“이 근방은 치안이 괜찮아요. 순경 아저씨는 할 일이 없어서 따분해 보이던걸요.”

“그래도 어두우면 위험해.”

토가와가 한 말은 사실이다. 이 관광지에서 큰 사건이 일어날 리 만무하다. 살인은커녕 절도가 있었다는 얘기조차 들은 적이 없다. 다른 역 앞과는 달리 선술집이든 딴 가게든 호객 행위도 하지 않아 건전했다. 하지만 그 사실을 교사로서 인정해서는 아니 된다.

“음~, 이유치고는 좀 약한데요.”

저를 납득시키지 않으면 집에 가지 않겠다는 듯한 분위기였다. 질의응답을 할 게 아니라 목덜미를 잡아채어 집까지 데려가고 싶지만, 체격 차이가 나서 어려울 듯싶다. 토가와는 여간내기가 아니다.

“음…….”

이렇게 학교 밖에서 학생을 지도하는 것에 경험이 부족하다는 게 드러난다.

학생…… 학생………… 학생이라면.

“애초에.”

밤이라서 안 된다느니 다 집어치우고 시간에만 주목하자.

“너는 학생 신분이니까.”

“네, 네.”

"집에 가서, 공부하렴."

고등학생의 본분을 다하라고 지도 편달을 한다.

"아, 하하하."

그를 들은 토가와가 폭소한다.

"그건 선생님 말씀이 옳네요."

기분 좋은 웃음소리로 웃는 아이였다.

"그러면 오늘은 그냥 집에 가서 공부나 할까."

"정말?"

"선생님이 믿어 주면 거짓말 안 해요."

시험하듯 그렇게 말한다. 거짓말은 조금 전까지만 해도 꽤 하지 않았나 하고 의심하면서도.

"믿어."

"네."

멀리서 나와 눈이 마주쳤음에도 도망치지 않은 이 아이를 믿기로 했다.

토가와가 오른 다리를 느리게, 크게 내디디는 움직임에 몸의 방향도 덩달아 이끌리듯 튼다. 그리고 밤과 빛의 사이에서 조용히 웃는다.

"바다 내음이 나네요."

"……그러게."

토가와가 느낀 바람의 흐름을 공유하고 밤을 올려다본다.

바다와 별의 틈새를 달리며 부는 바람에 콧속이 약간 간지럽다.

"선생님도 얼른 댁으로 가세요."

"제자를 못 봤다면 곧장 집에 갔을 거야."

"저는 선생님과 얘기해서 즐거웠어요."

생긋, 평소 주변 남학생들을 오해하게 할 법한 미소와 말씨를 선보인다. 내가 집까지 데려다주는 게 나은지 고민하는 사이에 토가와는 책가방을 흔들면서 멀어져 버렸다. 이 시간까지 집에도 안 들어가고 밖에서 뭘 하고 있었을까.

친구들과 놀고 있었다면 모를까 토가와는 지금 혼자였다.

"선생님."

독특한 발음으로 부르는 소리에 고개를 들었다. 토가와가 꽃다발을 안은 것처럼 활짝 웃고 있다.

"안녕히 가세요."

"아, 그래……. 너도 잘 가. 곧장, 조심해서 가야 해."

토가와가 기쁜 것을 꼭 집듯이 눈을 가늘게 접어 웃는다. 똑바로 보기에는 배경으로 깔린 빛보다도 눈이 부셔서 시선을 돌릴 뻔했다. 무구함과 앳되면서도 귀여운 천연의 비율로 가득 찬 미소.

그 미소를 남기고 토가와는 마침내 귀갓길에 올랐다. ……아마도.

집이 어딘지는 모르기에 배웅하면서도 확증은 없었다.

딴 길로 새지는 않을까 하며 배웅하며 본 토가와의 뒷모습.

교복 치마가 발의 움직임에 맞춰 잔파도를 그린다.

"………………."

고개를 천천히 저어 토가와에게서 눈을 뗀다.

코끝으로 밤을 어루만지니 바다 내음이 또 살짝 들어온다.

"……………………."

마음속으로 들이친 사소한 파도가 부서지는 것을 지켜보고 나서.

밤을 헤매는 제자를 한 명, 집으로 인도하였다.

그러니, 분명, 옳은 일을 한 것이리라 생각하며 벗어난 길에서 발걸음을 돌렸다.

고등학생 때, 어울리던 친구들과 아이돌 악수회에 간 적이 있었다. 일단 아이돌이지만, 추측건대 그렇게까지 주목을 받는 존재는 아니었고 지방에서나 약간 알려진 정도의 규모로 활동하는 그룹이었으리라. 이름을 들어 본 적도 없었지만, 전철을 타고 현지의 작은 회장에 도착하니 그럭저럭한 인원이 줄을 서 있었다.

악수회를 시작하기 전에는 아이돌들이 춤과 노래를 뽐냈는데 회장의 열기 속에 나만이 꿔다 놓은 보릿자루였다. 친구는 분위기에 익숙해졌는지 회장에 녹아들어, 데려온 나는 까맣게 잊은 듯이 흥이 올랐다. 별수 없이 멍하니 단상을 올려다보고 있다가 과하게 밝은 조명 속에서 더 눈부신 것을 보았다.

아이돌들의 연습량이 느껴지는 정확한 안무와 스텝, 그리고 짧디짧은 치마와 치마 길이를 고려하지 않은 듯한 대담한 다리 놀림에 당황했다. 감추려는 기색조차 없었다. 보면 안 될 것을 보고 만 것 같아, 눈 둘 곳을 찾느라 애를 먹으면서도 어째선지 눈길을 돌릴 수 없었고 외로움에 탄식하는 심장이 고립된 통증을 호소하고 있었다. 갈증과 정체를 알 수 없는 갈망이 합하여 몸을 좀먹는 그것은, 이전에 경험한 적도, 이후에 경험할 일도 없는 것이었다. 아예 잊고 있던 그 불가해한 것이 오늘 밤, 문득 오랜만에 얼굴을 슬쩍 보인다.

무대를 선보인 뒤에는 악수회를 시작했다. 나는 참가하지 않았지만 멀리서 악수를 나누는 모습을 바라보았다. 그중 한 사람, 딱 봐도 뭔가 다르다 싶은 사람이 있었다. 귀엽다든가 미인이라든가 하는 그런 부분과는 또 다른 무언가를 지닌 듯이 느껴졌다. 우연히 내가 있는 쪽을 향한 웃는 얼굴이 가슴 밑바닥을 건져 올리는 것 같은 신기한 고양감을 주었다.

헤어질 무렵 토가와가 보인 미소가 왜인지 그 웃는 얼굴을 떠올리게 했다.

"......................."

욕조에 몸을 담그는 시간이 꽤 길어지고 말았다. 관에 눕기라도 하는 기분으로 잠겨 있던 팔다리를 일으켜 욕조에서 나왔다. 물을 빼면서 그대로 욕조 청소에 착수한다.

맨 나중에 씻은 사람이 청소하는 규칙이었다. 현재 이 욕조를 쓰는 사람은 두 명. 언젠가 셋이, 혹은 넷도 될 수도 있다.

"……………………모르는 거지."

욕조 안쪽을 쓱싹쓱싹 닦는다. 피곤할 때는 머리와 행동을 분리해 두 쪽 다 자동으로 진행하는 경우가 많았다. 이어 붙여 연동하면 양쪽의 부담이 커지기에 그를 피하려는 작용일지도 모른다.

욕조를 닦으며 내일 아침으로 뭘 차릴지 생각하면서 청소를 계속했다.

청소를 끝내고 허리를 펴 세면대에 둔 목욕 수건을 들었다. 살짝 풍기는 유연제의 단 향기를 맡으며 수증기에 젖은 몸을 닦아 내었다. 욕조를 닦을 때보다는 물기를 대충 훔치고 나서 잠옷에 손발을 넣고 거실로 향했다.

"수고했어~."

바닥에 앉아 등을 둥글게 말고 손톱을 깎는 남편이 소리 높여 인사한다. 밤늦게 손발톱을 깎으면 안 된다는 미신이 있었다는 걸 떠올리며 소파에 앉아서 젖은 머리를 말리기 시작했다.

"선풍기 바람 쐐."

"고마워."

남편이 손톱깎이를 내려놓고 선풍기를 내 쪽으로 돌려주었다. 5월에는 목욕하고 나오면 태양 너머에서 기다리는 여름의 모습을 조금씩 느낄 수 있다. 밤거리를 걸어도 바람이 고역스럽게 느껴지지 않았다는 것을 지금에서야 생각이 났다.

머리를 앞으로 늘어뜨려 말리니 몸이 숙여졌다. 소파에 깊숙이 걸터앉으니까 그대로 의식까지 누울 것 같았다.

"으음, 너무 졸리다……."

"머리 말리고 자."

"그래야지."

결혼한 지 4년 하고도 좀 더. 신혼에서는 멀어지고 원숙하다기에는 아직 멀었다. 이제까지 큰 문제 없이 포장된 길을 잘 걸어가는 중이라는 자각은 있었다. 남편이 있어 느끼는 당연함은 매우 친숙하다.

등에 업은 듯한 피로와 체온이 바뀌어 가는 중에도 그러한 일상에 안도의 한숨을 후 쉰다.

아이는 아직 없다. 그리고 내 아이를 품에 안은 나의 모습이 아직은 상상이 안 된다.

"오늘은 꽤 늦게 들어왔네. 그렇게 바쁜 시기야? 교사가 바쁜 시기가…… 언제지?"

"이 시각까지 밖에서 돌아다니는 여학생이 있길래 지도 좀 하고 왔어."

"선생님들은 참 성실하구나."

오늘 두 번째로 성실하다는 평가를 받고 말았다. 예전부터 나는 성실하다는 말을 많이 들었다. 당연한 일을 뒷전으로 두지 않고 하는 것뿐이라고 했더니 성실하다는 게 그런 것이리라고 들은 적이 있다. 그러면 다른 사람들은 나와 다르게 무얼 하는 걸까.

나는 그런 것을 발견하는 걸 잘하지 못한다.

"밤에 놀러 다니는 거야?"

"음, 글쎄……."

같이 있던 사람은 여자였고. 둘이 함께하는, 나는 상상도 못 할 세계가 있는 것일까. 어디로 가려 했는지는 못 들었다. 오늘은 순순히 집으로 갔으리라 믿는다 치지만, 앞으로도 토가와가 밤거리에 나와 논다면 내가 좀 더 간섭해야 하는 걸까.

"그리고 교사가 바쁜 시기는 사람마다 다르지만, 나는 학기 말에 가장 바빠."

"그럼 그냥 내내 바쁜 거네, 아하하."

"뭐가 웃겨?"

그렇게 말하면서 나도 수건 속에서 살짝 웃었다.

"아, 생각났다……."

앞머리를 쥐어 물기를 닦다가 그 자칭 언니를 전에 본 기억이 났다. 휴일에 인력거를 끌던 사람이다. 금발 여성이 인력거꾼으로 일해서 가끔 화제에 오른 적이 있다. 둘이 자매라는 건 말도 안 되고 어떻게 아는 사이일까.

토가와가 밤에 외출하는 것도 여태 몰랐고 당연하지만 내가 아는 거라고는 교단에서 내려다보는 일면뿐이다.

학생의 정보는 평면적이다. 하지만 교사 일을 해나가는 데는 그거로도 충분하리라.

손톱을 다 깎은 남편이 옆에 앉아서 TV 전원을 켠다. 그러고는 손톱이 잘 깎였는지 확인하려 얼굴을 바짝 대고 손가락을 만지작거리는 모습을 보고 있으니 나도 모르게 웃음이 새어 나온다.

"왜?"

"고양이 같아서."

"나, 개 짖는 소리 흉내 잘 내."

그런 얘기가 아니잖아.

"한번 해 봐."

그렇지만 들어 보고 싶어졌다. 시작하기 전부터 약간 의기양양하던 남편이 자부한 개 울음 흉내를 뽐낸다.

"……………………………."

콧김이 매우 거친 개였다.

"영역 다툼이라도 하는 거야?"

"최근에 하지를 않아서 퀄리티가 떨어졌네."

남편이 '흠' 하며 턱을 괴고 반성한다.

"내일부터 열심히 해야지."

"직장에서는 하지 마."

"당신은 그거 해 줘."

남편이 아이처럼 조른다.

"아이참."

처음에는 난색을 보였으나 결국 목을 가다듬고 요청에 응했다.

삐끗하면 황소개구리 울음이 될 소리가 내 목에서 흘러나온다.

내가 가장 흉내를 잘 내는 건 마ㅇ크래프트의 좀비였다.

와하하하, 남편이 만면에 웃음을 지으며 평가한다.

"똑같아, 자부심을 가져."

"다른 사람한테 자랑할 기회는 없겠지만 말이지."

동료 교사와 어떻게 해야 성대모사 이야기가 나올 일이 있을까.

그 후, 남편과 잠깐 TV를 보다가 기운 머리에 목이 비명을 지를 때 한계임을 깨달았다.

"잘래."

TV 내용은 도중부터 반도 머리에 들어오지 않았다.

"문단속은 내가 확인할게."

"응, 잘 자."

선풍기를 끄고 목욕 수건을 정리한 뒤에 방으로 들어왔다. 내 방은 거실과 붙어 있다.

남편과 침실은 공유하지 않는다. 같이 쓰지 않는다고 딱히 불편한 점은 없다. 내 방은 화장대와 침대를 두고 안쪽에 작은 벽장이 있는 아담한 방이다. 위치상 침대에서 자다가 몸을 뒤척이면 화장대 거울에 내 얼굴이 반쯤 비쳐서 가끔 흠칫한다. 어둠 속에서 나를 보는 사람이 있다는 것은 생각보다 무서웠다.

그런 화장대 앞에 앉아서 얼굴에 보습 크림을 바른다. 전에 남편이 매일같이 화장하랴, 관리하랴 번거롭지 않냐고 물은 적이 있다. 참고로 자기는 면도하는 게 귀찮다며 묻지도 않은 걸 알려 주었다. 그래서 내가, 이미 익숙하기도 하고 나 자신이 아름답고 싶어 한다고 하니까 남편은 그러냐면서 납득했다.

당연한 일이지만, 남편과 모든 면에서 가치관이나 판단이 맞지는 않다.

그래도 졸릴 때는 확실히 조금 귀찮기는 했다.

매일 아침 보는 남편의 면도 자국을 떠올리며 자기 전에 하는 관리를 하나씩 마치고 이불 속으로 들어갔다.

침대로 들어가 팔다리를 약간 벌려 가라앉히자, 피로를 묶고 있던 실이 풀려 전신이 흐트러진다. 피곤함과 나 자체의 무게를 매트리스가 전부 받아 주니 무엇이라 말할 수 없는 쾌감이 느껴졌다. 아직 잠에 들지도 않았는데 새근새근 소리가 들리는 듯했다.

눈을 감으니 잡다한 풍경이 뒤얽힌다. 사고 또한 모래 폭풍에 휩쓸리듯 띄엄띄엄 한다. 수업하는 광경이 떠오른다 싶더니 소설의 다음 이야기가 갑자기 궁금하다. 잘 모르는 귀여운 캐릭터가 폴짝폴짝 뛰는 모습을 떠올린 다음에는 수면이 흔들리는 경치를 누군가 모르는 사람의 시점에서 바라보고 있었다.

봉합이 터져 내가 쏟아져 내리는 듯한 꿈과 현실의 경계.

그러고는 더더욱 맥락도 없이.

토가와가 벽 쪽에 서 있던 모습이 떠오르고.

토가와와 술래잡기하는 게 보이고.

헤어질 때쯤의 토가와의 다리 움직임이 유리 파편처럼.

한 번, 눈을 떴다. 천장을 바라보며 머리가 리셋 될 때까지, 가만히 기다렸다.

왜 토가와가 연속해서 떠오르는 거람.

안경이라도 벗는 것처럼 눈가에 닿을 듯 말 듯 하다. 기껏 보습 크림도 발랐는데.

하루의 끝에 여느 때와 다른 일이 생기는 바람에 조금 인상적이었는지도 모른다.

반석 같았던 졸음을 흔들 수 있을 정도로.

"……그렇게나?"

말하고 보니, 어째선지 초조함이 깃든다.

찬바람이 필요하다.

살이 떨려 이불 생각밖에 못 할 만큼.

눈을 옆으로 굴리자, 나와 눈이 마주친다. 지금 무슨 생각을 하는지 헤아리기 힘들다. 하지만 사람의 시선이라는 것을 신경 쓰니 점점 진정되었다. 정확하게는, 진정된 척할 수 있었다.

달아나 버릴 듯한 졸음의 꼬리를 부여잡아 다시 머리에 뒤집어쓴다.

눈을 감는다.

자자. 자서 리셋 하자.

내일 할 일도 생각해 보려 했으나 의식에 뚜껑이 닫혀 버렸다.

토가와 린. 내가 담당하는 2학년 A반 학생. 나보다 키가 큰 제자. 수업 태도도 문제없고 교탁에서 바라본 성격은 온화하며 학생 간의 말다툼에서 이름이 거론된 적이 없다. 지금도 남학생, 여학생이 섞인 무리에서 시끌시끌 즐겁게 수다 떠는 중이다. 어젯밤에 나를 대하던 태도와 같아 보인다. ……선생님을 동급생에게 하듯 똑같이 대하는데 그냥 둬도 되는 걸까?

이것들이 어제 방과 후까지 내가 알고 있던 것.

지금은 한 가지 더, 정보가 추가되었다. 그 한 가지가 곤란한 점이기도 했다.

어젯밤 일은 없었던 일로 치고 관계하지 않는 교사인 양 지내는 것은 어떻게 보면 건전했다. 담백하게 건전. 평탄한 평등. 학생을 가르치는 것의 대극. 제자가 아니라 나 자신이 교사라는 역할에서 무엇을 추구하는가. 그런 문제였다.

숭고한 직업의식을 가지고 교직에 뜻을 둔 편이 아니기에 답이 바로 나오지 않는다. 시험 문제를 만들고 채점하는 것만이 교사가 아님을 알지만, '어렵네'라는 생각을 하며 토가와를 힐끗 본다. 눈이 마주치면 뻘쭘하니 금세 시선을 돌렸다.

"……………………………."

햇볕이 드는 곳에서도 밤거리에서도 교복을 입은 토가와.

지금 입고 있는 동복 교복보다 하복인 세일러복이 더 어울릴 거라는 그런 생각을 했다.

조례를 끝내고 교실에서 나왔다. 한숨도, 고민도 그대로 품은 채 업무를 시작한다.

"선생님."

복도로 나오자마자 부르는 소리에 내심 약간 놀라면서 뒤돌아봤다. 토가와가 교실 입구에서 내 쪽을 보며 웃고 있다. 짓궂음을 머금은 토가와의 웃는 얼굴이 눈 위를 어루만지듯 뛰어오른다.

"무슨 일이니?"

"쳐다보시길래 하실 말씀이라도 있나 해서요."

눈이 마주치지는 않았는데 쳐다보는 시선을 느낀 걸까. 상반신만 복도로 내밀었던 토가와가 내가 있는 곳으로 통통 튀듯 온다. 경쾌한 발걸음으로 내 앞에 선 토가와의 키 차이와 천진난만한 미소에 교사로서의 침착함이 살짝 흔들린다.

"어제는 곧장 집에 갔어?"

"네. 집에 가서 청소하고 씻고 잤어요."

초등학생처럼 한 일을 보고한다.

“기특하네.”

“고맙습니다.”

한 일에 공부가 없다는 것을 알아차렸으나 이미 칭찬하고 난 뒤이므로 마음에 두지 않기로 했다.

“오늘도 바로 집으로 가야 해.”

“네, 네.”

발걸음처럼 가벼운 대답이었다. 필시 지키지 않으리라는 것을 안다.

그를 알면서도 이쯤에서 내 갈 길을 가는 것이 아마도 일반적인 교사일 터. 그리고 나는 자타가 인정하는 흔하디흔한 평범한 사람이기에 당연히 어떻게 하면 될지 간단하다.

“……………………………….”

토가와 린은 나보다 키가 크다.

계속 올려다보면 현기증이 날 것 같았다.

“점심시간에 괜찮으면 잠깐 얘기를 하고 싶은데. 다른 사람과 선약이 있으면 됐고.”

“얘기…….”

토가와가 반추하듯 중얼거리고는 고개를 끄덕인다.

“좋아요. 선생님……이니까, 교무실로 갈까요?”

“아니. 점심시간에 내가 교실로 데리러 올게.”

“와, 데이트 신청이다.”

아니야.

“선생님이 먼저 같이 점심 먹자고 할 줄은 몰랐어요.”

　명랑하게 웃으며 교실로 돌아가는 토가와. 그 웃음으로 나를 이끌어 시선을 얼어붙게 만든다.

　"얘기하고 싶다고 한 건데……."

　같이 점심을 먹게 되고 말았다. 뭐, 가끔은 괜찮겠다 싶어서 나도 교무실로 향했다. 결국 본체만체할 수는 없었다. 왜냐하면 토가와는 나보다 키가 크니까.

　지나칠 수 없었다.

　학교에서 누군가와 점심 약속을 잡은 건, 오랜만이다.

　교환권처럼 교재를 책상에 올려 두고 도시락을 들었다. 바로 교무실을 나서 교실로 갔다. 도시락을 들고 교내를 걷자니 고등학생 시절이 떠오른다.

　고등학교 2학년 때, 친했던 친구 대다수와 반이 갈려서 보러 가거나 와 주거나 했다. 내 입으로 말하기에는 좀 그런데 친구는 비교적 많은 편이었다. 하지만 지금까지 연락을 주고받는 친구는 없다. 고향에 남은 친구도 있을 터인데 신기하게도 평소에 동네에서 마주친 적이 없다. 서로 군중 속에서 상대방을 찾아내려는 의사가 희박한 탓일지도 모른다. 그 사람을 발견하고 싶다, 그 사람을 만나고 싶다. 그런 마음을 강하게 먹는다면 거리가 있어도 어쩌다 눈이 마주쳤을 때 알아볼 확률이 올라간다.

　만남과 헤어짐이 우연하다고 할지라도 사람의 의사는 무의미하지 않을지도 모른다.

　그런 생각을 하면서 교실을 들여다본다. 이미 점심 도시락을 펼쳐 둔 학생들의 이야기 소리로 교실 내의 공기가 빵빵하게 부풀어 있었다. 다양한 음식 냄새가 섞여서 오감이 풍성해진다.

내가 노리는 학생은 자기 자리에서 친구들에게 둘러싸여 웃고 있었다. 옆에 앉은 여학생과 비교해 머리 높이가 달라서 존재감이 강하다. 토가와의 자리는 교실 중앙에서 약간 뒤쪽으로 교실 문에서는 그리 멀지 않았다.

"토가와……."

교실 문 쪽에서 작게 손짓했다. 토가와는 담소를 나누다가 금세 나를 알아차려 주었다. 나누던 대화를 멈추고 일어서서는 주변을 향해 웃는다.

"불려 가게 돼 버렸네."

"드디어 들킨 거야?"

토가와가 친구들에게 농담을 남기고 교실 밖으로 나온다. 내게로 경쾌하게 다가오는 모습이 흡사 대형견이 좋아라 따르는 몸짓이었다. 그리고 빈손.

"왜 그렇게 조용히 불렀어요?"

"즐겁게 떠들고 있는 학생들 틈에 끼어들기가 어려워서."

내가 학생이었을 적을 생각하면 친구들과 한창 수다를 떠는데 선생님이 끼어들면 방해만 될 뿐이었다. 교실의 청춘들에게 선생님은 필요 없었다. 적어도 내게는.

"점심은 가면서 살 거야?"

"제 점심은 이거예요."

토가와가 손바닥을 뒤집어 보여 준다. 작은 갈색 과자가 숨겨져 있었다.

"사과 맛 도라야키. 맛있으니 나중에 먹어 보세요. 추천해요."

"……이것만 먹어?"

"두 개 있어요."

왼손에도 가지고 있다고 자랑스레 내보인다. 그만큼의 의미가 조금 헛되다.

"배가 안 고파?"

"고파지면 또 아무거나 대충 먹어요."

식생활에 무관심하다는 것을 알 수 있는 대답이다. '그런데 키는 나보다 크단 말이지' 하고 생각하며 머리 꼭대기를 올려다본다.

마주 봤을 때도 그랬지만, 옆에 섰을 때도 키 차이를 의식하게 된다. 하지만 옆얼굴에는 아직 10대의 빛나는 천진난만함이 있다. 그 살짝 불균형한 부분이 매력을 높이는 듯한 느낌이 들었다.

학생의 옆얼굴을 물끄러미 올려다보면서 매력을 느껴서 뭐 할 거람, 나도 참.

"그나저나 들켰다는 건, 너에 대해 다들 알아?"

"네? 제가 무슨 짓을 했나요?"

자기 일인데도 지금 처음 알았다는 듯한 반응이었다.

"밤에 동네를 배회하는 거 말이야."

"아……. 말하지는 않았지만, 숨기지도 않았으니 다들 알고 있을지도요?"

담임 선생님을 앞에 두고도 발뺌이나 변명이 일절 없이 태연했다.

"기가 막히는구나."

"선생님, 좀 더 야단쳐야 하지 않을까요?"

'말은 잘한다'라고 말하듯 어이없어 올려다봐도 생글생글 웃고 있으니까, 의욕이 사그라든다.

사람을 혼내기 어렵게 단 과자를 볼이 미어지도록 입에 넣으며 웃는 토가와의 얼굴에는 달콤함이 배어 있는지도 모른다. 그리고 호칭. 특유의 발음으로 '선생님'이라고 부르는 그 목소리가, 간질간질하다.

"그래서, 어디서 데이트하는 거예요?"

"데이트 아니거든."

이 또한 학생 지도의 일환이다, 아마도.

토가와를 데리고 계단을 올라 3층 복도 안쪽으로 향한다.

"교과 준비실?"

'이런 곳도 있었구나'라면서 토가와가 표찰을 올려다본다.

학생한테는 전혀 연이 없을 장소임이 틀림없다. 거기다 토가와에게는 상급반이 있는 층이다.

"수업 자료를 보관하는 곳인데 지금은 별로 이용을 안 해."

그래서 내게는 잘된 일이다. 방과 후에 작업할 때는 대개 이곳을 이용했다. 나 말고는 아무도 오지 않는다는 걸 알아서 조금씩 가져다 둔 것도 있다. 커피 머신, 찻주전자, 온수기도 나의 개인 물건이다. 소형 냉장고와 낡은 날개로 돌아가는 선풍기는 원래 있던 것인데 아직 현역으로 일하고자 하는 기개를 느낀다.

준비실에는 책상 두 개가 나란히 붙어 있다. 작업할 때 쓰는 오른쪽 책상은 정돈돼 있지만, 왼쪽 책상은 프린트들과 자료로 난잡하다. 왼쪽 책상 뒤쪽으로 있는 로커와 선반에는 지금은 쓰지 않는 오래된 교재가 들었다. 준비실 구석에는 간이 칸막이가 있고 그 너머에는 자그마한 화이트보드와 회의나 협의할 때 썼을 책상과 의자가 마련되어 있다. 화이트보드를 메우듯 붙어 있는 메모가 예전에는 사용했다는 흔적으로 남아 있다.

안쪽 창문은 내가 가끔 닦아 둬서 눈에 띄는 얼룩 없이 하늘을 비춘다.

평소 쓰지 않는 의자를 토가와가 앉을 자리에 놓고 앉으라고 재촉했다. 토가와는 신기한지 교실을 둘러보면서 다리를 뻗어 의자에 앉았다. '……다리가, 가늘구나' 하는 생각을 했다.

뚫어지게 보지 않으려 시선을 거두어 내 의자에 앉았다.

"아, 선생님은 도시락을 싸 오셨군요."

"반찬을 미리 만들어 뒤서 손이 덜 가거든. 그리고……, 아, 차."

차를 타러 바로 일어섰다.

“서비스가 좋은데요.”

“내가 불러냈으니까.”

그렇게 말하다 컵이 두 개가 있었나 하는 의문이 든다. 물론 갖춰 두지 않았다. 잠시 생각한 뒤, 토가와가 마실 차만 타기로 했다.

“토가와는 따뜻한 거, 차가운 거 중에 어느 쪽이 좋아?”

“차가운 거로 부탁드려요~.”

“알겠어.”

몸을 수그려 냉장고를 연다. 앞으로 더워질 테니 차를 추가로 냉장고에 좀 더 넣어 놔도 괜찮을 것 같다. 페트병 보리차를 내가 쓰던 컵에 따른다.

“선생님과 둘이 점심을 먹다니. 남자애들이 알면 부러워하겠네요.”

“그래?”

“선생님 꽤 인기 많아요.”

싱글싱글 웃으며 말한다. 뭐라고 할까, 전혀 몰랐다고 할 만큼 귀여운 척할 생각은 없지만 직접 들으니 어떻게 반응해야 할지 난감하다. 토가와는 전혀 난감해하는 기색 없이 계속 말을 잇는다.

“다른 선생님들과 비교해서 선생님은 젊고, 또 미인이고요.”

“비교하지 마. 칭찬을 곧이곧대로 받아들이기 어려우니까.”

대놓고 기뻐할 처지가 아니었다. 그래도 다들 동료니까. 친한 사이냐고 한다면 모호하고 표면적인 우호 관계라고는 해도, 그렇기에 더 겸손해야 하겠지.

"뭐, 굳이 비교하지 않아도 미인이에요."

"고마워."

찻값 대신에 칭찬을 받았다. 컵을 건네받은 토가와가 내 손가락에 주목한다.

"어, 지금 알았어요. 선생님, 결혼하셨네요."

"아, 응."

"헤에."

왼손 약지를 보고 알았나 보다. 손을 올려 보여 주니 토가와가 웃음을 짓는다.

"아이는 몇 명이에요?"

내가 그렇게 애를 많이 낳았을 나이로 보이는 걸까.

"음, 아직 없어."

"흐응."

그냥 한번 물어봤다는 듯한 반응이었다.

"음⋯⋯."

그러고는 토가와가 왜인지 고개를 기울였다. 그 반응에 나도 덩달아 고개를 작게 갸웃했다.

신기한 눈으로 보면서도 입은 열지 않는다.

가시방석에 앉은 기분으로 도시락 꾸러미를 풀었다. 뚜껑을 열자, 토가와가 앞으로 몸을 숙여 들여다본다. 그러다 내용물을 확인하더니 가만히 쓱 물러났다.

"채소가 많아요."

"채소 싫어해?"

"남들이 싫어하는 만큼은요."

사람들이 채소를 싫어하는구나……. 몰랐네.

"잘 먹겠습니다."

토가와와 함께 합장한다. ……손가락도 길구나. 아무 생각 없이 바라보고 만다. 본인처럼 쭉 뻗은 손가락은 몽환적일 만큼 새하얗다. 저 손가락에 닿으면 윤곽이 녹을 것 같다. 손톱도 깔끔하게 다듬어 색을 발랐다. 교사로서 매니큐어를 바른 것은 주의를 주어야 하지만, 엷은 색이라서 모른 척하기로 했다.

그 섬세한 손가락이 봉지를 뜯어 도라야키를 집는다. 한 입 크기로 뜯어 입으로 가져가 작은 입을 잘게 움직인다. 맛있다고 한 것치고는 볼이 미어지게 먹으면서도 필요 이상의 미소는 짓지 않았다.

복도 안쪽까지는 교실의 훤소도 멀다. 바깥에서 들려오는 소리도 약해서 공기가 고요하다. 토가와도 식사 중에는 말하지 않는 편인지 정면에 앉은 나를 보면서도 말이 없어서 약간 뻘쭘하다. 그리고 점심은 정말로 도라야키 두 개로 끝인지 일찍이 다 먹어 무료해하고 있다.

학생을 앉혀 놓고 그 앞에서 나만 젓가락질을 하고 있으니 밥이 안 넘어간다. 컵으로 손을 뻗다가 오늘은 토가와가 쓰고 있음을 떠올리고 다시 거둔다.

"선생님이 마실 차는요?"

"컵이 두 개가 안돼."

"병째 마시면 되지 않아요?"

"…………아."

그 말을 듣고 깨달았다. 그러면 되네. 딱히 컵이 없어도 마실 수 있구나.

"토가와, 슬기로운걸."

"아하하, 선생님은 의외로……."

"멍청하다고?"

"아뇨, 멍하시네요."

왠지 단어 선택을 바꾼 듯한 느낌이 들었다. 마시던 차를 들고 와서 페트병을 기울여 문명의 진보를 맛본다. 집이었다면 당연히 컵이 있었을 텐데 학교에서는 다른 이와 식사를 함께할 기회가 없어서 그 당연한 발상이 아주 깔끔하게 떨어져 나갔었다. 본인은 특별할 일도 없는 일상이라고 생각해도 사고는 한쪽으로 쏠리는지도 모른다.

"점심도 먹었으니 이만 가 볼게요."

"어디를 내빼려고."

농담이라며 일어서다 만 토가와가 웃으며 다시 앉는다.

"선생님께 무서운 학생 지도를 받게 되는 거죠?"

"하나도 안 무서워하는 것 같지만 말이야."

어젯밤에도 그렇고 토가와가 나를 우습게 보는 듯한 기

분이 든다. 내가 어렸을 적에는 선생님을 존재만으로도 위압이나 벽처럼 느꼈는데 위엄이 부족한가 보다. 없긴 하다. 나도 그렇게 생각한다. 나는, 화도 안 내니까.

화내는 법을 금방 떠올리지 못할 만큼 요즘 나는 감정기복과 연이 없었다. 좋게 말하면 차분한 것이고 나쁘게 말하면…… 여러 단어가 생각나지만, 무관심하다는 게 적절할 것 같다.

그러나 그 무관심의 예외처럼 나는 토가와를 보고도 못 본 척할 수가 없었다.

그래서 지금, 이렇게 마주 앉아 있다.

"그러면 진지하게 물어볼 테니, 성실하게 대답해 줘. 알았지?"

도시락을 덮을까 잠깐 망설였으나 점심시간이 그리 길지도 않기에 예의에 어긋나도 밥을 먹으면서 묻기로 했다. 토가와도 신경 쓰지 않는지 실실 웃고 있다.

"진지한 얘기에 성실하게라……. 선생님의 안 성실한 얘기가 더 재미있을 것 같은데."

토가와의 말에 '안 성실한 얘기'를 2초 정도 생각해 봤으나 떠오르지 않았다.

"밤에 돌아다니는 것 말인데."

"정말 진지한 얘기다~."

난색을 보이는 토가와의 난처한 표정에 약간 신선함을 느꼈다.

“밤에 돌아다니는 목적이 있어?”

“목적이라……. 있다면 있다고 봐야죠.”

토가와가 잠시 고민하며 눈을 굴린다.

“있구나.”

“네, 시간 때우기요.”

놀리는 것 같지는 않았다.

“그러면 없다고 대답해도 된다고 생각해.”

“그럼 없어요.”

가벼운 말투로 정정한다.

“없구나…….”

“네.”

“시간이 많으면, 집에서 공부를 하는 게…….”

“선생님은 시간 때울 때 공부하는 학생이었어요?”

“아니.”

내가 할 수 없는 것을 남에게 권하는 것은 설득력이 떨어진다. 돌이켜보면 나는 학창 시절에 뭘 했더라? 남편과 만나고 사귀기 시작한 건 대학교 다닐 때다. 그 전에는…… 그 전? 아직 안개가 낄 만큼 오랜 일이 아닐 터인데 고등학생 시절의 내가 또렷이 기억나지 않는다. 기껏해야 10년 전인데. ……오래되지 않았나? 아니, 오래됐지, 오래되기는 했는데……. 의도적으로 암운을 드리운 것처럼 과거를 엿보기가 힘들다. 단편적인 일들은 기억에 있건만 그 자리에 있던 나 자신의 형상이 그려지질 않았다.

"선생님?"

고개를 숙이고 입을 다문 나를 토가와가 무방비할 정도로 가까이 와서 들여다본다. 서로의 앞머리가 닿을 거리라 황급히 몸을 뒤로 뺐다. 도망치는 나를 쫓듯 코로 화장품 냄새가 들어왔다.

"무슨 말을 할지 고민 중이었어. 용건도 없이 밤늦은 시각에 배회하면……."

"밤에 배회할 용건이 있는 게 선생님으로서는 더 곤란하지 않아요?"

"……그건 그렇지."

일리 있다. 명확한 의도를 지니고 밤거리로 사라졌다면 이렇게 유하게 지도하지 않는다. 나 혼자서 처우를 결정할 수도 없게 된다.

"선생님이 상상하는 문란한 짓은 하지 않아요. 정말로 산책 같은 거예요."

"그런 상상 안 했어."

"밤에 걷는 게 피부도 안 타고요."

자기 머리를 손가락으로 만지면서 내 부정을 무시하고 밤 산책의 장점을 말한다. 하긴, 토가와의 매끄러운 피부를 유지하는 건 중요할 수 있다. 하지만 햇볕에 살짝 그은 토가와도 그은 대로 건강미가 있으리라 본다. 거기까지 생각하고는 '무슨 생각을 하는 거람' 하며 제정신으로 돌아왔다.

"밤에 돌아다니면, 부모님, 이……."

건드리기가 어려운 부분도 있어 다소 말을 끊으며 물어보게 된다.

"일단, 집에는 없어요."

토가와도 태도에 변화는 없었지만, 대답은 모호함이 섞여 있었다. 부드러운 표정 속에 더는 언급하지 않기를 바라는 거절이 배었다. 그러나 파고들지 않으면 이야기가 발전하기 어렵다.

고민한다. 나아가다 말고 머뭇거리다가 한 발짝 물러섰다가.

붙지도 떨어지지도 않는 이 어중간함이 교사와 제자의 한계인 것 같았다.

"용건도 없이 밤에 나다니지 말도록 해. 위험하니까."

여러모로 모색해도 결국 그렇게 직접적으로 주의하는 수밖에 없었다.

토가와가 눈을 약간 가늘게 뜨고는 빈정거리듯 입꼬리를 구부렸다.

"선생님이 담당하는 학생이 문제를 일으키면 곤란하니까요?"

"그런 이야기를 하는 게 아니야."

등에서 가시가 튀어나오는 듯한 기세와 반발이 솟았다.

확 하고 피부가 달아오른다.

그 감각이, 저 아래서, 깊은 곳에서부터. 대지를 가르는 것처럼 기어 나왔다.

이건 대체 뭘까.

눈이 휘둥그레진 토가와의 경직된 어깨가 후퇴한다.

나조차 그런 모난 목소리가 나올 줄은 몰랐기에 내심 초조했다.

"나는 그저 네가 걱정돼서 그래. 전해지지 않을지도 모르지만."

"아니에요, 죄송해요. 선생님이 하는 말, 믿어요."

토가와는 말을 멈추지 않았다. 내 손에 제 손을 겹쳤다.

몸을 앞으로 구부린 토가와와 또다시 머리가 닿을 듯 말 듯 하다.

"죄송해요."

나보다 큰 토가와가 몸을 움츠려 내 눈을 들여다본다.

"아니, 저기, 그렇게 사과하지 않아도 되는데……."

닿으면 녹을 듯한 손가락이 정확히 내 손등에 올라와 있다.

"토가와가 이상한 사람과 얽히거나 위험한 일을 당하거나 할까 봐…… 그런 게."

싫어서.

"……걱정돼서 그래."

속마음과 단어 선택이 싸웠다. 속눈썹이 떨릴 듯한 건 대체 어떤 감정의 발로일까.

"너 자신을 소중히 하면 좋겠어."

"……네."

내가 고른 무난한 말을 받아들이고 토가와가 물러나서

다시 앉는다.

가슴에 손을 올린다. 심장을 누르듯.

"놀랐어요."

무엇에 놀랐냐고 물을 겨를도 없이.

"선생님이 화내는 모습은 본 적이 없어서."

"어?"

토가와의 지적에 내가 놀랐다.

화를 냈다고?

내가. 이 감각이 화? 화낸다는 게, 이런 거였어?

뭔가를 용납할 수 없다는 거센 감정.

내 마음이 뒤틀리지 않고 그대로 전해졌으면 하는 바람.

언젠가부터 끊어진 양 잃어버리고 있던 마음의 일부.

이런 거였나, 내가, 화를 낸 건가 하며 당황한다.

"화낸 거 아니야……. 응, 아마도."

나조차 자신이 없다. 고개를 숙이고 남은 도시락을 우물우물 씹으며 입이 막힌 것을 구실로 침묵한다. 바로 환기되지 않는 이상한 공기가 감돈다. 내가 너무 의식해서 그런지도 모른다. 토가와는 멍하니 책상에 놓인 자료와 교재를 쳐다보고 있었다.

다급하게 식사를 마치고 도시락 뚜껑을 닫는다. 전체적으로 다른 것에 정신이 팔려 맛이 입에 남지 않았다. 내가 밥을 다 먹을 때를 기다렸다는 듯 토가와가 일어난다.

"선생님, 아직 점심시간 안 끝났어요."

“그러게……. 아, 할 얘기는 했으니까 이만 교실로 가도…….”

한창 말하는 중인데 토가와가 이를 보이며 씩 웃는다.

“좋은 게 있다고 아까부터 생각했어요.”

책상으로 손을 뻗는 토가와. 그 끝에 있는 건 고무공이었다. 손바닥으로 감싸 쥘 만한 크기로 분홍색에, 축구공을 본떴는지 검은 무늬가 들어가 있다. 이건 내가 가져다 둔 게 아니라 전부터 준비실에 있던 물건이다.

고무공을 집은 토가와가 주물주물 감촉을 확인하며 손가락을 움직이더니 내 쪽을 본다.

“선생님, 캐치볼 해요.”

“……캐치볼?”

“네.”

대답하며 토가와가 공을 여봐란듯이 보이며 나를 향해 다가왔다.

“나랑 너?”

“우리 말고 누가 있죠? 자, 가요.”

그러면서 내 팔꿈치를 잡아 들어 올린다.

“어, 잠깐만.”

당황한 사이에 일어서서 그대로 토가와에게 이끌리는 모양새로 교과 준비실을 나왔다. 문을 잠그지도 않고 우왕좌왕 계단을 내려와 신발을 신은 결과, 정말로 운동장까지 끌려오고 말았다.

고매하리만큼 휘황하게 빛나는 태양 아래, 운동장으로 나온 것도 오랜만이다. 정장을 입었는데 괜찮을까 걱정하며 어깨를 잡으면서, 거리를 벌리려 달려가는 토가와의 뒷모습을 지켜본다. 기다리는 동안 교사를 돌아봤는데 창가에 있던 학생들과 눈이 마주친 듯한 느낌이 들었다.

"선생님, 던질게요~."

토가와가 어린아이처럼 팔을 크게 휘두르며 신호한다.

"가볍게요~, 가벼워요~."

정말 하는구나. 머리를 햇볕에 태우며 이상한 웃음이 새어 나왔다.

공놀이라니, 대체 얼마 만일까. 중학생 때는 문화부였고 초등학생 때는 피구에 참여하는 편이 아니었으니⋯⋯. 어? 혹시 안 해 봤나? 아니야, 고등학생 때 체력 검정을 하느라 던졌을⋯⋯ 텐데. 그리고 기억도 나지 않을 만큼 옛날에⋯⋯. 분명 부모님과 했으리라.

완만한 포물선을 그리며 던져진 공을 건지듯 두 손으로 잡는다. 공기도 좀 빠진 공이라 잡을 때 느껴지는 통증은 거의 없다. 우선은 놓치지 않고 잡은 데 안도한다.

공은 나도 한 손으로 잡을 수 있는 크기에다 말랑했다.

되던지려는데 익숙지 않은 동작이라 이렇게 던져도 되나 싶어 약간 긴장된다.

운동장에는 점심시간이라 당연하게도 우리 외에 아무도 없었다.

태양이 두 개 뜬 것처럼 토가와의 웃는 얼굴도 멀리 있는데 눈이 부시다.

"선생님이 놀아 주면, 저, 따분하지 않을 것 같아요!"

"뭐……. 그렇게 나온다고?"

토가와에게 공을 던진다. 공 던지는 자세가 영 딱딱하다. 정장을 입은 탓도 있지만 팔꿈치가 옷에 걸리적거려 잘 뻗어지지 않아 하마터면 공을 땅에 패대기칠 뻔했다.

손가락에 걸린 공이 토가와가 있는 곳과는 다른 방향으로 날아간다. 토가와는 자기가 없는 쪽에 떨어진 공을 뛰어가서 주웠다. 재질 때문인지 흙바닥에서는 공도 별로 잘 안 굴러가는 모양이다.

"나, 야구해 본 적 없어!"

그리 변명하자, 토가와가 웃으며 또다시 내게로 공을 던진다. 완만한 궤도를 그리며 내가 서 있는 곳으로 정확히 날아온다. 딱 봐도 능숙했다.

"동아리 활동이나 어디서 하고 있어?"

"저, 미술부 유령 부원이에요."

예상이 빗나갔다. 손을 나비의 날갯짓처럼 벌려 공을 재촉한다.

이번에는 팔꿈치의 움직임이 제한적임을 고려하여 어깨를 크게 움직이려 의식했다. 조금 전보다 매끄럽게 던질 수 있었으나 너무 크게 휘두른 탓에 또다시 공을 지면에 팽개칠 뻔했다. 이번 시도는 공을 놓는 게 늦었나 보다. 그냥 던지는 건데도 완급 조절이 어렵다는 걸 깨닫는다.

내 공은 전혀 토가와 쪽에 닿지 않는데도 토가와는 즐겁다는 듯 공을 쫓았다.

그렇게 짧게나마 공을 주고받으며 교류를 도모하였다.

공놀이 자체가 즐겁다는 실감은 없다. 하지만 즐거워하는 토가와의 모습에 이따금 싱글벙글하는 걸 느꼈다.

학교 건물 벽에 설치된 큰 시계를 가리키며 시간을 알린다. 토가와가 공을 던지다 말고 시계를 올려다보고 아쉬운 듯 눈을 감고 웃었다. 그러고는 내 쪽으로 달려온다.

"오랜만에 했는데 공이 되돌아오니까 즐겁네요."

기분 좋게 공을 가지고 와서 건네는 모습이, 실례되는 발상이지만 좀 강아지 같다. 토가와는 가끔가다 이런 친근함으로 내 마음에 다가온다.

"오늘은 별로 시간이 없었으니까 다음에는 더 일찍 시작해요."

"다음……."

내 반응에 토가와가 생긋생긋 웃는다.

"놀아 줬으니까 곧장 집으로 갈게요."

"……안 놀아 줘도 곧장 가면 좋겠는데 말이야."

내 말을 웃어넘기고 뛰어간다. 여전히 기운이 넘친다. 그 젊음은 좋지만, 조심성 없이 마구 다리를 움직여 달리니 치마 안쪽의 허벅지가 보이고, 보이고 만 것이다.

"……………………………………"

굳기는 왜 굳어. 고개를 젓는다.

운동장에 홀로 오도카니 섰다. 여우에 홀린 듯한 기분이었다.

근데 역시 그런 거구나. 요컨대 자기를 밤거리로 나가지 않게 하고 싶다면 앞으로도 어울려 달라는 뜻인가. 어울리며 하는 일은 매우 건전하지만.

튀지는 않을까. 교사를 올려다본다. 학생과 교사가 점심시간에 캐치볼을 한다니.

"음…….."

공을 쥐었다 폈다 하며 이리저리 머리를 굴린다. 그러나 생각할 시간이 남지 않아 잰걸음으로 교사로 돌아가기로 한다. 도시락을 회수하고 오후에 있을 수업을 준비해야 한다.

되돌아가는 동안에도 토가와의 역동적인 모습과 감정이 눈에 새겨진 것처럼 아른거렸다.

교무실로 가서 자리에 앉으니 옆자리의 일본사 선생님이 물어 왔다.

"조금 전에 그거, 뭐야? 레크리에이션?"

나보다 좀 나이가 있는 중년 여성으로 교사 선배이다.

교무실에서도 보였나 보다.

"보신 그대로예요."

"캐취보~올?"

어째선지 괜히 발음에 힘준다.

"그것도 학생 지도의 일환……이려나요?"

나도 모르게 고개를 갸웃하며 되묻고 말았다. 나조차도 모르겠다, 그 시간의 의미가.

"그런 것도 좋네!"

"그러게요."

이 선생님은 대부분의 일에 좋다며 긍정적으로 말해서 별로 고맙지가 않다.

간단한 운동일지라도 날씨와 합쳐지면 땀이 난다. 손수건으로 헤어라인을 닦으면서 교실로 가기 전에 화장이 무너지지 않았는지 확인할 예정이다. 일이 묘하게 돌아간다는 감촉은 있지만, 토가와를 내버려 둘 수도 없다. 학생이 지닌 문제를 해결할 수 있다면 근무 중에 점심시간쯤은 바쳐도 괜찮겠다 싶다. 토가와가 정말로 제가 말한 대로 지킨다면.

……아니다, 할 것이다. 토가와는 그런 상황에서 거짓말할 학생이 아니다. 그렇게 믿기로 했다.

딱히 근거는 없다. 그의 인성을 속속들이 알지도 못한다.

하지만 왜인지 그 아이의 웃음에 사람을 속이려는 의도가 있다고는 생각하고 싶지 않았다.

아무것도 하지 않는 것이 가장 적절한 때도 있다. 예를 들면 휴일.

남편과 산책을 마치고 돌아온 정오를 조금 지났을 무렵, 소파에 앉아 멍하니 화면을 쳐다볼 때의, 평온한 나태에 깊이 잠긴다. 남편이 하는 게임 화면을 뒤에서 보는 구도였다.

남편은 최근 1년간 같은 게임을 질린 기색도 없이 즐겨 한다. 게임에 관심이 없는 나조차도 아는 게임으로, 꾸준히 건축해 나가는 것이 주말의 낙인 듯하다.

"우리 아파트가 완성되면 다음은 뭘 지을까."

밖의 정원수를 정비하며 남편이 슬슬 다음 건축물을 고민한다. 남편이 그전에 완성한 것은 집 바깥길의 문과 짐승상 한 쌍이었다. 산책하다가 보고 만들자고 마음먹은 게 이 게임을 구매한 동기로, 그 이래로 휴일을 건축물 제작하는 데 바치고 있다.

남편이 완성한 두 마리의 짐승상은 객관적으로 평가하면 너무 컸다. 얼굴을 재현하려 고생한 결과, 뒤쪽의 붉은 문보다 거대해지고 말았다. 그 밖에는 꽤 잘 만들었다고 생각한다. 나는 입체시맹이므로 절대 만들지 못하리라.

우왕좌왕하는 게임 화면을 보고 있으니 멀미할 것 같아 눈을 창문으로 옮겼다. 창밖은 게임 속과 똑같이 하늘이 맑았다. 기분 탓인지 구름 모양도 비슷했다. 잔잔하고 부족한 것이 없는 날.

남편과 보내는 시간은 대체로 안정적이었다.

"당신은 게임을 전혀 안 하네."

"나는 그런 액션 게임 같은 거 엄청나게 못하거든."

"액션 요소는 그렇게 중요하지 않은데……. 하지만 당신이 하면 계속 떨어져 죽을지도."

그리고 보는 것만으로도 가끔씩 3D 멀미를 한다.

"보기만 해도 돼. 멍하니 있으니까 이상적인 휴일인 느낌도 들고."

"그거야, 뭐, 그렇지. 그런 것도 좋지."

남편은 내가 꺼리는 걸 억지로 권하지 않는다. 존중과 적당주의가 양립한다.

앞으로 숙였던 몸을 일으켜 소파 등받이에 기댄다.

무릎을 누르듯 포갠 손바닥에서 머리 위로, 차츰 솟아올라 떠오른 것을 생각한다.

토가와. 왠지 모르게 그녀 생각에 이르게 되고 만다.

고무공을 즐겁게 던지는 모습에 뒤따르는 감정에 이름을 붙이려다가, 또 실패했다. 토가와는 주말을 어떻게 보낼까. 친구와 외출했을까, 아니면 남자 친구와 데이트라도 하고 있을까. 집에 있지는 않을 것이다. 상상의 나래를 펼치다 보니 기분 좋았던 마음이 점점 이상해진다. 내가 모르는 인간관계 안에서 상처를 받거나 불건전하지 않았으면 하는 생각이 든다.

학생이라기보다 언니가 동생에게 품는 마음에 가까운 심정인지도 모른다.

교사가 학생에게 그런 마음을 품다니, 징그러워할 수도

있겠다며 자조한다. 잠깐 이야기를 나누었을 뿐인데 이상하게 빠져들고 말았다. 토가와의 친근함을 착각하고 있는지도 모른다.

나는 우연히 담임을 맡게 된 선생님이고 토가와는 다른 학생들과 마찬가지로 제자다.

그런데 그 아이는 그 붙임성으로 주변의 많은 이들을 오해하게 할 것 같다.

먼저 그 목소리가 나쁘다. ‘선생님’ 하고 부르면 귀가 술렁거린다. 약간 앳된 말투로 살짝 어리광 부리는 것처럼 들려서, 굉장히, 효과적이다. 의도한 것도 아니기에 성립하는, 좋은 의미의 강렬함이 확 온다.

그리고 키. 토가와는 교실의 교탁에서 봐도 또래 여학생들에 비해 커서 눈길이 간다. 거기다 머리칼도 폭신폭신하고 하는 행동도 귀여워서 키하고의 단차에 걸려드는 아이가 틀림없이 많으리라. 남학생에게는 단연 인기가 좋을 것이다.

그리고 결정타는 솔직하고도 감정을 숨기려 하지 않는 태도.

토가와의 꽃이 피기 시작하는 듯한 감정을 정면에서 받아 내고, 농락당하고 있음은 부정할 수 없다.

그럴 만한 게 나와 마주 있으면서 그렇게 즐거워하는 이와 만난 것이 실로 오랜만이기에.

남편을 포함해도 오랫동안 잃었던 명랑함이었다.

남편과는 좋은 의미로 안정적이라 가족이라는 틀 안에서 서로를 보고 있으니까.

……그래서.

"주변에 글러브 파는 데가 있을까?"

그 말을 뱉었을 때, 내 머릿속에는 어째서인지 건물의 잔해가 떠올랐다. 잔해가 어디선가 쏟아져서, 한 번에, 무너져 내리는 듯한. 왜 와해가 연상되었는지는 모르지만, 등골에 느껴지는 것은 오한과 흡사했다.

"글러브라면, 야구할 때 쓰는 거?"

"응."

"야구부 고문이라도 됐어?"

남편이 게임 패드를 내려놓고는 뒤돌아본다.

"학생과 캐치볼을 하게 됐거든."

무슨 소리냐며 남편이 과민 반응한다.

"고시엔을 노리는 거야?"

왜 눈을 반짝거린담, 이 사람은.

"잠깐, 야구부 고문이었어?"

"그건 아니고. 지도의 일환……이라고나 할까."

또 그런 식으로 표현한다.

"불량 학생을 갱생하려고? 캐치볼로? 좋은데!"

"당신, 일본사 선생님을 해도 잘하겠어."

"왜?"

고개를 갸우뚱하는 남편을 바라보며 검색하면 나오겠지

싶어서 휴대폰을 들었다.

지역명과 스포츠 매장으로 검색하니 동네 바로 근처에서 찾을 수 있었다. 산책할 때 지나는 길에 있었다는 새로운 발견을 했다. 건물 2층이라고 한다.

다시 창문 너머를 본다. 걸어가기에 좋은 날씨였다.

손으로 소파를 누르며 일어선다.

"잠깐 나가서 사 올게."

"나도 같이 갈까?"

"아니야, 쇼핑 시간이 길어지면 싫어하잖아."

"대놓고 말하다니!"

근데 맞는 말이라면서 남편이 쾌활하게 웃는다. 이런 때 그렇지 않다면서 꾸미지 않는 게 남편답다. 지갑과 휴대폰만 들고는 화장도 생략하고 집을 나섰다.

건물을 벗어나 걷다가 뒤늦게 걱정이 된다.

혹시 토가와가 실은 놀아 달라는 게 진심이 아니라 그냥 한번 해 본 말이라고 한다면 좀………… 아니, 꽤 슬플 것 같다. 들뜬 건 나뿐이라는 창피한 사실과 쓸 일이 없는 글러브가 남는다. 그러면 어쩌나 하는 주저가 피어오른 채 발은 타성으로 앞으로 나아간다.

아무 생각 하지 않고도 점점 목적지로 향하는 걸 보니, 사지 않을 마음은 결코 없는 것이라며 남의 일인 양 흐름에 몸을 맡겼다. 간간이 휴대폰을 확인하면서 북적거리는 주말의 큰길을 보고 눈을 가늘게 뜬다. 역이나 버스 정류

장에서 흘러드는 수많은 관광객 속에서 아주 잠깐 토가와의 모습을 찾아보았다. 물론 있을 리가 없다.

목적지가 있는 건물 이름을 확인하고 올려다본다. 아파트로 착각할 법한 주상복합 빌딩으로 건물 벽에 간판은 달려 있다. 밋밋한 색의 포렴도 걸려 있지만 가게 상호 글자 크기가 좀 작다. 폭이 좁은 계단을 오르니 넓지 않은 스포츠 매장 안쪽에서 TV 소리가 들린다. 스포츠 뉴스를 틀어둔 듯했다.

바닥은 잔디밭을 본뜬 색과 감촉이 느껴지는 매트가 깔려 있으며 오른편 선반에는 스파이크와 셔츠, 왼편 선반에는 글러브가 가지런히 진열되어 있었다. 점장으로 보이는 사람이 금방 내 존재를 알아차리고 조금 놀란다. 나 같은 손님이 혼자 오는 일이 드물어서 그런지도 모른다.

잘 몰라서 캐치볼 하기에 좋은 글러브가 있냐고 물으니 아주 많다며 제품을 소개해 주었다. 그중에서 색상과 디자인이 마음에 든 글러브를 골랐다. 가격은 대략 7,000엔 정도. 생각보다 비싸지 않았다.

글러브를 사고 난 뒤에는 손질하는 방법도 자세히 설명해 주었다. 설명하는 과정에서 가죽을 보존하는 보혁유, 크림, 컨디셔너 따위의 관련 상품을 차례차례 내오기에 속으로 장사할 줄 안다며 끙끙댔다. 무엇이 필수로 필요하고 무엇이 중요한지 당연히 판단할 수 없다. 하지만 다 사 두면 부족하지는 않으리라는 생각에 추천해 준 대로 몽땅 구매했다. 다행히 돈 낭비하는 취미는 없다.

그래서 가끔은 이러는 것도 괜찮겠지 싶었다.

"자제분과 캐치볼 하시려고요?"

봉투에 꼼꼼히 넣어 준 가게 점장이 묻는다.

내가 아이가 있는 나이로 보이는구나 하고 생각하면서.

"그, 렇죠……. 아이랑."

나보다 키가 큰, 제자 아이랑요.

봉투를 안고 나와 건물을 뒤로한다. 나온 김에 장도 보고 갈까 해서 남편에게 연락하여 냉장고를 확인해 필요한 게 있으면 말해 달라고 했다. 남편의 보고를 듣자 하니, 우유와 큰실말 해초가 부족한 듯했다. 남편은 건강에 좋다는 말을 듣고 매일 반찬으로 큰실말을 먹는다.

「그럼, 사서 갈게.」

「고마워. 글러브는 잘 샀어?」

「아마도.」

남은 건 토가와가 겉치레로 한 말이 조금이라도 아니라면 좋을…… 기쁠? 텐데. 월요일에 토가와에게 확인하고 캐치볼 용품을 살지 말지 정할 것을. 내가 좀 적극적인 게 부끄럽다. 한 학생에게 유달리 마음 쓰고 있는 것이니 자중이 필요할지도 모른다.

역 방면으로 우회하여 슈퍼에서 우유와 모즈쿠를 샀다. 고기도 저렴한 게 남았는지 둘러봤지만, 휴일 점심때가 지난지라 턱도 없었다. 아쉬움을 뒤로하며 슈퍼를 나왔다.

밖으로 나오니 마침 눈앞에 큰 도리이와 짐승상이 자리 잡고 있다. 남편이 게임에서 제작한 것의 모델이다. 도리이 아래에는 외국인을 비롯한 수많은 관광객이 무리를 이루고 휴대폰을 들고 있었다. 신랑 신부가 기념 촬영하는 모습도 꽤 보인다.

그리고 그 관광객에게 또랑또랑한 목소리로 인력거를 끌고 오는 여자가 있었다.

일본식 복장과 끌고 있는 것과 머리가 전부 이질적이라 눈길을 끈다. 도로를 건너 역 쪽으로 가려는 건지 이쪽으로 오다가 근거리에서 눈이 마주쳤다.

태양 빛을 입은 듯한 눈부신 금발을 햇빛 아래서 뒤집어쓴다.

"지난번에 본 선생님이시네."

얼마 전, 토가와와 함께 있던 자칭 언니다. 상대방도 나를 알아봤는지 인력거 방향을 바꾸어 내 쪽으로 왔다. 한 건 하고 왔는지 건강한 땀이 방울방울 맺혔다. 저 머리 사이에서 떨어지면 땀조차 금색으로 물들 것 같다.

"안녕하세요……."

"응, 안녕. 그쪽을 위해서 뒷자리를 비워 뒀어."

"네? 아……. 죄송해요. 제가 이런 걸 잘 못 받아쳐서요."

마땅한 대답이 생각나지 않아 사과하니 큰소리로 나하하하하 웃는다. 입을 크게 벌려 웃는데도 신기하게 품위 없어 보이지가 않는다. 머리의 섬세한 색감이 기품을 자아

내는 듯했다.

"성함, 여쭤봐도 될까요?"

얼굴은 TV에 나온 모습으로 떠올렸지만 이름은 전혀 기억나지 않았다. 매우 특색 있는 이름이었는데.

"어, 내 소개를 안 했던가? 스타 하이스카이."

"네?"

그 사람의 미소가 파란 하늘을 배경으로 한낮의 달처럼 녹아든다.

"호시 타카소라. 어때, 이름 그대로지?"

스타, 하이……. 아, 아, 알겠다. 이제야 기억났다.

"……이치고하라 이츠키입니다."

통일성이 있는 이름이었다.* 어떤 의미로는, 서로?의 근원은 뭘까 하고 생각에 잠기게 된다. 그건 일단 차치하고 들은 이름으로 짐작하건대 성이 '호시', 이름이 '타카소라'인가 보다.

신기하면서도 기분 좋은 울림이 있는 이름이었다.

"이름이 이치고구나. 그럼 선생님이라고 부를까."

"아, 네……."

내 이름이 무엇인들 선생님으로 부르는 것으로 결론을 낸 듯하다.

그러고 보니 시선이 마주쳤을 뿐인데 왜 와서 말을 걸었

---

*'호시 타카소라'는 별, 하늘, 높다. '이치고하라 이츠키'는 딸기, 땅, 나무. 하늘과 땅과 관련한 통일성 있는 이름이라는 뜻.

을까.

"선생님 맞지? 고등학교."

"네. 호시…… 씨는 TV에서 본 적이 있어요."

"아~, 취재하러 왔었으니까."

'이것 덕분에'라고 덧붙이는 호시 씨가 머리칼을 집어 든다. 머리 색 때문만은 아니리라고 저 얼굴을 보며 생각한다. 호시 씨의 외모는 같은 여자가 봐도 단정하고, 아름답고 화려한 머리 색이 전혀 불쾌감이 들지 않는다.

"선생님, 차 한 잔 어때? 미인을 보면 일단 권하고 보거든."

나로서는 도저히 생각지도 못할 이유로 권유한다.

"근무 중이시잖아요. 저랑 이러고 있어도 돼요?"

"다음 손님을 잡을 때까지는 쉴 거야. ……음, 선생님 말이야. 학교에서 인기 많지?"

사람 얼굴을 뚫어져라 무례할 정도로 쳐다보면서 말한다.

"저는 잘 모르겠어요."

그렇게 답할 수밖에 없다. 마음속으로는 어떻게 생각하고 어떻게 느끼든.

"사복 입고 머리 내리니까 분위기가 상당히 다르네. 미인이야."

그 목소리와 웃는 얼굴이 마음을 비치는 것 같았다.

"선생님도 방송 타면 미녀 교사라면서 화제가 될 거야."

"칭찬, 감사합니다."

"겸손 떠는구나. 뭐, 교사라면 그런 것도 중요하려나."

인력거꾼은 겸손할 필요가 없는 걸까.

"그나저나 그건 뭐야? 운동용품 샀어?"

내가 안고 있는 봉투에 관해 묻는다. 봉투에서 새 글러브를 꺼내어 보여 주니 호시 씨가 적당히 감탄한다.

"글러브잖아. 고시엔 노리는 거야?"

발상 수준이 남편과 같다. 이렇게 말하면 뭣 하지만, 반사적으로 그러는 걸까, 머리를 쓰지 않고 일단 반응하고 나면 그 답에 이르는 걸까.

"학생과…… 토가와하고 캐치볼을, 하게 돼서요."

학생 지도의 일환이라고밖에 말 못 하는 부족한 표현력이 싫어서 생각해 봤지만, 그냥 단순 사실 보고가 되어 버렸다.

"토가와……. 아아, 린 말이구나. 아, 내 동생 말이지."

언니 설정이 떠올랐는지 빠르게 덧붙인다.

"괜찮아요. 언니 아니신 거 아니까요."

"나하하하."

웃는 호시 씨는 전혀 주눅 든 모습이 아니었다.

"토가와하고는 관계가 어떻게 되나요?"

"그것참. 관계라느니 고지식한 걸 묻네, 선생님은."

에잇, 에잇, 하며 인력거로 툭툭 친다. 참신한 경험이지만, 이거 대인 사고 아닌가.

"어떤 관계 같은데?"

"모르니까 여쭙는 겁니다."

"아하하, 그건 그러네."

고지식한 대응에 놀림조가 섞인 경박한 웃음소리였다.

"린하고는 같이 노는 친구야. 같이 논다고 하면 좀 이상하게 들리지?"

"밤에 노는 친구, 인가요?"

"오, 더 야릇해졌다."

마음에 들었는지 머리카락과 어깨가 들썩인다. 나는 별로 안 웃기다.

"린하고는 밤에 만나기는 하지. 낮에는 린도 학교에서 수업을 들어야 하고 나는 일하고."

"토가와는……. 음."

토가와 린의 사정을 이 사람이 안다손 치더라도 물어도 되는 건 아니다. 내게 무슨 권리가 있다고. 그냥 담임일 뿐인데. 선을 잘 분간해야 한다. 그리고…… 마음속에는 토가와에게 미움받는 걸 피하고 싶은, 그런 감정이 있었다.

"정말 그냥 친구야. 선생님한테 말할 수 있는 것도 있지만, 그런 일을 마음대로 묻는 건 좋지 않다고 생각하지? 그러면 그 존중하는 의사를 소중히 하자고."

호시 씨가 내 태도를 보고 재빨리 헤아려 주었다. 고맙지만, 그러면 이 사람과 나눌 얘기가 딱히 없다. 이 사람에게, 밤에 외출하는 토가와를 꾸짖어 달라고 부탁해 봤자 소용없으리라.

"그건 그렇고 린과 캐치볼을 한다고. 밤에 하는 캐치볼인가?"

"공이 안 보여서 무서울 것 같네요."

"학생과 잠깐의 교류를 위해서 용품까지 사는구나."

꾹, 목이 멘다. 막상 객관적으로 지적을 받으니 좀 불편하다.

하긴, 맞는 말이다. 만약 다른 학생이었다면 나는 글러브를 사지 않았을 것이다.

토가와에게 느끼는 특별한 감정의 이름.

그 생각을 하면 마음이 탁해진다. 무언가가 걸쭉하게 섞여 든다.

"안 되나요?"

"아니? 린이 마음에 들었나 해서 말이야."

"마음에 든다거나 그런 게……. 선생님이니까요."

"사랑이야?"

"네?"

"사랑이 아니라면 이상한 사람이네."

몹시도 진지하게 극단적인 평가를 내린다. 내 입으로 말하기에는 그렇지만, 선량하다거나 그런 무난한 표현은 없는 걸까.

"토가와가, 같이 캐치볼 해 주면 밤에 돌아다니지 않는다고 했어요."

"흐응, 린이 그랬단 말이지……. 아아, 그런 건가."

호시 씨가 무언가 말하듯 곁눈질로 나를 담는다. 가늘어진 눈과 입술에는 호기심과 짓궂은 흥미 사이에 자리한 무언가를 화장이 대신하고 있었다.

"뭔가 안다는 듯이 행동하시네요."

"이상과 사랑은 좀 비슷하지."[*]

대화를 무시하는 데 꽤나 능숙한 사람이다. 얘기를 안 듣는다고도 할 수 있겠다.

"한자가 말인가요?"

"상태 이상의 얘기야. 한쪽으로 쏠려서 무너질 것 같은 점이 말이지."

심오한 말을 하나 흘리고는 호시 씨가 인력거의…… 손잡이? 손으로 잡고 미는 부위의 정식 명칭이 생각이 안 난다. 아무튼 거길 고쳐 잡고는 움직인다.

"린이 착하기는 하지만, 선생님, 조심하도록 해."

"조심하라고요?"

"그래."

호시 씨가 고개를 한 번 끄덕이고는.

"그 녀석, 그래 보여도 무거우니까."

그리 가르쳐 준 호시 씨는 의미심장한 미소를 지었다.

"무겁다……."

"그리고 예쁜 여자한테 약해. 뭐, 이건 인류 공통 약점일지도 모르지만."

그 말을 남기고는 예쁜 여자가 손을 흔들고 사라져 간

---

*일본식 한자로 이상은 '変', 사랑은 '恋'로 쓴다.

다. 가볍게 묵례했다.

호시 타카소라. 추측건대 나보다 나이가 어리지만, 말투에서 달관한 느낌을 받았다. 사람과 대화하는 게 익숙한 건지, 아니면 다른 건 아무렴 좋을 뿐인 건지. 동네에서 자주 보이는 머리와 얼굴이 역 앞에 있는 손님을 태우려 우호적인 태도로 다가간다. 남들이 쉬는 주말에야말로 대목인 일이라고 생각하며 배웅했다.

이 동네에 오래 살았지만, 생각해 보니 인력거를 이용한 적이 없다.

아마 앞으로도 없겠지. 관광지 가격이라 상당히 비싸다고도 들었고.

글러브를 다시 봉투에 넣고 햇빛을 받아 뜨거워진 머리를 한 번 어루만지고 걸음을 옮겼다.

"토가와라⋯⋯."

나는 아직 무거운 토가와를 느낀 적이 없다. 발랄한 모습에 기분이 좋았던 기억만 있다. 무거운 모습을 알 때까지 엮이는 건 교사의 본분에서 벗어나는 것 같아서.

나는 토가와 사이의 거리를 어느 정도면 적절하다고 판단할까.

그리고 또 한 가지.

"예쁜⋯⋯여자?"

무슨 의미로 그렇게 말한 건지 집에 가면서 잠시간 생각했다.

일요일 밤, 이불에 들어가기 전부터 안절부절못한 나를 인정할 수밖에 없었다.

이불 속에서도 발가락이 초조한 듯 꼼지락꼼지락 움직였다. 좀처럼 잠들 수가 없는 나 자신이 기가 막힌다. 토가와에게 글러브를 보여 주고 싶은 마음에 설레는 건가. 내가 왜 이러지. 교사가 학생을 친구 대하듯 하면 징그럽다. 가져가지 말까 하고 망설이기까지 한다.

그래도 토가와가 조금이라도 기뻐한다면 그것만으로도 이 기분이 꽤 해소될 것 같다. 그러려고 샀으니까. ……뭔가, 역시 나 좀 징그러운데. 사실 이런 일은 좋지 않다. 특정 학생을 특별 취급해서는 안 된다. ……이유가 뭘까?

편애하게 되니까? 편애는 확실히 안 좋다. 다른 학생들로부터 불평과 불만이 생길 수 있으므로 좋은 교사에서 멀어진다. 그래도 그 정도는 아니려나. 요컨대 좋은 교사이기를 포기하면 편애해도 되는 건가. ……이런 걸 합리화라고 하지 않나?

나쁜 거라고 뿌리박힌 상식을 다시 말로 하는 것은 의외로 어려웠다.

하지만 그런 것을 머리를 쥐어짜 강구하는 사이, 잠에 들 수 있었다.

다음 날 아침, 선반 옆에 두었던 글러브를 까먹지 않게 봉투에 담는다. 아침에 일어나서 머리도 정리하지 않고 가장 먼저 한 게 글러브를 챙기는 일이었다. 글러브는 가게 점장님께 배운 대로 손질해서 길을 들여놓았다. 좀 더 기다려야 하는지도 모르지만 그렇게까지 본격적으로 길들이지 않아도 공은 잡을 수 있으리라 위안하며, 더 기다릴 수 없었다. 스포츠용품 매장에서 공도 한 개 받았다. 창피하게도 무지해서 부드러운 공과 딱딱한 공이 있다는 것마저 잘 몰랐다. 들어 본 적은 있어도 왼쪽 귀에서 오른쪽 귀로 흘렸던 연식구와 경식구라는 게 이거였음을 드디어 알았다. 받은 공은 연식구인 듯한데 부드럽다는 것치고는 손에 받는 느낌이 꽤 난다. 이보다도 딱딱한 공을 던지고 친다니 프로야구는 굉장하구나 하고 TV를 보며 새삼 감탄했다.

글러브가 든 봉투를 들고 일어섰는데 바깥 날씨가 아직 흐린지 아침놀이 멀다.

"안 도와주네……."

평소에 나를 깨워 주던 알람 시계도 오늘은 필요 없었다. 한숨을 내쉰다.

너무 기대하지 말자. 도시락이라도 싸자며 부엌으로 향했다.

출근하기까지 남은 시간 동안, 토가와가 담백한 반응을 보이며 분위기가 어색해지고 끝나는 상황을 열 번쯤 상상해 두었다. 이렇게 철저하게 예방한다면 낙담도 최저한으로 할 수 있겠지.

"오, 글러브가 없네. 드디어 고시엔을 향해 가는 한 발을 내디디는구나."

"안 간다고."

"그럼 어디로 가려는 건가!"

"학교."

남편은 직접 야구를 하지는 않지만, 야구 자체는 좋아하는지 TV로 자주 관전했다. 특히 여름에 치르는 고교 야구는 휴일이 오면 빼놓지 않고 시청한다. 지역 고등학교에 대한 편애도 없어서 어디가 이기든 즐기며 기뻐했다.

평상시 들고 다니는 가방에 스포츠용품 매장 봉투를 바스락거리며 학교로 갔다. 출근하면서 토가와에게 글러브를 어떻게 보여 줄까 고민했다. 아침 댓바람부터 글러브를 보여 주러 가면 싫어하지 않을까. 내가 학생이라고 치고 그런 선생님이 접근하면 경계했으리라. 어, 그러면 안 되는데? 역시 관둘까? 학교에 도착할 때까지 세 번쯤 갈등했다.

조례하는 동안에도 글러브를 어떻게 보여 주면 좋을지 내내 궁리했다. 토가와에게만 주의를 기울이는 건 괜찮지만, 아니, 안 괜찮지만, 업무에 지장을 주는 건 아무래도 바람직하지 않다. 그러나 나는 줄곧 다른 생각만 하면서도 문제없이 조례를 막힘없이 술술 진행하였다. 희한한 것에 잔재주가 있는지도 모른다. 아니면 알맹이가 없을 뿐인지.

결국 조례를 끝낼 때까지도 괜찮은 방법을 찾지 못해 그냥 평소처럼 말을 걸어야겠다 하며 토가와의 자리까지 갔다. 이 자리에서 보여 주기에는 다른 학생들의 눈도 있으니 오늘도 교과 준비실로 호출할 수밖에 없다.

"토가와, 잠깐 볼까?"

제 자리의 주변 학생들과 빨리도 얘기하기 시작한 토가와가 고개를 든다. 말을 건 사람을 확인하고는 살포시 미소 짓는다.

"선생님, 왜요?"

이 아이는 항상 붙임성이 좋게 반응해서 속으로는 실은 나를 어떻게 생각하는지 읽을 수가 없다. 어떻게는, 무슨. 그냥 선생님이겠지.

다른 학생들의 시선도 닿는다. 이야기꽃을 피우다 조용해진 공기가 좀 괴롭다.

최대한 태연하게 구는 것을 의식하여 용건을 꺼낸다.

"점심시간에 잠시 와 줄 수 있니?"

토가와가 의아해하는 표정으로 뜸을 들이는 게 힘들다.

"아, 호출은 아니야."

더 수상하려나. 뱉고 나서 실패했음을 느낀다. 호출하는 게 아닌데 부른다니, 사적으로 부르는 것 같잖아. 조바심에 눈 속이 돌기 시작한다. 여기서 더 말하면 오히려 문제가 생길 듯하다.

"알겠어요. 일전에 갔던 곳으로요?"

토가와가 선뜻 수락해 주어서 다행이다.

"응."

최저한의 대화를 마치고 '이따 보자'라고 인사하고 발걸음이 빨라지지 않도록 조심하면서 멀어진다.

"요즘 무슨 일이야?"

"음, 선생님이랑 러브러브?"

익살을 떠는 토가와에게 아무 말도 하지 못하고 못 들은 척 교실을 나왔다. 나와서 그대로 벽으로 곧장 걸어가 이마를 대었다.

"뭘 하는 건지."

혼자서만 설치는 헛방. 오랫동안 잊고 있던 거리감의 오인.

밀려드는 후회에 익숙해질 때까지 벽에 꽂혀 있었다.

안절부절이 발밑을 잔달음질로 달려가는, 그런 시간이 이어지다가 마침내 점심시간이 되었다. 일찍 일어난 것도 있지만, 점심시간이 오기까지 길었다. 수업이 빨리 끝났으면 하고 수업하는 쪽이 그런 생각을 하면서 교과서를 펼친 것은 대단히 부끄러워해야 하는 일이었다.

토가와 린은 대체 내게 얼마나 큰 존재일까.

토가와가 오기를 기다리는 사이, 앉아서 그런 걸 생각했다.

토가와는 좀처럼 오지 않았다. 깜박했을지도 모른다는 가능성을 알아차리고 교실로 가 볼지 망설이던 그때 문을 노크하는 소리가 들렸다. 들어오라고 하니, 토가와가 얼굴을 들이민다.

우선은 와 준 것에, 안도했다.

"어서 와."

침착한 척하면서 맞으며 의자 뒤쪽으로 내내 준비해 둔 글러브를 집는다. 기울어져서는, 이 얼마나 부자연스러운 자세인가. 좀 더 매끄럽게 움직였어야지.

나한테까지 사춘기의 과도한 패기가 옮은 듯하다.

"선생님이 또 데리러 오는 줄 알고 기다렸는데."

"아…… 그랬구나. 미안해."

"아니에요."

싱긋 웃으며 용서하는 토가와. 다시 미리 생각해 둔 듯한 표정으로 바뀌었다. 토가와는 그런 게 있다. 누구에게나 웃어 주고 모난 데가 없다. 그리고 돌출된 모가 없다는 것은, 걸리는 게 없다는 뜻이기도 했다.

그 녀석, 그래 보여도 무거우니까.

토가와가 굴러가서 머물지 않기에 내가 그것을 못 느끼는지도 모른다.

"그래서, 오늘은 왜 불렀어요? 어젯밤에는 선생님과 안 만났잖아요."

"실은……."

드디어 이 순간이 왔다. 어떻게 보여 주는 게 좋을지 고민한 끝에 감추고 있던 팔을 들어 올렸다.

"짠……."

말하자마자 '짠'은 아니지 않냐며 후회했다. 그래서 점점 목소리가 기어들어 갔다.

그러면 대체 어떻게 보여 주어야 했을까. 공회전하는 글러브가 힘없이 내 눈앞에 떠오른다. '빠밤'이었어야 했나? 역시 '빠밤'이라고 하는 게 나았을까? 한 번 더 말할까? 아니, 해 봤자 창피만 배가 될 것이다.

토가와도 놀라 눈을 똥그랗게 뜨고 있다. 좀 더, 좀 더 잘 보여 줄 방법이 있지 않았을까 생각하니 핏기가 가실 듯하다. 어쩌지. 글러브의 가죽 냄새에 도움을 구하고 싶다.

그때.

똥그랬던 눈이 이해한 듯 접히며.

활짝, 내 눈이 눈부실 만큼.

토가와의 웃는 얼굴이 빛났다.

이제까지 보인 웃음은 가면이었구나 하는 생각이 들 정도로 달랐다.

"샀어요?"

"응……."

“캐치볼 하려고요?”

“그래.”

토가와의 눈이 점점 커지며, 무서울 정도로, 빛나기 시작한다.

“저를 위해서요?”

나한테는, 미래를 내다보는 힘 같은 건 당연히 없다.

하지만 인생을 살면서 간혹, 이런 감각이 작용하는 때가 찾아온다.

아, 지금 어떻게 대답하느냐에 따라서, 눈앞에 보이는 작은 단차를 뛰어넘을 수 있을지 없을지 결정되겠구나.

그런 질문이 지금, 눈앞에 있었다.

나는, 그를 감지하고 요란하게 자빠졌다.

“그렇게, 되려나.”

특정 학생을 특별 취급한다느니, 편애한다느니 다 집어치워.

웃는 토가와의 얼굴에 영혼이 건져 올려지고 답이 떠오른다. 내가 애잔한 미소를 지으려 꾸미는 사이, 토가와의 눈이 빛나고 있었다. 정말, 반짝반짝. 인간이 이렇게 빛날 수 있는 생물인가? 하는 의문이 들 정도로 빛나고 있다. 맑은 하늘의 해수면을 바라보듯 내 눈에 새겨지는 줄 알았다.

“와아……. 아하, 하.”

올라가는 입꼬리를 누를 수 없는 탓에 토가와의 얼굴이 엉망이다. 나이보다도 한층 더 어려 보이는 그 표정의 변모에, 이번에는 내 눈이 휘둥그레진다. 이게, 진짜인 걸까.

이것이 토가와의 본모습. 아이처럼 웃는, 눈부시게 빛나는 여자아이.

나는 이제껏 본 적도 없는 그 빛에, 압도되고 말았다.

토가와에 관해 잘 안다고는 하기 어려워 세세한 부분까지는 파악할 수 없지만.

보고 안 것은, 어지간히도.

깊은 감명을 주었나 보다, 이 글러브가.

그리고 토가와가 펄쩍 뛴다.

들고 있던 점심밥으로 추측되는 과자를 집어 던지고 빈손이 된 토가와가 내 손을 꽉 쥔다. 그러고는 그대로 당겨 걷기 시작한다. 단차를 경쾌하게 뛰어오르는 마음으로 교과 준비실을 나와 복도를 달렸다. 손을 잡힌 나도 당연히, 토가와의 속도에 맞추어야 한다.

"토가와, 잠깐만."

하고 싶은 말이 잔뜩 있었다. 점심밥, 복도에서 뛰지 말 것, 잡은 손. 그러나 그 무엇도 뜀박질에 두고 갈 수밖에 없었고 토가와는 노래하듯 웃으며 전혀, 듣지 않았다.

신발도 갈아신지 못한 채 둘이 교사를 뛰어나왔다. 이대로 지구 끝까지 달릴 기세였는데 운동장까지 나오자 갑자기 제동을 걸어 멈춰 서길래 안심하여 호흡을 가다듬었다. 언제 이후로 이렇게 전력으로 달려 보는 걸까. 나는 숨을 헐떡이는데 토가와는 춤추듯 빙글빙글 돌면서 나와 거리를 벌렸다.

"토가와……."

"이렇게 다정하게 굴면, 저, 선생님을 좋아하게 될 거예요."

동네 전체에 울려 퍼질 만큼 힘차고 큰 목소리로 오해할 법한 말을 한다.

"그런 말은 말이지, 가볍게……."

"선생님, 받아요."

주의를 주려 해도 전혀 귀에 들어오지 않는지 토가와가 재촉하는 손뼉을 친다. 공을 물고 오는 개를 칭찬하는 듯한 동작에 약간 낯간지러움을 느끼며 공을 완만하게 던졌다. 토가와는 글러브를 가져오지 않아서 다치지 않게 조심스럽게 던져야 한다.

토가와가 두 손으로 능숙하게 공을 잡아내고는 손안에서 구르는 것을 기분 좋게 내려다본다. 교실에서, 친구들에게 둘러싸여서. 그것만으로는 보일 기미도 없었던 토가와의 진짜 마음이 이토록 무방비하게 드러나서는 내게로 쏟아진다.

그에 품은 감정을, 황급히 부정한다.

우월감이라니, 누구에게, 어떤 형태로 얻으려는 건지.

"내일은 저도 집에서 글러브를 챙겨 올게요!"

당연하게 내일 예정을 선언한다. 그 말을 듣고 광대가 올라가는 것을 나 자신도 느꼈다.

지금 상당히 다른 사람에게 보여서는 안 되는 표정을 짓고 있을 것 같다.

내일이 있다.

사 오길 잘했다고, 진심으로 생각한다.

토가와가 온몸으로 기쁨을 표현하는 듯한 역동감과 함께 공을 되던진다.

그 공을 좇는 내 눈도 반짝임이 전파된 것처럼 심하게, 눈부셨다.

"선생님, 오늘은 시간 돼요?"

조례를 마치면 확인하는 게 당연해졌다.

"오늘은…… 지금으로서는 괜찮을 것 같아."

토가와가 수업이 시작되기 전의 짧은 시간에 교탁으로 와서 나를 붙잡은 건 점심시간 일정을 묻기 위해서였다. 시간이 비어 있으면 토가와와 캐치볼 하며 노는 게 일과처럼 되었다. 자칫 운동이 부족해지기 십상인 교직 생활 속에서 운동 부족을 해소하는 데 도움이 된다면 나쁠 건 없을지도 모른다. 문제가, 없지는 않지만.

"그럼, 항상 보는 곳에서 봐요."

둘만의 비밀을 공유하듯 살짝 젠체하는 말투로 말하는 토가와에게 알겠다며 작게 고개를 끄덕인다. 그건 괜찮은

데 자리에 앉아 있는 학생들의 시선이 날이 갈수록 느는 기분이 드는 건 내 지나친 생각일까. 토가와와 사이좋게 지내는 아이들은 특히 주시하는 것 같다. 뭐, 주시할 만도, 하다. 어느 새부터인가 친구가 담임 선생님과 친해져서는 점심시간을 함께하고 있으니. 이해가 안 가는 동시에 재미 없다고 느끼는 학생도 있을 터다.

토가와는 그러한 시선을 일절 돌아보는 일 없이 나를 올려다보며 기쁜 표정을 짓고 있다. 교단에서는 토가와를 내려다볼 수 있다. 상당히 신선한 각도다.

토가와가 그 각도를 알아차렸는지 교단으로 올라왔다. 여느 때와 같은 높낮이로 돌아간 게 기쁜지 씩 웃고는 무슨 생각을 했는지 내 머리에 손을 얹었다.

"헤헤."

"얘가, 선생님에게 그러는 거 아니야."

머리를 쓰다듬는 토가와의 손목을 붙잡아 나무란다. 토가와는 짓궂은 장난을 치다가 야단을 맞은 아이처럼 천진난만하게 도망쳤다. 그 뒷모습에서 귀여움을 찾아내는 나를, 고개를 저어 떨쳤다.

토가와는 귀엽다. 일거수일투족, 전부가 풋풋하다.

그날 이후로 나는, 토가와가 반짝반짝 빛나는 것처럼 보인다. 토가와 자체가 빛나는 건지, 아니면 내 눈에 그 반짝임이 전염됐는지는 판별할 수가 없었다.

하지만 특정 학생만이 반짝여 보이는 것은, 분명 안 좋은 신호다.

나는 교사니까.

"친구들하고 같이 안 있어도 괜찮아?"

그리고 점심시간, 교과 준비실로 뛰어온 토가와에게 맡아 둔 글러브를 건네며 물어보았다. 토가와의 글러브는 자주 써서 색이 벗겨지거나 흠집이 생겨 낡은 태가 났다. 더는 손질도 안 하는 듯하다.

그런 글러브의 상태를 확인하던 토가와가, 내 질문에 고개를 갸웃한다.

"친구들과 사이가 소원해지지 않을까 해서."

교사로서는 토가와가 교실에서 고립될 성싶으면 한 번 생각해 봐야 한다.

그게 맞는데.

"선생님이 좋아서, 오는 건데요?"

토가와가 전혀 막힘없이 그렇게 대답하는 것이다.

감명받을 만큼 올곧은 마음이 기쁘지 않은 건 아니지만.

그 녀석, 무거우니까.

어렴풋하게, 나도 그것을 느낄 수 있게 되었다.

"토가와가 괜찮다면야, 상관없어."

마주하지 못하고 얼버무려 버렸다. 그리고 토가와가 손을 뻗어 온다.

"가요, 선생님."

"응……."

가는 건 좋은데, 역시, 저 뻗는 손이 난감하면서도 거부할 수 없다.

캐치볼을 통해 형성되는 학생과의 유대는 누구나 인정하는 부분이지만, 문제는 이거다. 토가와가 당연하다는 듯 손을 잡아 온다. 손잡기가 당연하게 토가와에게 박이고 만 걸까? 교내를 걷는 동안 난 식은땀이 송골송골 맺힌 채 미소를 가져다 붙인다.

학생과 교사가 손을 잡는 건 부적절한 행위이다. 그런데도 대놓고 지적을 받지도, 주의를 주지도 않아서 그대로 운동장까지 가게 된다. 토가와는 성큼성큼 유유히 걷는 것이 기분이 좋아 보인다.

그 몸짓의 모든 것이 마음을 녹이는, 신기한 힘을 지녔다.

토가와를 보고 있으면 나는 금세 무언가를 발견한 기분이 든다.

반짝반짝하는 토가와 린에게서, 나는 무엇을 보고 있을까. 이 캐치볼이 계속되면 언젠가, 답을 잡을 수 있을까.

만약 그런 때가 온다면, 그때까지.

"선생님~, 던질게요~."

"응."

더, 능숙하게 잡을 수 있게 되고자 하얀 공을 쫓는다.

완만한 궤도를 그리는 공이 태양에 덮이듯 빛 속으로 숨었다가 툭 하고 떨어졌다.

"아."

"오늘은 비가 오니까 하지 말자."

"에이."

아침, 토가와가 여느 때와 마찬가지로 생글생글 웃으며 내 쪽으로 오기에 오늘도 할 생각인가 했는데 정말 그랬다. 날씨를 보라며 창밖을 턱짓으로 가리킨다.

"프로 야구는 비가 다소 와도 결행한다고요."

"프로 야구도 아닐뿐더러 다소 오는 것도 아니지. 억수같이 쏟아지잖아."

얼마간 5월의 쾌청한 날씨가 이어지던 중에 내리는 호우였다. 교실 창문도 옆으로 들이붓는 빗방울을 맞아 소리를 내고 있다. 이런 상황에서 저 빗속으로 나갈 마음은 들지 않았다.

"그러면 체육관에서 해요~."

"체육관은 다른 학생들도 써서 캐치볼을 하기에는 위험해."

무엇보다 던지는 사람이 나다. 세게 안 던진다고 해도 손에서 빠져 딴 학생에게 맞을 수 있다. 그랬다가 욕을 먹고 우리의 캐치볼이 역풍을 맞게 할 수는 없다.

"그렇구나."

"토가와가 감기 걸리는 건 싫으니까, 오늘은 쉬자. 알았지?"

"네……. 알겠어요."

약간 시무룩해하면서도 단념하고 자리로 돌아간다. 귀와 눈이 가라앉는 듯한, 그런 얼굴을 하면 마음이 아프므로 비여, 제발 오지 말기를 하고 생각했다. 조만간 장마철이지만.

나도 점심시간에 캐치볼 하는 게 익어서 몸을 움직이지 않으면 좀 허전할지도 모른다. 토가와와의 교류로 어느 정도 건강한 습관이 배었다.

몸뿐만 아니라 마음의 약동도 포함될는지도.

그리고 그날 퇴근길.

"아."

"'아'는 무슨."

장난스레 도망가려 하는 토가와의 등을 잡았다. 움직임에 맞추어 저녁까지 퍼붓던 비가 남긴 것이 발밑에서 튄다.

우연히, 토가와를 또 발견했다.

밤이 내린 동네에서. 포획당한 토가와가 혼나기 전에 이유를 댄다.

"오늘은 캐치볼 안 했잖아요~."

"하지 않았어도 돌아다니지 말고 집에 가면 좋겠는데."

"놔주면 안 도망갈게요."

그러면서 헤헤 웃는다.

"선생님, 일 고생하셨어요."

"고마워. 그래도 안 넘어가."

토가와가 그런 의도가 아니라며 주눅 들지 않고 고개를 젓는다. 오늘은 호시 씨와 함께 있지 않은 듯하다.

"오늘은……. 그러니까……. 아, 아니다."

썩 괜찮은 변명거리를 찾은 듯 표정도 휙휙 바뀐다.

"오늘은요, 엄마 가게에 왔어요!"

"어머니의, 가게?"

여기라며 옆을 가리킨다. 가리키는 손가락 쪽으로 시선을 돌리니 눈앞에 점포가 있었다.

"외관이 복고적인 분위기가 나네."

"원래 은행 자리였대요. 외관만 그대로 두고 사용한다나 봐요."

"그렇구나…….."

가게 앞의 상호와 작은 소개로 미루어 보아 바인 듯했다.

"거짓말 같으면 같이 가요. 안에 엄마 있으니까."

"토가와의 어머니라……."

딸을 이토록 방임하는 사람이기에 대충 어떤 사람인지 짐작이 간다.

그래도 한마디쯤은 나눠 봐도 괜찮지 않을까 싶다.

"그러면 지금 뵐 수 있어?"

"어, 정말 가게요?"

내가 정말 가자고 할지는 몰랐는지 토가와가 웬일로 당황한다.

머뭇거리고.

끙끙대고.

도망치려다 또 잡히고.

"뭐, 괜찮겠지."

끝내는 포기했는지 안내해 주기로 했다.

토가와가 무거워 보이는 문을 열었다. 바라……. 굳이 따지자면 바에 온 게 긴장됐다.

손님을 맞는 점원이 토가와의 얼굴을 보고 미소 짓는다.

"어서 와, 린."

"안녕, 오랜만."

잘 아는 사이인지 인사도 허물없다. 뒤따라 들어오는 나를 보고는 점원이 부드럽게 고개를 숙였다.

"엄마 좀 불러 줘. 담임 선생님이 만나러 왔다고."

"선생님……. 린, 무슨 일 있었어?"

"그런 거 아니니까, 얼른."

토가와가 점원의 어깨를 민다. 점원이 약간 난처한 듯 웃으며 안쪽으로 향했다. 잠시 뒤, 추측건대 주방 쪽에서 여자가 나왔다. 노곤해 보이는 발걸음이었다.

"담임 선생님이 찾아왔다니……. 뭐야, 너 사고 쳤어?"

"그런 거 아니거든……. 선생님이 만나고 싶다고 했어.

엄마랑 얘기하고 싶다고."

먼저 가게 앞에 있었으면서. 그건 입 다물고 있기로 했다.

"선생님이 말이지……."

"나는 저기서 기다릴게."

토가와가 카운터 자리 구석에 앉는다. 남겨진 나는 토가와의 어머니와 서로를 쳐다보았다.

토가와하고는 첫인상이 그다지 닮지 않았다. 화장의 방향성이 영향을 미친 탓일까.

"어머나, 어서 오세요, 선생님. 제가 린의 엄마 되는 사람입니다."

"이치고하라 이츠키라고 합니다. 올해부터 따님의 담임을 맡았습니다."

"흐응. 그나저나, 얘기를 나누러 오셨다고요. 그런데 제가 일이 바쁜데 어쩌나. 안줏거리와 요리를 전부 손수 만들거든요. 주방에서 말씀 나누시겠어요?"

경박한 웃음에 비뚤어진 성격이 느껴지는 건, 편견일까.

"제가 주방에 들어갈 수는 없지요."

"그건 그러네요."

"일을 마치실 때까지…… 혹시 영업시간이……."

"새벽 한 시까지요. 선생님, 그때까지 기다리실 수 있어요?"

"……그 시각까지는 좀 힘들겠네요."

내일도 당연히 출근해야 한다. 남편에게도 그렇게까지

늦게 들어간다고 말하기에는 좀 그렇다.

"그러실 테죠. 그러면."

토가와의 어머니가 주방으로 들어가지 않고 카운터의 가까운 자리에 앉는다. 그러고는 옆자리 의자에 손을 올린다.

"5분이라도 괜찮다면 앉아서 얘기를 듣지요. 5분 안에 끝내 주세요."

"……알겠습니다."

가방을 옆에 두고 의자를 뺀다. 앉으니 각도가 바뀌고 가게 안의 다른 경치가 보인다.

바에 온 건 처음인지라 이런 곳이구나 하면서 선반에 늘어선 술을 쳐다본다. 적당히 어둑어둑한 점내를 비추는 어슴푸레한 빛을 보고 있는데 술 냄새가 코를 휩싼다. 반원을 그리는 테이블 위에도 반쯤이 술병으로 채워져 있었다.

바텐더라는 걸 처음 봐서 혼자 몰래 감동하는데 눈이 마주친다. 고개를 작게 숙여 인사하니 상대방도 조용히 묵례한다.

"이런 가게는 잘 안 가요?"

"네, 그런 편이에요."

토가와의 어머니가 나를 빤히 본다. 딸과 달리 시선에 부드러움이 일절 없다.

"왜 그렇게 보세요?"

"선생님, 상당히 미인이시네요. 결혼은 했어요?"

"했습니다만……."

“흐응.”

물어본 것치고는 했든 말든 관심이 없어 보이는데 어째선지 고개를 기울인다.

“그러면 다음에 남편분하고 같이 마시러 와요. 우리 가게 음식 맛있어요.”

“5분 제한 벌써 시작된 거죠?”

“물론이죠.”

토가와네 어머니가 웃지도 않고 고개를 끄덕인다. 그리고 일부러 손가락을 접으며 세는 시늉까지 한다.

5분이라. 어떻게 운을 뗄지 순간 고민하고 냅다 본론으로 들어간다.

“토가와 학생……. 린 학생은 제 제자입니다. 담임이기도 하고요. 린이 밤에 빈번하게 외출하는 모양인데 부모님께서 주의를 주거나 지도를 하거나 하지는 않으시나요?”

“안 하는데요.”

턱을 괴고 있는 토가와의 어머니가 무기력하게 부정했다.

“아이든 어른이든 본인이 책임지고 좋아하는 일을 하고 상처받으면 되지 않나요. 고등학생도 다 컸으니 어른이나 마찬가지잖아요. 린은 나보다 키도 크고. 선생님보다도 크지 않아요?”

“육체적인 문제가 아니라 정신적 성숙에 관한…….”

“난 그런 거 몰라요.”

기세로 의견을 날려 버리듯 노골적으로 말에 가시가 늘

었다.

"나이 먹으면 마음이 자란다는 말, 선생님도 딱히 와닿지 않죠?"

"그건, 그럴지도 모르겠군요."

당신을 보면 동의하고 싶어진다.

"왜, 그렇게 린과 마주하기를 꺼리시는 건가요?"

"꺼린다고 할지, 음식 만들고 마시고 떠드는 걸 좋아해요. 나를 행복하게 해 주는 건 그 정도밖에 없어요."

그 발언에 어째선지 지나가려던 점원이 뒤를 돌아본다. 토가와의 어머니가 그걸 알고 실언을 얼버무리듯이 눈이 가늘어지게 웃었다.

"음식 만드는 걸 좋아하신다면 린에게 해 주면 되잖습니까."

"딸한테 만들어 줘 봤자 생활이 안 되는걸요."

"린에게도 만들어 주시면 되잖아요."

"아, 피곤해라."

토가와의 어머니가 응답하기 귀찮다는 기색을 숨기지 않는다.

"그러면 말이에요. 선생님이 린을 챙겨 줘요."

종국에는 내게 아예 떠넘긴다.

"선생님은 린이 가엾죠? 불쌍하죠? 그럼 도와주든가요. 돕는 건 누구나 인정하는 옳은 일이에요. 자랑스러워해도 돼요."

혀가 가볍디가볍고 말이 빠른데도 전혀 엉키지 않는다. 장담컨대 같은 말을 두 번 하지 않는 타입이다.

그리고 목소리가 크다. 토가와도 무조건 들었을 것이다. 그만하라고 화를 낼 뻔했다.

"특정 학생에게만 마음을 쓰는 것은……."

"말은 그래도 학생 모두를 배려하기는 힘들잖아요. 어떻게든 편중과 부족이 생기죠. 선생님도 누구는 착하다든가, 귀엽다든가, 멋지다고 생각하지요? 또 누구더러는 음침해서 말 걸기도 어렵고 무슨 생각을 하는지 모르겠다는 생각도 하고요. 안 그래요?"

"그런 얘기가 아닌 줄로 압니다만."

"호감과 비호감을 의식해서 무시하는 거야말로 부자연스럽다고 생각하는데. 평등하게, 모두에게 무관심할 수는 있을 테지만. 그런 매정한 교사가 되려는 건가요?"

주절주절, 나불나불. 제멋대로 펼치는 주장을 삐딱하게 앉아 던져 댄다.

그리고 재지도 않고 있었을 시간을 이쯤이면 됐다 싶으니 싹둑 잘라 버린다.

"5분 지났네요. 미안해요, 일부러 와 주셨는데. 혹시 오래 얘기하고 싶으면 저녁때 와요. 근데 선생님은 나하고 얘기해도 별로 재미없죠? 성격이 아예 안 맞아."

"………………………………."

보는 눈이 있으시다고 받아칠까 주저했다.

"그래도 이왕 온 김에 마실래요? 한 잔 정도는 서비스로 대접할게요."

"……됐습니다."

"거절할 줄 알았어."

이 거북한 상황을 즐기는 얼굴을 최대한 보지 않으려 애쓴다.

"나는 선생님 같은 사람 좋아해요. 친해지지는 못하겠지만."

"……저는 불편합니다."

"역시 친구는 못 되겠네."

조소하듯 경박한 목소리를 남기며 가게 안쪽으로 돌아갔다. 불편하다는 표현으로 양보를 느낀 반응이었다. 뉘앙스를 알아차릴 만한 사람이라는 건 짧은 대화로 알았다. 사람의 마음을 모르는 게 아니라, 의도적으로 딸을 팽개치고 저 좋을 대로 사는 것이다.

주먹 쥔 손이 더 단단해졌다.

자리에서 일어나 토가와를 찾았다. 토가와는 카운터 구석 자리에서 치즈를 먹고 있었다. 교복 차림의 여학생이 바의 옅은 조명 속에 앉아 있는 모습은 신기하게도 그림이 되었다.

"아, 얘기 끝났어요?"

"응. 다 먹었으면 가자, 토가와."

등을 가볍게 툭 쳐 재촉하자, 토가와의 눈이 순간 휘둥그레졌다가.

"네."

마지막 치즈를 입으로 가져가고는 자리에서 벌떡 일어나 내 옆에 나란히 섰다. 토가와의 어머니는 내다보지도 않았다. 대신 처음에 안내해 준 점원이 배웅을 나와 주었다. 조금 전에 토가와 어머니의 말에 뒤돌아본 점원이기도 하다.

"또 올게, 이치키."

토가와가 살갑게 인사하는 점원에게 나도 묵례했다. 점원 또한 친근한 미소로 토가와를 배웅했다.

바에서 나오니 어두워졌길래 토가와에게 제안했다.

"늦었으니까 집까지 데려다줄게."

"선생님이요?"

"……이것도 선생님이 해야 할 일이니까."

변명처럼 귀에 걸린 머리카락과 눈이 살짝 옆으로 치우쳤다.

어머니와 대화를 나누고 어느 정도 동정하는 마음이 들지 않았다면 거짓말이다. 그러한 감상이 데려다주겠다는 제안을 낳았다. 밤이 이리 깊은데 토가와를 혼자서 돌려보내는 짓을, 나는 할 수 없었다.

"네, 그것도 좋네요. 가요, 선생님."

"그렇게 멀지는……."

목소리가 도중에 밤의 꼬리에 감싸인다. 균일했던 공기

의 온도에 따뜻한 것이 끼어든다.

토가와는 이러는 게 당연하다는 듯 내 손을 들어, 잡고, 이끌었다.

"멀지는 않아요. 그래도 20분 정도는 걸을 거예요."

토가와가 더 바닥이 크고, 손가락도 길다. 그래서 간단히 제압당하고 만다. 얽히듯 맞잡아 토가와의 체온에 내 손이 빠져든다. 토가와의 손은 내 손보다 따뜻했다.

"자, 잠깐."

학교에서도 잡기는 하지만, 밖에서 학생과 손을 잡고 걷는다니……. 안 되는 걸까? 만약 남교사와 여학생이었다면 문제가 됐으리라. 억측과 힐문 끝에 사회적 위치를 잃을 수도 있다. 여교사라서 용납되는 것도 이상하므로 분명 이렇게 손잡는 건 잘못된 것이다.

그런데 아주 자연스럽게 잡힌 손은 거칠지 않고 부드러워 계속 잡고 있고 싶어진다. 밤이 손잡은 모습을 남들 눈으로부터 조금은 숨겨 주겠지만, 서로의 체온을 의식 밖으로 가져가는 것은 허용하지 않는다.

혹여 다른 학생이나 동료 교사가 본다면…… 어떻게 되는 걸까?

학교 안이기에 간신히 묵인되고 있는 그것이, 어떤 의미를 지닐까.

"선생님, 엄마와 얘기해 보니 어땠어요?"

손을 잡은 것은 전혀 의식하지 않는 듯 토가와가 웃으며 묻는다.

"어땠냐니?"

"솔직한 생각을, 들려줘요."

솔직히 털어놓기에는 맨 처음에 아주 큰 단차가 있었다. 부정적인 말을 할 때는 늘 그러하다.

그 단차를 고생해서 극복하고 펼쳐지는 평탄한 길을 질주한다.

"너무하시더라."

본심을 투명하게 드러냈다. 감상을 들은 토가와는 '아하'라며 짧고 메마른 웃음소리를 흘렸다.

"나는 어머니께 사랑받으면서 자랐다고 생각하고 내가 아직 엄마가 아니라서 확실히 무어라 말할 수는 없어. 그래도 자식을 소중히 여기지 않는 엄마는…… 아무리 남의 일이라고 해도 화나."

맞잡은 손에 힘이 들어가려는 걸 신중히 억눌렀다.

"선생님은 좋은 사람이네요."

"너희 아버지는……."

물어보다가 조사표의 내용이 떠올랐다.

토가와는 잡은 손을 조금 크게 흔들며 아무렇지 않게 대답했다.

"초등학교 1학년 때 죽었어요."

순간 흔들던 손의 방향이 토가와와 어긋난다.

"지금, 사과할까 망설였어요?"

밝게 묻는다.

"살짝."

"괜찮아요. 솔직히 별로 기억도 안 나고. 그리고 아빠는 집에 없었거든요."

아빠도, 엄마도 없는 집에, 도대체 누가 있던 걸까.

그렇다. 토가와밖에 없다. 이 아이는 그런 가정에서 자랐구나.

"그러고 나서 엄마도 새 여자 만들었고……. 이치키는 나한테도 잘해 주지만요."

"흐응……."

으응?

"……여자?"

밤 산책 중에 흘려들을 뻔한 내용이 뒤늦게 걸린다.

"네."

내 의문에 토가와는 짧게 대답할 뿐이었다. 무시하는 게 아니라 설명이 그거로 충분하다는 듯. 나이 차이와는 다른, 상식의 차이를 느꼈다.

"여자라니……. 애인, 말하는 거야?"

"맞아요. 엄마는 남자든 여자든 좋아하게 되면 성별은 고려하지 않는 사람이니까요."

그것참, 와일드하고. 호쾌하고.

"그런 사람도 있구나."

나로서는 그렇게 말하는 수밖에 없었다.

"그리고 좋아하는 사람이 생기면 다른 건 아무래도 상관 없는 성격이기도 하죠."

"……………………………"

좋아하는 감정에 종류가 있음을, 알고는 있지만.

딸을 사랑하는 것은, 어머니를 채워 주지 않는 걸까.

이렇게 귀여운 딸을, 어떻게, 좋아하지 않을 수 있는지.

"저도 그런 거 뭔지 아니까 엄마가 싫지 않은 것 같기도 해요."

그 이해의 표현 방식에는 돌멩이를 차는 감촉이 있었다.

안다는 것은 호의의 형태를 알고 있다는 뜻.

토가와의 호의. 왠지 상상만으로도 목 가죽이 당긴다.

"좋아하는 애, 있어?"

마치 동급생이라도 된 양 묻고 말았다. 내 목소리와 의식에 거리가 있었다. 태연함을 가장하려 초조한 의식을 밖으로 몰아냈다. 그래서 귀에 닿은 목소리가 다른 사람 것 같다.

토가와의 손가락 끝이 더 깊이 내 손을 붙들어 얽으려 꿈틀거린다.

"당연히 있죠, 좋아하는 사람."

귀 뒤에서 얻어맞은 듯한, 날카로우면서 순간의 충격이 통과해 나갔다.

"그렇구나."

"네."

좋아하는, 사람.

모호하게 돌려 말해서, 손에 땀이 밸 듯했다.

결국 계속 손을 잡은 채로 토가와의 집까지 걸었다.

내가 사는 동네는 옛 도읍이라 불리기도 해서 전통이라는 이름으로 애매하게 방치된 오랜 건축물을 여기저기서 볼 수 있다. 흙벽으로 만든 광 같은 건물과 십자 격자를 길을 가다 눈에 차이도록 보기도 한다. 그래서 특별할 것도 없지만, 토가와네 집은 목조 건물로 오래되어 보였다.

물론 집 안에서 귀가를 맞아 주는 불빛 따위는 보이지 않는다. 밤과 동화해 있다.

"선생님, 차 한 잔 드릴 테니 들렀다 가요."

"아니야, 마음 쓰지 마."

"그런 거 아니에요. 제가, 선생님하고 조금 더 같이 있고 싶어서 그래요."

그런 말을 대놓고 하면 좀 쑥스럽다. 그리고 현관 앞에서 토가와가 열쇠를 꺼내려 잡고 온 손을 놓아 주어서 드디어 마음이 편안해졌다. 당연, 당연하지만 토가와와 하는 스킨십이 싫은 게 아니다. 그렇지만 토가와가 학생인 이상, 함부로 손을 잡고 있으면 마음이 놓이지 않았다.

집 담벼락에 자루에 든 서프보드가 세워져 있었다. 바다가 가까운 동네라 보기 드문 물건은 아니지만, 학생이 소유하고 있는 걸 실제로 보는 건 처음이라 놀랐다.

"토가와, 서핑해?"

"초등학교 때 했어요. 지금은 근처 바다에 파도가 전혀 오지를 않아서 하러 가지 않지만요."

말하면서 문을 연다.

"그리고 피부가 타는 것도 신경 쓰이기도 하고요."

"그렇구나."

지금의 토가와의 매끄러운 피부를 떠올린다. 떠올리지 마.

"자, 환영해요, 선생님."

캄캄한 집이 입처럼 문을 벌린다. 그 입으로 빨려 들어가면서 토가와가 나를 부른다.

부드러운 목소리까지, 그 윤곽이 밤에 녹아들 듯이, 띈다.

"실례합니다."

신발을 가지런히 벗어 두려 몸을 구부리니, 집 안을 감도는 오래된 나무 냄새가 났다.

외관을 봤을 때도, 내부로 들어와서도 느낀 점은 지어진 지 오래된 집이라는 것이었다. 깔개와 벽 장식에서 그런 게 느껴지는 걸까. 시골 할머니 댁을 방불케 한다. 토가와가 불을 켜고 현관 정면에 있는 맹장지를 바른 미닫이문을 연다. 원래는 황색인 맹장지가 햇빛에 의해 곳곳이 누렇게 변색한 게 보였다.

다다미가 깔린 어둑어둑한 다다미방을 경유하여 격자 문

을 열자 거실 같은 방이 나왔다. 그 방에서는 갑자기 생활감 있는 냄새가 강하게 풍겼다. 꽤 널찍한 공간으로 큼직한 소파가 여유롭게 놓여 있었다. 소파 바로 앞에는 TV를 두었고 그 밑의 하부 수납장을 들여다보니 요즘은 별로 보기 힘든, 구형 비디오 덱이 있었다.

지금이야 이불이 안 덮여 있지만, 코타츠 책상 위에는 필기도구를 정리한 연필꽂이와 손톱깎이, 뒤틀어 봉해 둔 롤빵 봉지가 놓여 있다. 책상 위 말고는 물건이 어질러져 있지 않은 걸 보니, 신경 써서 정리 정돈과 청소를 하는 듯했다.

TV 옆으로는 불투명한 유리문이 있었다. 뒷문인지 유리 너머로 야경이 어렴풋이 보였다. 밤은 울창한 나무들의 그림자를 그리고 있다. 부지 자체는 상당히 넓은 것 같았다.

"선생님, 여기로 앉아요."

토가와가 코타츠 책상 가까이 방석을 마련해 준다.

"소파에 앉아도 되고요."

"고마워."

마음 써서 깔아 주었으니 방석에 앉기로 한다. 앉기까지 위에서 아래로의 움직임을 따라서 실내 냄새가 코로 빨려 들어온다. 냄새는 역시나, 토가와에게서 풍기는 그것과 비슷했다.

"옷 갈아입고 올게요."

토가와가 건너온 방향과는 다른 맹장지 문을 열고 나간다.

그리고 조금 멀리서 계단을 오르는 소리가 들려서 토가와의 방은 2층에 있다는 것을 알았다. 발소리를 배웅하듯 고개를 든다.

이런 밤중에 학생이 사는 집에 방문해 앉아 있다. 앉아 있는 느낌이 기묘했다.

기다리는 동안 다다미 냄새에 이끌려 다다미방을 들여다보니, 안쪽의 거뭇한 그림자 속으로 피아노가 보였다. 다다미방에 피아노라니 꽤 고상하다. 그리고 요즘에는 좀처럼 보이지 않는 듯한 석유난로가 놓여 있다. 비디오 덱도 그렇고 시대를 조용히 넘어온 물건이 여기저기 남아 있었다.

석유난로 앞에 쭈그리고 앉아, 어릴 때 시골집에 놀러 갔을 적 추억을 떠올렸다. 할아버지, 할머니가 아껴 줘서 좋은 추억이 많았다. 만화책을 자주 사 주셔서 집 2층에서 뒹굴뒹굴하며 읽었다. 이제 더는 만날 수 없는 사람도 추억 속에서 가끔 만날 수 있는 건 인간의 굉장한 능력이라고 생각한다.

잠시간 눈을 감고 할아버지, 할머니와 얘기를 나누었다.

발소리가 들려 뒤를 돌아보니 토가와가 실내복으로 갈아입고 돌아와 있었다. 귀여운 코끼리 일러스트가 크게 그려진 셔츠였다. 오래 입었는지 코끼리 아래에 있는 엘리펀트라는 철자가 중간에 끊겨 있었다.

"선생님, 뭐 재미있는 거라도 발견했어요?"

"재미있다고 해야 하나, 조부모님 댁에서 본 듯한 반가운 물건이 많아서."

"여기, 원래 할아버지 집이었대요. 할아버지가 돌아가시고 엄마가 사는…… 그런 거죠."

현관이 큰길과 인접한 탓인지 때때로 자동차가 달리는 소리가 집까지 들리면서 아주 약간 흔들린다. 토가와와 함께 거실로 오니 책상 위에 있던 쿠키 캔을 이쪽으로 가져왔다.

"선생님, 쿠키 먹을래요?"

"아니야, 마음 쓰지 마."

조금 전도 같은 말은 한 듯한 기분이 든다.

"같이 먹어요, 저도 먹고 싶으니까."

"잘 먹을게."

토가와가 즐겁게 캔을 열기에 같이 먹었다. 조금 딱딱한 쿠키의 단맛이 퇴근길의 몸에 스며든다. 그러고 보니 저녁도 아직 안 먹었다는 걸 빈속에 과자를 떨어뜨리며 생각났다.

"차도 드세요."

"고마워."

서성서성, 빙긋빙긋. 이런 비유는 실례일지 모르지만, 대형견이 살갑게 구는 것 같아서 귀엽다. 평소에는 이렇게 누군가와 집에 있을 일이 없으리라고 생각하니 더욱 그랬다.

아무리 고등학생일지라도 집에 혼자 있으면 마음에 틈

이 생길 수도 있다.

그렇게 생기는 뒤틀림을 교정하는 것이 얼마나 어려운지, 그 모친은 한 번이라도 생각한 적이 있을까.

"어머니는, 정말 집에 안 오셔?"

"네. 전혀요."

"언제부터?"

"옛날부터요."

토가와가 살짝 말이 빨라지고 목소리가 굳는다. 쿠키를 씹어 으깨어 삼킨다.

"그런 사람이고, 그런 집이에요."

토가와는 이미 체념한 듯 보였으나 그 사실을 실제로 입 밖으로 내자, 부정적인 감정이 여실히 드러났다. 익숙해졌다고 해서 공백이 메워지지는 않는다.

"어머니께, 집에 와 달라고 말씀드린 적은 있어?"

"집요해요, 선생님."

토가와의 말에는 웬일로 명확하게 가시가 돋쳐 있었다. 언짢다고 호소하는 입꼬리가 구부러지고 잡은 자기 발목은 손가락으로 계속 두드리고 있다. 내가, 섣부르게 파고들었음을 깨달았다.

"미안해."

"괜찮아요……."

얼굴 부위는 어느 곳이든 전혀, 괜찮은 각도가 아니다.

"그래도 마지막으로, 하나만 말할게."

입꼬리는 축 내뜨린 채, 나를 가만히 응시한다.

"가족에게 응석을 부리고 싶은 마음은 창피한 것도, 잘못된 것도 아니야."

그 마음은 인간이라면 당연히 지니는 감정이며 나이를 얼마나 먹었든 달아날 수 없다. 가족의 형태가 바뀌어도 우리는 그를 원하게 된다.

"……네, 알겠어요."

귀에 걸린 머리카락을 만지작거리며 눈을 피한다.

"……죄송해요, 태도가 좀 심했어요."

"아니. 네가 사과할 일은 아니지."

아무런 자격도 없으면서, 사람의 마음 깊은 곳에 닿고자 하고 만 내 실수다.

"즐거운 얘기로 돌아가도 돼요?"

"그래."

즐거운 얘기를 했었나 돌이켜봤지만 좀처럼 찾아낼 수가 없다.

그래도 예의 부드러운 표정으로 돌아와서 조금 마음이 놓였다.

"아, 그렇지. 선생님, 우리 게임해요."

내뜨렸던 입꼬리를 풀고 소파로 뛰어든다. 표정과 기분이 바뀌는 속도에 놀란다. 토가와도 나를 배려해서 일부러 밝은 척하는 걸 수도 있다. 그 세심한 마음씨에서 토가와의 상냥함을 보았다.

“나, 게임 같은 거 잘 못해…….”

“게임은 딱히, 잘하는 사람만 하라고 있는 게 아니에요.”

그러면서 게임기를 준비하는 토가와를, 거슬릴 정도로 눈을 깜박이며 지켜본다.

“그렇구나.”

그런 거구나. 완전히 수긍했다. 못해도 해도 되는구나.

왠지 모르게 항상 지레 주눅이 들어 거절하고 권유한 상대방도 물러나서 그대로 상황이 종료되어 버렸다. 내게는 그게 당연했다. 하지만 토가와는 그래도 같이 놀자며 내 손을 당긴다. 눈이 번쩍 뜨일 정도는 아니지만, 그거면 되는구나 하고 생각했다.

“선생님, 어서요.”

토가와가 소파를 두드린다. 옆으로 오라고 재촉한다. 가르쳐 준 감동에 젖어서 그렇다면야 하는 마음으로 옆에 앉는다. 토가와가 건넨 게임 패드를 받아 들고 화면을 본다.

“저게 뭐야, 되게 흐물거리는데.”

“저 흐물이를 조종하는 거예요.”

“흐응…….”

토가와의 흐물이와 협력하여 노는 게임인가 보다. 목적은…… 더 흐물흐물해지는 거?

“몸이 유연한 건 좀 부럽다.”

“선생님은 뻣뻣해요?”

“굳이 따지자면 뻣뻣하지 않을까 하는 생각이 요즘 들어서 들어."

TV의 아침 방송에서 때때로 체조나 스트레칭을 알려 주면 따라 해 보는데 그때 깨닫는다. 그냥 운동 부족과 나이 탓일 수도 있다.

게임 내용은 조종하기 어려운 흐물이끼리 협력해 단계별로 깨는 거였다. 나는 조작하는 데 서툴기도 해서 흐물흐물한 느낌의 갑갑함이 50% 정도 증가했다. 사지가 너무 흐물대서 잠깐 걷는 것도 실패하자 곤드레만드레 구르고 만다.

"꽉 껴 버렸어! 그나저나 방금 나 치이지 않았어?"

조작에 실패하고 흐물이가 넘어져 비틀거리고 있었는데 토가와가 옮긴 광차에 그대로 깔려 버렸다. 사고당하지 않았냐며 호소하자 나를 친 토가와가 배를 부여잡고 웃으며 어깨를 떨었다.

이런 부조리를 즐기는 게임이라는 것을 토가와의 웃음소리로 이해했다.

나는 그 게임의 묘미에 따라가기에 앞서 토가와의 신이 난 얼굴을, 즐기고 만다. 캐치볼 할 때도 그렇지만 토가와가 집중하는 모습에 나는 뒤따라서 집중하게 된다.

이 아이 자체가 나에게 오락의 면모를 지닌 것 같았다.

토가와에게 지냄으로써 마음이 심할 정도로 충만하게, 약동하는 것을 느낀다. 그것들은 20대 후반의 교직 생활 속에서는 여간해선 발견하기가 어려운, 불꽃 덩어리처럼 나를 자극했다.

한바탕 재미있게 놀다가 문득 시간을 까맣게 잊었다는 것을 깨달았다. 거실의 벽에 걸린 낡은 벽시계를 올려다보며 그만 가야 할 시간임을 알았다. 토가와도 게임하던 손을 멈추고 내 시선의 의미를 눈치챈 듯하다.

그런 토가와와 눈이 마주쳤을 때, 눈동자가 쓸쓸하다는 듯 흔들리는 걸 보고 나도 모르게 죄책감 같은 것이 생겼다.

"미안."

게임 패드를 돌려주며 사과하니 토가와가 고개를 붕붕 가로젓는다.

"선생님이 미안해하실 일은 아무것도 없어요."

토가와가 '옳지, 옳지'라며 어째선지 내 머리를 쓰다듬는다.

"하지 마."

툭 떨치자, 손을 치운 그 끝에 토가와의 미소가 꽃피고 있었다.

"즐거웠어요. 선생님, 잘 자요."

"너도 잘 자. 내일, 학교에서 보자."

"캐치볼 해요."

놀 약속이 먼저인 것에 쓴웃음을 지었다. 일단 선생님으로서는 학교에 수업을 들으러 왔으면 한다. 피곤하기는 해도 그 이상의 만족감을 안고 현관으로 향한다. 즐거웠다. 즐거운 기분이 먼저 들었다. 남편이 게임하는 걸 뒤에서 보는 것도 나쁘지 않았으나 누군가와 함께 노는 즐거움이 오늘, 다시 기억났다. 학창 시절에는 만끽했던 그것을, 어른이 되면서 점점 잊고 말았다. 토가와와 있으면 그런 즐거움이 계속해서 찾아온다.

어른에서 역행하는 걸지도. 살짝 웃는다.

"선생님, 있잖아요."

신발을 신는데 토가와도 왔다. 뒤도니 오른발이 한 발짝 나와 있었다.

"그……. 엄마 일이나, 그런 거요……. 하기 싫은 얘기이기는 했는데요."

존재하지 않는 벽이라도 붙잡으려는 것처럼 토가와의 두 손이 허공을 더듬는다. 말하기를 어려워한다, 그런데도.

"선생님이 저를 걱정해 주는 건…… 굉장히 기뻐요."

토가와의 뺨이 따뜻하게 물든다. 눈꼬리와 입매가 부드럽게 녹아 내려가 있다.

누군가의 기쁨이 나의 기쁨이 되는 그런 경험을 하게 해 주는 표정이었다.

"앞으로도 많이 걱정해 줘요!"

"애초에 걱정할 만한 일을 하지 말아 줘."

"아하하하하."

부러 크게 웃는 토가와에게 지금은 아무 말 없이 웃어 줄 수밖에 없었다.

"잘 자렴."

한 번 더 인사하고 토가와네 집을 나섰다. 바깥의 밤이 더 깊어져 있는 걸 보고 생각보다 오래 있었음을 알았다. 집까지 얼마 안 되는 길을 머릿속에서 그려야 할 만큼 내가 아는 큰길로 나와서도 밤이 깊은 탓에 헤맨다.

종종걸음으로 귀가를 서두르며 토가와가 혼자 소파에 앉은 모습을 상상하고는 그 말 없는 표정에 가슴이 아팠다.

아쉽고 끌려가는 듯한 마음은 내게도 움트고 있었다. 생각보다 토가와에게 감정 이입을 했는지도 모른다. 아니, 모르는 게 아니라, 했다.

토가와 어머니가 지적할 것도 없이 학생 중 하나라는 틀을 벗어나 있다. 제자 토가와가 아니라 토가와가 제자인 것이다. 그 순서의 도치는 필시 의식적으로 큰 의미를 지닌다.

토가와의 어머니가 한 말은 옳지 않다. 궤변, 나를 현혹하려 했을 뿐이다. 그러니 나의 반발도, 불편한 마음도, 결코 틀리지 않았다.

그러나 거기에는 한 가지 진실도 있다.

그것은 유일한 가족인 어머니가 딸을 보살필 마음이 전혀 없다는 것이었다. 그래도 그 아이 주변에는 나만 있는 게 아니라, 친구도 있다. 하지만.

어둠 속을 뒤돌아본다.

그래도 역시 나뿐일지도 모른다고, 그런 생각이 들고 만다.

"아, 오늘도 러브러브 하네요~."

지나쳐 가는 다른 반 여학생들의 야유에 뺨이 살짝 열기를 띤다.

학교 점심시간에 있었던 일이다. 오늘도 캐치볼을 하자는 권유를 수락한 건 좋은데 토가와와 손을 잡고 이동하는 건 아직도 적응이 안 된다.

"선생님, 학생한테 손댈 거면 좀 숨겨요."

"말도 안 되는 소리 마."

"손은 서로 댔거든~."

토가와가 명랑하게 웃으면서 쥔 손을 들어 올린다.

"남들이 오해할 말은 하지 마."

"시간 없으니까 얼른 가요, 선생님."

토가와의 뜀박질에 맞춰 나도 덩달아 허둥지둥 복도를 뛰게 된다.

"복도에서는, 뛰지 마."

"아, 그런 교칙도 있었더랬죠."

들을 기색조차 없는 토가와도, 주변 시선도 신경이 쓰여서 정신이 사납다.

교사와 학생이 교내에서 손을 잡는다.

소문이 안 나는 게 이상하다. 앞에서 놀리는 여학생은 그나마 나은 편이다. 보이지 않는 곳에서는 무슨 소리를 들을지 알 수도 없거니와 이런 일이 학생을 통해서 학부모들 사이에 알려지면 문제가 될지도 모른다. 아니, 된다. 무조건. 그래도 토가와가 기뻐하며 내 손을 잡아 오기에 위기감에 둔해진다.

만약 내가 남자였다면 즉각 문제가 되어 도마 위에 오를 것이다. 해고, 징계 면직, 범죄자 등 부도덕한 표현이 잇따라 몰려들어 도망칠 곳이 없으리라. 반대로 토가와가 남자였대도 취급은 달라지지 않는다. 같은 여자, 동성이기에 교사와 제자가 놀림을 받으면서 간신히 넘기고 있는 것이다.

왠지 모르게 허점이 느껴진다. 허를 찌른 관계일지도 몰랐다.

운동장으로 나갈 때까지 그런 생각을 했다.

"학교에서는 손 안 잡는 게 어때?"

토가와가 거리를 두고 난 뒤에 제안한다. 공을 주물럭거리던 토가와가 웃는 얼굴 그대로 고개를 든다.

"선생님은 싫어요?"

"싫으냐니, 싫은 것과는 달라……. 이상, 기묘……하다고 할까."

토가와의 기분을 배신하는 것에 대한 저항감이 날이 갈수록 쌓여만 간다. 토가와에 대한 대응을 강요당하면, 나는 산소를 잃은 것처럼 숨이 막힌다. 열 살 어린 제자와 마주하는 것은 그만큼 깊은 곳으로 잠수하는 것과 같은 것일까.

내가, 표층이 아닌 심층으로 가려 하고 마는 것인가.

글러브에 공을 몇 번 문지른 뒤에 토가와가 먼저 던진
다. 완만한 궤도로 오는 공을 글러브로 빨아들인 다음, 비
슷한 포물선으로 되던진다. 투구 동작도 꽤 매끄러워진 것
을 나도 느낀다.

"선생님이 싫다면 안 잡을게요~."

"싫지 않아."

부정은 입에서 곧바로 나왔다. 토가와와 스킨십하는 게
싫다니, 그럴 일은 없다. 마음이 몸보다 먼저 펄쩍 뛰며 반
발했다. 반응이 너무 좋아서 바로 뒤따라서 식은땀이 날
만큼.

"이상한 소문이 퍼지면 토가와도 곤란하지 않겠어?"

"이상한 소문이라뇨?"

최근에는 토가와도 봐주지 않고 공을 던져서 속도가 빨
라졌다. 그리고 나도 빠른 공을 몇 번이나 받아 낼 수 있게
되었다. 허둥대며 조금씩 후퇴하지 않고 그 자리에서 공을
잡으면 약간 해낸 기분이 든다. 손바닥까지 전해지는 가벼
운 충격이 의외로 기분 좋다.

"그러니까……. 선생님과 학생이, 손잡는다고……."

원래 잡아서는 안 된다. 적어도 내 상식선에서는 그러하다.

추문.

그런 불온한 단어까지 감돈다. 이제까지 살면서 그런 것
과는 연이 없었는데.

공을 받은 토가와가 글러브를 얼굴 옆으로 올리며 이를

보이며 씩 웃는다.

"선생님과 바람피운다는 그런 거요?"

자의로는 움직이지 못하는 귀가 흠칫흠칫 튀는 걸 느꼈다.

"터무니없는 말 하지 마."

"저는 우리를 친한 사이로 보면 기뻐요."

공보다 먼저 내 목을 강하게 누르는 말이었다. 뒤이어 온 공을 잡지 못했다. 글러브 끝에 맞고 튕겨 나간 공을 쫓아가서 조급하게 주웠다. 공을 꽉 쥐고 마음을 굳게 가두어 누르고 뒤돌아보았다.

토가와는 생글생글 웃으며 글러브를 올려 나를 기다리고 있었다.

고민하고 얼떨떨해하면서도 나는 그 웃는 얼굴에 끌리고 만다.

그리하여 캐치볼을 접고 교사로 돌아갈 때도 결국, 손을 잡게 된다.

왜냐하면 토가와가 옆으로 뛰어와 손을 잡아 버리니까.

"친하죠?"

"……친하지."

친할 리가 없는데 토가와가 싫어하지 않는다면야 됐지, 하며 받아들인다. 고개를 들고 걷는 것도 괴롭고 고개를 숙여도 내가 꽉 잡은 손이 보여서, 그것도 괴롭다.

괴로운데, 몸을 숨기지도 않고 계속 이곳을 선택한다.

"러브러브~."

토가와가 목소리, 다리와 함께 튀어 오르며 익살스레 행동한다.

"……러브는……."

목소리가 기어들어 간다.

나는, 토가와 린과의 숨 막힘 너머에서 무엇을 보려 하는가.

무엇을, 원하는가.

답을 냈을 때, 나는, 두 번 다시 부상할 수 없는 바다 저 밑으로 가라앉을지도 모른다.

정신을 차리니 소용돌이 중심에서 농락당하고 있었다. 소용돌이는 진한 보라색으로, 보는 것만으로도 가슴앓이를 할 것 같다. 그리고 빙글빙글 도는 와중에도 다른 소용돌이가 보여 귀에 거슬리는 게 심해진다.

소용돌이에 휩쓸릴 위기에서도 필사적으로 무언가를 붙잡는다. 끌어안으려 한 그것의 알 수 없는 냄새에 둘러싸인 순간, 의식이 각성했다. 눈을 뜨는 소리가 느껴지는 것처럼 지릅떴다.

얼굴을 옆으로 파묻은 베개에서는 기억에 있는 냄새가 희미하게 났다. 아예 모르는 냄새는 아닌데 생소한 그런 향이다. 그다음 맹렬한 냄새가 덮쳐 왔다. 냄새의 정체는 내가 뱉은 숨이었다. 숨 냄새를 맡고 생긴 두통 탓에 완전히 눈이 떠졌다.

모르는 방의, 모르는 침대에 누워 있었다. 벌떡 일어나려 하니 천장에 머리라도 박은 양 둔통이 덮친다. 그 통증은 머리 겉뿐만 아니라 속에서도 느껴졌다.

붙잡은 건 이불이었다. 내가 모르는 무늬의 이불을 소중하게 껴안고 있다. 벽과 닫힌 커튼도 전혀 기억에 없어서 이 정도면 오히려 나까지 다른 사람에게 빙의했다는 게 자연스러울 정도지만, 약간 저린 손가락 끝은 틀림없이 내 손가락이었다. 약지에 낀 반지가 그 사실을 알려 주었다.

침대 안쪽에는 벽장으로 보이는 맹장지 문이 있고 거기에 그려진 야경과 낡은 다리는 언젠가 꿈에서 본 듯도 했다. 모르는 거, 모르는 거, 모르는 거……. 미지의 돌이나 모래가 깔린 바닷가에 내던져진 듯한, 곤혹과 파랑.

좌우간 머리가 무겁다. 그리고 아프다. 안구를 조금씩 움직일 때마다 머리 안쪽까지 울린다.

너울거리는, 내 윤곽째로 일그러지게 하는 이 감각은, 이건…… 혹시.

숙취?

속이 울렁거리거나 쓰리지는 않지만, 아무튼 두통과 현기증이 심했다. 기억에 없는 곳에 있다는 불안과 마주할 여유가 없다. 옷도 갈아입지 않고 잠들었는지 어제 입은 정장이 자면서 구깃구깃 구겨져 있었다. 손질하지 않은 머리가 부스스 쏟아진다.

이마를 지탱하듯 누르며 두통을 참는데 문이 열렸다.

"아, 선생님. 일어나셨네요."

"토가와……. 토가와?!"

잠옷인지 셔츠와 반바지 차림의 토가와가 방을 들여다 봤다. 집에 왜 토가와가 있지. 혼란과 동시에 머리의 둔통도 심해진다. 토가와도 막 일어났는지 머리가 흐트러져 있었다.

"여기, 우리 집이에요. 그리고 제 방, 제 침대고요."

토가와가 하나씩 가리키며 설명한다. 설명하다 내가 이불을 껴안은 모습을 보고는 한바탕 웃는다. 이것도 토가와의 이불이고 모르는 냄새의 정체를 깨달은 나는 이불을 팍 놓았다.

"토가와네 집……. 집이라고? 어, 어째서?"

의문이 두통을 뛰어넘어 조용히 머리를 흔든다. 물마루에 휩쓸린 것처럼 세상이 어질어질했다. 그리고 말을 하면 턱과 혀가 엄청나게 무겁다. 끈적한 피로감이 남아 있었다.

토가와는 내 의문에 답하지 않고 페트병 보리차를 내밀었다.

"드세요."

"아, 고마워……?"

혼란도 순순히 받아들이고 재촉에 순순히 조금 마신다. 알맞게 시원한 보리차가 갈증 났던 목에 스미고 통과해 흘

러 떨어진다. 보리차를 받아들인 위가 꾸르륵꾸르륵 이상
한 소리를 내었다.

바짝 메말라 있던 몸도 다소 윤기를 얻고 삐걱거리던 내
장이 조금씩 움직인다. 숨을 크게 내쉬자, 아직 남아 있는
두통 말고는 안정을 되찾았다. 그리고 안정되기를 기다렸
는지 얌전히 옆에 서 있던 토가와가 말을 걸었다. 토가와는
아까부터 계속 양손을 뒤로 감추듯 뒷짐을 지고 있었다.

"어젯밤에 소라 언니한테 연락이 왔어요. 선생님이 몸도
못 가눌 정도로 취해서 혼자서는 도저히 집에 못 간다고."

"어제⋯⋯⋯⋯ 어제⋯⋯ 아."

어제 내가 어디에 가서 무엇을 했는지.

둘로 쪼개진 지면의 틈을 들여다보고서야 마침내 발견
하듯, 기억이 떠올랐다.

금요일이 되면 학생들만큼은 아니지만, 마음이 가벼워
진다. 일을 하기 싫은 건 아니어도 안 해도 된다면 좋았다.
다만 곧 시험 기간이라 준비할 게 많다.

앞으로 바빠질 시기였다, 그래서.

"선~생님."

"아⋯⋯."

그날도 일정을 물으러 온 토가와에게 아쉽지만 거절할

수밖에 없었다.

"미안해, 오늘은 점심시간에 해야 할 일이 있어……."

내 거절에 시무룩해진 토가와를 보니 가슴이 죄어서.

"내일, 내일은 꼭 하자."

손이라도 잡을 기세로 굳게, 약속하려 했다.

"이히히히."

토가와가 천진난만하게 웃고는 복도를 뛰어간다. 복도
에서는 뛰지 말라며 발놀림을 눈으로 좇으며 외치자 멀어
진 토가와가 손을 흔든다.

"선생님~, 내일은 토요일이에요!"

지적을 받고 헉, 했다. 방금 금요일의 기분을 확인한 지
얼마 안 됐는데도 이런다.

너무 필사적이었나.

그래도 싫다. 토가와가 조금이라도 실망하는 게.

토가와와 반목하는 걸 상상하기만 해도 위가 심한 통증
으로 스트레스를 호소한다.

"……그러니까, 너무 필사적이잖아……."

도대체 왜, 토가와에게 미움받는 것만으로도 세상에 버
림받은 기분이 드는 거냐 말이다.

그것도 실제 일어나지도 않은 공상 단계에서.

내 머리가 불안과 자리 잡은 토가와를 기억했다. 토가와
를 기억했다니 뭔 소리람.

그렇다. 그날의 시작은, 그런 식이었다.

토가와를 그렇게 보내고, 음, 분명. 여느 때와 같았다고 생각한다.

그때부터 학교에서의 행동은 딱히 문제가 없었을 터다.

"오늘은 안 해요?"

방과 후, 교무실에서 일본사 선생님이 말을 걸었다. 백발이 조금 눈에 띄는, 통통한 여자 선생님이다. 무슨 얘기인지 생각할 필요도 없이 금세 짐작이 갔다. 던지는 동작도 취하고 있고.

"아무래도 일이 바쁠 때는 짬이 안 나더라고요."

"그래도 캐치볼로 학생을 갱생한다니 쇼와 감성이 나요."

"갱생이라고 하기에는 좀 거창하지 않나요. 그리고 토가와 학생은 그렇게 불량한 애도 아니고요."

"하지만 밤마다 놀러 다닌다고 들었는데요."

"밤마다 놀러 다니지 않습니다."

욱할 뻔한 걸 손거스러미를 뜯듯이 둥글게 다스린다.

토가와는 그런 아이가 아니다. 아니야. 아니라고 믿고 싶어.

"그래서 쇼와 감성이라는 거죠. 헤이세이도 좋고요."[*]

"아, 네."

<hr>

*쇼와:1926년부터 1989년까지 사용된 일본의 연호.
헤이세이:1989년부터 2019년까지 사용된 일본의 연호.

“제가, 쇼와 감성을 좋아하거든요!”

‘좋지 않아요?!’란다. 그렇게 물어봐도 나는 ‘그러십니까’ 말고는 할 말이 없다. 그러나 당연하지만 동료 교사도 보고 있다는 거다. ‘괜찮은 건가’라고 생각하고 말았다.

지금 이 부분은 아무래도 좋다. 접점이 없었다. 여기가 아니라, 좀 더 뒤에.

일을 마친 밤에, 퇴근해서 집으로 가는 도중.

금색 나비가 밤을 돌아다니는 것을 보았더랬다.

어두운 곳을 춤추는 황금 나비.

그런 표현이 어울리는 금발이 발걸음도 가볍고 경쾌하게 흔들리고 있었다.

전에 만났을 때와 같은 곳에서 또 우연히 만났다.

“아, 선생님이잖아. 안녕.”

눈이 마주치자 인사한다. 호시 씨는 오늘 일을 이미 마쳐 작업복을 벗고 무지 셔츠를 입고 있었다.

“안녕하세요.”

“오늘은 린 없어~.”

확인하기 전에 선수를 친다. 그래도 일단 주변을 확인했다.

“내 말을 안 믿네.”

“믿으니까 찾는 겁니다. 토가와를 숨겨 주는 걸지도 모르는 일이고요."

그런 선한 심성이 있는 사람이라고 생각한다.

"그게 뭐야."

호시 씨가 기뻐하며 납득했다. 가볍다고 해야 하나, 무심하다는 느낌이 강하다. 경박하고 붙임성 있는 척하면서 사실은 별로 관심 없다는 게 전해진다. 안 지 얼마 안 돼서 맞는지 자신은 없지만.

"선생님, 지금 시간 있어?"

"시간……. 뭐, 퇴근하고 가는 길이니 있다 치면 있다고 할 수 있죠……."

어려운 문제다. 피로가 쌓였을 때는 시간이 있어도 있다고 하기 어렵다.

"그럼, 같이 저녁밥 먹는 거 어때? 선생님하고 친목을 다지는 것도 나쁘지 않으니."

의외의 권유를 받았다. 그렇게까지 친하다는 느낌은 들지 않았기에 어떻게 할지 망설이는데.

"그리고 선생님 말이야, 린에 관해 궁금한 얘기 없어?"

토가와를 미끼로 그런 말을 한다.

내가 그렇게 빤한 수법에 걸려들 사람으로 보이냐며 분개하고.

그 직후에 이 사람은 내가 모르는 토가와를 안다고 생각하니 마음속에 비가 내린다.

내가 모르는 토가와. 내가 모르는 사람과 본 적도 없는 표정을 짓는 토가와.

피해망상 같은 정보가 머리를 맴돌면서 눈이 초점을 잃을 뻔했다.

아무리 그래도 그렇지, 줄곧 너무 필사적이다.

"남편에게 연락할 테니 잠시만 기다려 주세요."

"응~? 아, 그렇구나. 그래, 그래."

남편의 존재에 고개를 갸웃한 것이 어째선지 인상에 남았다.

「오늘 친구랑 저녁 먹고 들어가서 좀 늦을 거야. 저녁 먹었어?」

「그러면 나도 한잔하고 들어갈까. 회사 동료들이 술 마시자네.」

그렇게 답장이 온 다음, 초밥 이모티콘을 보내왔다. 회전 초밥집이라도 만끽하고 오려는 걸까.

그건 그렇고 친구. 오랜만에 친구와 교류한다니까 마음이 조금 들뜬다. 동료 교사와는 업무상의 관계로 끝났다. 의외로 내가 결혼하지 않았더라면 좀 더 말을 걸어 줬을지도 모르지만.

그래서 그 길로 호시 씨가 추천하는 가게로 따라갔는데.

"……………………………………."

이때부터 점점 기억을 떠올리기가 싫어진다.

호시 씨가 데려간 가게는 휘황찬란했다. 진한 청색 지붕과 묵직한 문. 평상시에는 지나가다 눈에 들어와도 들어갈 일이 없는 장소면 금방 의식에서 지워지는 그런 외관이었다.

내 부족한 지식으로도 어떤 곳인지 이해할 수 있었다.

"저기……."

"여자와 즐겁게 술을 마실 수 있는 곳이야."

"카바레잖아요!"

"좋은 곳은 맞잖아."

호시 씨가 예상한 반응을 봐서 기쁜지 히죽히죽 웃고 있다.

"아니, 그래도 저도, 호시 씨도 여자……."

"여자가 카바레 가면 안 된다는 법은 없어. 아마 좋은 경험이 될 거야. 자, 들어가자."

호시 씨가 내 어깨를 안으며 도망치지 못하게 앞으로 나아가도록 재촉한다.

"게다가 저는, 교사……."

"교사가 카바레에 출입하면 안 된다는 법은 없어."

"있어요! ……이, 있을 것 같지 않아요?"

"있을지도 모르지."

사람 얘기는 귓등으로도 안 듣고 성큼성큼 걷는다. 그렇다, 나는 어젯밤에 처음 카바레에 가 봤다.

나쁜 친구에게 끌려가 미지의 세계를 소개받았다.

기억이 차츰 되돌아올 때마다 기분 나쁜 땀이 맺힌다.

그래도 안으로 들어왔을 때 인상은 나쁘지 않았다.

"예쁘다……."

가게 전체가 짙은 푸른색 기조의 색으로 통일하고 어두 컴컴해서 밤바다 같았다. 소파 배치와 장식품은 마치 호텔 로비를 방불케 했다. 저기가 카운터인 듯하다.

세련됐다며 태평하게 감상했다.

기다리는 사이에 지갑 속을 확인한 후 호시 씨에게 물었다.

"저기, 이런 곳은 역시 좀 비싼가요?"

"괜찮아. 최근 채소 가게 앞에 생긴 생선 가게도 비싸니까. 생선값 보고 깜짝 놀랐다니까."

괜찮다는 의미를 모르겠다.

"1시간 요금이 정해져 있어. 저렴한 술은 무제한이야. 다른 걸 더 먹으면 추가로 돈을 내야 하지만. 그리고 지명 요금이나 연장 요금이……. 참, 선생님은 어떤 사람이 취향이야?"

"취향, 네? 취향요?"

"내가 맞혀 볼까. 린 같은 애지?"

호시 씨의 지적에, 분명, 뺨이 불타올랐다.

"무슨, 말씀을 하시는 거예요."

불이 거세서 부정에 굳게 파고들지 못했다.

"호시 씨, 무언가 오해하고 계시는 게 아닌지."

"내가 뭘?"

'누가 있나'라며 찾는 시늉을 한다. 발끈했더니 호시 씨가 그런 내 반응을 기다렸다는 듯 입이 찢어져라 웃는다.

“린 같은 애가…… 있었던가. 키 큰 친구는 있는데.”

“그러니까, 아니라고, 몇 번을 말해요.”

애초에 카바레에 토가와와 닮은 사람이 있다니……. 있다면, 왠지, 싫다.

토가와와 닮았어도 다른 이의 마음에 들고자 웃음을 지은 얼굴로 응석을 부리듯 기댄다면…… 싫다. 점점 어휘를 잃고 떼쟁이처럼 거부만이 남는다.

그렇게 말해 버렸더니 ‘뭐야, 생각보다 진심이네’라며 호시 씨가 놀려 대어 머리가 따라갈 수 없게 됐을 때 가게 안쪽으로 안내받았다. 결국 지명은 한 걸까.

“어서 오세요.”

점장으로 보이는 사람이 호시 씨를 보자마자 오만상을 찌푸리고 굴곡 없는 평탄한 입술로 마지못해 인사한다. 접객업에 종사한다면 보여서는 안 되는 얼굴과 태도로 보아 속속들이 아는 사이임이 엿보인다.

“헤이, 점장님! 가장 활기찬 애로 부탁해.”

“알겠으니까 얌전히 자리로 가서 기다려.”

“응. 아, 오늘은 친구도 데려왔어. 여기 봐.”

호시 씨가 기념 선물로 사 온 비둘기 사브레를 보여 주는 느낌으로 나를 소개한다.

“잘 오셨어요.”

“아, 네…….”

“이제 와서 태도 바꿔 봤자 늦었어.”

시끄럽고 얼른 가기나 하라며 쫓아내듯 손짓하는 점장님이 호시 씨와 나를 구석 자리로 쫓아 보냈다. 카운터와 마찬가지로 푸른색 기반의 살짝 어두운 실내에 이따금 둥근 빛이 공중을 천천히 걷는다. 아름답다고 감탄하며 빛이 만들어 내는 연출을 눈으로 쫓게 된다.

"내가 추가 요금도 내기 아까워하고 객단가도 싸서 별로 안 좋아해."

"그렇군요……."

그런 거구나 하고 이해하며 업종이 완전히 다른 세계의 감촉을 맛본다.

"연장할 거야? 아니! 술 마셔도 돼? 안 돼, 물이나 마셔!"

이전에 한 대화를 재현하는 건지 목소리를 변조해서 보여 주더니 폭소한다.

싫어할 만한 손님이라는 생각이 들었다.

"선생님도 방심하지 마. 한 잔 사 주면 한 잔 더 마셔도 되냐면서 아양을 떠니까."

"음, 뭐, 업무 내용이 그런 것을요."

생각해 보니 특이한 일이다. 그래도 손님의 기분을 좋게 한다면 그 또한 하나의 업무인 건가.

내가 토가와를 위해 글러브를 산 것과 마찬가지일지도 모른다.

아니, 나는 딱히 토가와에게 뭘 주거나 하지도 않고 빠지지도 않았지만.

"그리고 내가 가게 여자들한테 손댈지도 모른다고 생각하나 봐. 그건 편견이라고."

"네?"

호시 씨가 자부하듯 흥 하고 콧방귀를 뀐다.

"나는 키가 작고 가슴이 큰 여자 외에는 손 안 대."

"네?"

욕망이 알몸으로 휙 지나간 것에 당황스러워하는 사이 잘 차려입은 여성이 살포시 옆에 앉는다. 앉은 자리가 가까워 얼떨떨해하는데 좋은 향기와 목소리와 미소와 인사가 날아왔다.

"안녕하세요. 손님이 너무 아름다우셔서 제가 다 긴장되네요."

"아, 고, 고맙습니다……."

거리감, 말투, 치장. 진짜 직업여성이다. 처음으로 보고 이상한 감동을 받았다.

한편, 호시 씨는 턱을 괴고 한숨을 쉬었다.

"또 너냐."

"지명 감사합니다~."

"왜 지명도 안 했는데 항상 지명 요금을 뜯어 가는 거야?"

"가장 좋은 애로 붙여 달라고 점장님께 말했다며."

점잖은 표정으로 받아치니 호시 씨가 미소 짓는다.

"그 자신감 좋네. 그렇게 나와야지."

호시 씨가 나에게 호스티스를 소개한다.

"아, 얘는 친구야. 그래서 이렇게 고마워하는 마음이 전혀 없지."

"이 가게에 당신 친구 아닌 애가 있기는 해?"

"그래도 신입 중에는 모르는 애 있어, 아마도."

호스티스가 술을 준비하며 호시 씨에 대한 푸념을 흘린다.

"이 사람 있죠, 쓸데없이 좋은 외모를 이용해 가며 살고 있답니다."

"아, 네."

"타고난 게 내 잘못이냐고."

엄청난 자신감이었지만 그럴 만한 용모이기는 했다. 저 반듯한 이목구비는 흔히 볼 수 있는 게 아니다. 카바레에 놀러 오지 않아도 솔직히 상대가 없어 곤란하지는 않을 외모라고 생각했다.

하지만 카바레에서만 얻을 수 있는 게 있을지도 모른다.

그렇다, 이리하여 화려한 여자들에게 둘러싸이는 세계로 뛰어든 것이었다.

점점 기억의 윤곽이 드러나기 시작하는데.

"선생님도 본인이 미인이라고 생각하지?"

술을 따르기 전부터 그런 얘기를 한 듯하다.

"저는,"

“나는 선생님의 학생이 아니야. 솔직해지자고.”

“…………조금요.”

살면서 평판이 좋다고 느낀 적이 적잖이 있다.

“제가 봐도 선생님은 미인이세요. 선망하는 동네 언니 같은 느낌이 나요.”

은근하게, 연상이라는 말을 듣기 좋게 하는구나 하고 감탄한다. 이런 식으로 말을 잘 고르는 것이 프로라는 증명이겠지. 술이 찬 유리잔을 손안에 들고 흔들흔들 흔든다.

그러고 나서, 뭔가, 이야기가 건너뛰고. 이 부분은 기억이 드문드문 남아 있다.

“선생님은 카바레에 편견이 있을 것 같아.”

“편견이라뇨……. 아니, 조금은, 가지고 있을지도 모르겠네요.”

“솔직하게 인정하는 게 뭐랄까……. 성실한 사람이라니까.”

뭔가, 늘 듣던 얘기를 듣고.

“선생님은 린이 다니는 학교 선생님이지?”

“그런데요, 왜요?”

“아뇨, 좋은 학교지요.”

갑자기 눈을 피하고 말투가 딱딱해졌다. 노골적으로 수상하다.

“그 학교의 세일러복 교복이 귀엽지. 블레이저도 나쁘지 않지만, 역시 보기에는 세일러복이 좋아.”

묻지도 않은 취향을 주저리주저리 말하고. 살짝 동의하고.

"고등학생한테도 손을 대니까 괜히 찔리는 거예요."

"야."

"고등학생?"

손을 대?

왜인지 내 가슴까지 아픈 곳을 맞은 듯했다.

"이 사람, 다른 가게 애한테도 손대서 출입 금지당했거든요."

"네?"

"아니, 그 일은 말이야. 결과적으로는 맞지만, 그렇게 된 경위가 복잡해. 카바레에서 일한다는 걸 나중에 알았거든……. 그리고 애초에 그 가게는 한 번도 간 적이 없다고. 간 적이 없는데 출입 금지라니 뭔 소리야. 잠깐, 지금 생각해 보니, 내가 더 피해자 아닌가?"

대체 무슨 얘기를 하는 거냐는 내 의문스러운 눈에 호시 씨가 대답했다.

"아아, 나는 여자 좋아해. 아주 흔해 빠진 기호지."

호시 씨가 딱히 감추지도 않고 명확하게 밝혔다. 신기하다거나 의외라고도 생각지 않는다.

뭘까. 마치 뭔가 알고 있고 익숙한 것처럼 받아들였다.

"그래서 카바레를 다니는 거지. 알기 쉽지?"

"어렴풋이 느끼고는 있었는데, 그러리라고……."

"선생님은 그런 쪽으로는 거부감 없어?"

"글쎄요……. 생각해 본 적도……. 아, 토가와! 설마 토가와에게, 손을……. 이게 아니라, 불순한, 그런."

"린은 내 취향이 아니라 손 안 대."

그럴 일 없다며 손사래를 친다.

"린은 교복 입고 돌아다닐 때 말 걸어서 좀 챙겨 준 게 다야. 왠지 위태로운 느낌이었거든."

"그렇, 군요……. 감사합니다."

"선생님이 왜 감사하대."

"선생님이니까요."

그렇게 받아치니 호시 씨는 좋은 선생님이라며 야유하듯 웃었다.

그나저나 토가와를 보고도 취향이 아니라니, 눈이 얼마나 높은 거람.

"토가와는, 이런 말을 제가 하는 건 뭣하지만, 귀엽다고 생각하는데요."

"음~. 뭐, 꽤 예쁘장하기는 하지. 예쁘다고 해야 하나. 아, 그래. 선생님이 말했듯 귀여운 쪽이지. 대형견 느낌. 근데 걔는 안 돼. 키가 커."

"키요……?"

그러고 보니 아까 욕망을 몽땅 드러낸 발언을 했었지.

"어린애가 아니면 안 되는 여자예요, 이 인간은."

"이봐, 일부러 남이 들으면 오해할 만하게 얘기하네. 나는 키가 작은 애가 좋을 뿐이야."

"근데 키가 작은 애는 필연적으로 연하일 수밖에 없잖아?"

"뭐, 그거야! 좀 어릴 수 있지!"

건드리면 위태로운 부분을 큰 소리와 기백으로 어물쩍 얼버무린다. 점점 호시 씨를 보는 눈이 가늘어지는 게 느껴진다. 그리고 알아차렸다. 우리 자리로 온 아가씨는 키가 크다는 것을. 그제야 점장님의 인선을 이해했다.

호시 씨가 큼, 하고 군기침하고는 음미하듯 말했다.

"키는 작고 가슴은 큰 애가 최고야."

이번에는 당당히 말했다.

"이런 욕망 덩어리와는 엮이지 마세요."

"네? 아……. 뭐, 취향이라는 건 사람마다, 다르니까요……."

섣불리 언급하기 어려운 화제였다.

"선생님은 어떤 애가 좋아? 아까 물어봤나? 또 물어보지, 뭐."

화살이 내게로 옮겨 오고, 점차 정경이 스쳐 간다.

"저기, 그런 걸 물어보셔도……. 저는, 이미 결혼했는데요?"

결혼반지를 보여 주니 그러냐면서 가볍게 흘려 넘긴다.

"그래서, 어떤 린이 좋은데?"

"왜 토가와 한정인 건데요."

"그야 선생님은, 어?"

호시 씨가 아가씨를 찌른다.

"린이라."

그러면서 아가씨가 웃는다.

"토가와를, 아세요?"

"네. 가게에 온 적이 있어서요."

"네?!"

"저 사람이 데려왔어요."

이러쿵저러쿵 고자질하는 아가씨. 가리키는 곳에는 작은 애를 좋아하는 금발 언니가 있었다.

"호시 씨, 당신."

"나하하하."

"생각이 있는 거예요?!"

"선생님, 주변 손님들에게 폐가 되니까 큰소리치지 마."

콧김을 거칠게 뿜으며 노려보자, 호시 씨가 또 나하하하 웃으며 어깨를 들썩인다. 뭐야, 저 열 받는 웃음소리는. 너무 화가 난 나머지 또 소리를 지를까 봐 술잔을 기울여 입을 막았다.

"린이 오고 싶대서 데려온 거였어. 그 녀석네 어머니는, 이쪽 사람들과 거의 다 아는 사이니까."

"토가와네 어머니……."

토가와는 조금이라도 가까이에 가고 싶었던 걸까.

"가고 싶다길래 그럼 가자고 했지!"

"가지 말았어야죠."

"린은 재미있게 놀다 갔어요. 자리에 앉았던 애가 과일을 먹고 싶다고 조르니까 옆에 있는 저 사람이 '안 돼, 과일가게로 가! 지금부터 과일가게에서 데이트하자!'라며 시끄럽게 구는 걸 보고 웃었어요."

"그 손님, 너무하네. 출입 금지 시켜."

"왜 출입 금지를 안 당할까."

"참고로 실제 나이로는 출입이 안 되니까 스무 살이라고 했어."

"스무 살의 토가와……."

왜 침을 삼킨 걸까.

"교복 차림이었지만."

"왜 안 말리셨어요!"

소리치니 목이 말라서 마침 들고 있던 유리잔으로 목을 적셨다. 목 넘김이 좋았다.

"스무 살은 세일러복 입으면 안 돼?"

"그런 변명이 통할 거 같아요?!"

꿀꺽, 꿀꺽, 꿀꺽, 꿀꿀꺽꺽.

"하아, 뭐, 그 얘기는 천천히 듣자고. 어이, 아가씨. 시간 연장은 안 해."

"잠깐, 술을 왜 더 시켜?"

"잔이 비면 유리잔을 먹을 기세잖아……. 유리잔은 맛없잖아……."

"무슨 배려인지, 참……. 어지러워하는데 못 마시게 하는 게 낫지 않아?”

“승부는 지금부터야.”

“뭔 승부?!”

말소리가 명료하게 들린 건 그때까지였다.

카바레다. 그래, 결국 카바레에 같이 가서 호시 씨와 얘기하고 호스티스는 프로였고……. 근데 그 뒤에 술이 왔을 때부터 기억이 날아가 있었다.

“우리 집에는 엄마도 없으니까 선생님을 맡기기에는 괜찮겠다 싶었대요.”

토가와가 커튼을 젖히자, 내 죄를 꾸짖듯 햇볕이 눈으로 들어왔다. 커튼 움직임에 맞춰 흩날리던 미세한 먼지가 빛 속에서 춤을 춘다. 눈 안쪽으로 뻐근한 통증을 느끼며 장마의 끝자락을 예감케 하는 상쾌한 아침과 마주한다.

고개를 들고 잇새에서 나오는 날숨에서 술 냄새가 고약하다.

그 고약함이 어젯밤의 나를 말해 주었다.

“정신 놓을 정도로 마시고, 그대로, 여기로 왔다고……?”

“선생님, 우리 집에 왔을 때 학교로 착각하고 있었어요.”

기억났다는 듯 웃는 토가와의 모습에 팔꿈치부터 손끝까지 떨린다.

"저기, 나는…… 담임이고…….”

"아는데요?”

갑자기 무슨 말이냐는 표정을 짓는 토가와에게 여기로 온 충격 탓에 순서대로 말할 수가 없다.

"선생님이고, 규율이 말이지, 모범적이고, 제자 집에, 술에 취해서……. 그, 쓰레기?”

명색이 교사라는 이가 고주망태가 되도록 술을 마시고 제자 집에서 쉬어 가는 건 말도 안 되는 거라고 말하고 싶었다.

"나는 쓰레기가 아닐까?”

목소리는 뒤집힐 정도로 밝았다. 눈이 뱅글뱅글 도는 게 안구의 통증으로 전해진다.

아히, 우히, 현 상황을 파악해 나감에 따라서 기괴한 웃음소리가 새어 나온다. 새어 나올 수밖에 없었다.

"자, 자. 일단 차 좀 더 드세요.”

토가와가 어깨를 안아 주며 상냥하게 챙겨 준다. 학생에게. 제자에게. 끙끙 앓으며 꽉 쥔 페트병 차를 벌컥벌컥 마신다. 술에 젖은 몸에 수분이 퍼져 나가는 걸 느꼈다.

눈은 여전히 돌고 있다.

그보다 아침…… 아침이다. 하루가 시작되었다. 남편에게 아무 연락도 하지 않고 외박하고 말았다. 잠깐, 남편한테는 연락이 왔나? 연락했었나? 왔어도 답장을 잘했을까? 걱정되는 마음에 경찰서로 신고하지는 않았을까? 어떻지?

불안과 후회와 죄책감과 양심의 가책이 한편을 맺고 마음
에 성채를 짓는다.

빛과 포개지듯 웃는 토가와에게도 여러 가지 부정적인
감정이 떠올라 탄력을 받는다.

아니야, 아무 일 없었어……. 아무렇지도……. 않을 터,
인데.

토가와를 보고 마음이 좀체 진정되지 않는 건, 무언가
나쁜 짓을 했다는 것이리라.

"진정됐어요?"

"아, 응……. 조금."

실의에 빠져 움츠러드는 걸 진정이라고 한다면. 내용물
을 반쯤 마신 페트병을 쥔 힘도 빠진다. 집에 가야 한다.
지금 당장. 그리고 토가와에게 고맙다고, 미안하다고 하
고. 호시 씨에게 끼친 폐도 이만저만 아닐 테다. 할 일은
산더미인데 몸이 움직이려 하지를 않는다. 평소에는 하나
씩 해 나가자고 생각할 수 있는데 머리가 무거운 게 상태
가 영 안 좋다.

토가와가 헛기침을 한 번 하고는 눈을 피한다.

"이것도. 일단 빨아 뒀어요. 여기요."

"어……?"

토가와가 손을 뒤로하여 들고 있던 건 여자 속옷이었다.
심지어 어디서 본 무늬다. ……봤다고?!

"효히호헤이?!"

침대에서 펄쩍 뛰고, 전율을 느껴 옷 위로 확인한 감촉에 창백해진다.

구역질과 등의 온도가 뒤바뀌며 몸 상태가 급격히 악화하는 게 느껴진다.

"그거, 그거, 그거, 내!"

"맞아요, 선생님 거예요."

호달달달달, 아랫입술이 떨려서 제대로 물을 수가 없다.

어째서 저게 내⋯⋯. 이게 아니라, 왜 토가와한테 있지.

최악의 예상이 잇달아 뒤얽히며 눈 속을 선으로 가득 채운다.

"이건 선생님이⋯⋯."

듣기가 겁난다. 귀를 막을까 소리를 지를까 갈등하는 와중, 토가와가 속옷을 살포시 놓는다.

"화장실을 가고 싶다고 하길래 데려갔더니 변기에 정강이를 세게 부딪쳐서 넘어지고는 혼자서는 쉬를 못 싸겠다며 우는 바람에 제가, 선생님 속옷을 벗겨서——."

"죽을래."

침대에서 뛰듯이 내려와 창문, 뛰어내리기 쉬워 보이는 창문을 찾으려는데 토가와가 팔과 어깨를 잡으며 방해한다.

"굳세게 살렴, 토가와."

"아니요, 선생님이 굳세져야죠."

"지금이라면 빨려들 듯이 땅으로 갈 수 있을 것 같아."

"괜찮아요, 선생님. 선생님이 볼일 보는 건 안 보려고 노력했어요."

"아아아아아아아아아아."

갓난아기의 첫 울음소리와 흡사한 비명이 절로 흘러나와 턱뼈에 울려 퍼진다. 머리를 싸쥐고 배배 꼰다. 배배 꼰다. 배배! 제자의 얼굴을 똑바로 볼 수가 없다. 토가와에게, 속옷을, 쉬, 쉬, 쉬, 쉬히히히히히이이히이이이이히히!

뚝 하는 소리가 들렸다.

머리가 한계에 달했는지, 넘어섰다. 오히려 차분해졌다. 몸이 왠지 오른쪽으로 기울어 있다.

힘없이 눈알을 굴려 발밑을 확인하니, 오른쪽 정강이가 심해처럼 멍들어 있었다. 게다가 한 개가 아니라 두세 개의 암초가 보인다.

그렇구나.

인생을 살면서 처음일지도 모르는데 아무 주저와 갈등 따위 없이 깊이, 또 깊이 머리를 조아릴 수 있었다.

"미안해!"

"괜찮아요~. 있죠, 울면서 어리광부리는 선생님이 왠지, 귀여웠어요."

싱긋, 제자가 상냥한 미소를 지으며 감싸 준다.

"역시 죽어야겠다."

"안 된다니까요. 그보다는 일단 팬티를 입자고요."

"아아……. 정말…………. 아아."

한심함에 말이 나오지를 않았다.

반쯤 울면서 갓 빤 속옷을 받아 다시 입는다. 제자에게 속옷까지 빨게 한 건가, 나란 사람은. 고개를 숙이니 욕지기가 치밀어 오르는 게 서글프다. 하반신의 통풍이 조금 전보다는 덜 돼서 쓰러져 울고 싶은 마음으로 뒤를 돌아보니, 토가와가 웬일로 웃음기마저 사라진 채 굳어 있었다. 빤히, 나를 응시하고 있다.

"토가와?"

"아……. 아무것도 아니에요. 자, 내려가서 얘기해요."

금세 따뜻하게 웃고는 걸음을 약간 재촉하여 방에서 나간다. 뭔가 이상하긴 하지만 지금은 신경 쓸 여유가 없었다. 마ㅇ크래프트의 좀비처럼 신음을 흘리며 불안한 걸음걸이로 방을 나선다. 방 앞의 통로는 당연히 낯설었다. 토가와의 집에 온 적은 있지만, 2층은 올라오지 않았다. 죽고 싶다. 계단에서 떨어지지 않는 게 용할 정도로 둥실둥실한 발걸음으로 내려간다. 죽고 싶다.

내려가니, 확실히 토가와의 집이었다. 와~, 남편에게 연락도 없이 무단으로 남의 집에서 잤다. 와~. 빛 속에서 기분이 춤추고 있다. 모든 걸 내려놓았다고도 할 수 있다. 죽고 싶다. 살면서 이렇게까지 추태를 보인 경험이 없었다. 어, 뭐야. 술 취해서는 제자 집에서 자고 쉬하는 거 도움받았다? 어제까지의 나라면 하나같이 상상할 수 없는 일들이 키순으로 늘어서서 마중을 나왔다. 그런 아침이었다.

"아헤헤헤헤헤헤."

"무서워라……."

위를 향해 웃을 수밖에 없었다. 웃지 않으면 마음이 죽을 정도로 현실이었다.

거실 코타츠 책상을 끼고 혼자서는 볼일도 못 보는 쓰레기 교사와 웃는 얼굴이 근사한 여고생이 마주 보고 앉았다. 이 귀여운 제자에게 수업과 인생을 알려 주는 모범을 보여야 하는데 보인 거라고는 사회의 오물이었다.

"선생님이 쓰레기라 미안해."

"……선생님은, 사과할 만한 일은 하지 않았어요."

했어.

"카바레에 가서 마시고 인사불성이 되어서는 학생이 보살펴 주고 아침 귀가……. 머리 아파……."

온갖 의미와 방향에서 머리가 아파 온다. 남편한테는 뭐라고 하지. 정장을 그대로 입고 자는 바람에 주름투성이라 변명 따위는 안 통할 상황이다. 머리도 부스스하게 흐트러져서는 얼굴 앞으로 떨어지는데 묶을 기운도 나지 않는다. 자고 일어났는데 몹시 피로했다.

"카바레는 못써, 토가와."

"선생님을 보면 그런 것 같다고 생각했어요."

"아니, 카바레가 아니라 내가 못 쓸 사람일 뿐이야……."

머리를 싸맨다. 한심해서 눈물이 번질 정도였다. 아무도 나의 눈물에 마음 써 줄 리 없으므로 팔로 거칠게 닦았다. 아침부터 우는 어른을 보고 토가와는 어색하게 웃었다.

"선생님, 그런 일도 있는 거예요."

"그럴까?! 정말 다들 있을까?!"

볼일을 봐야 해서 학생이 팬티를 벗겨 주는 선생님이 많을까?!

"죄송해요, 없을지도요."

토가와가 내민 손을 다시 거둬 버린다. 맞다, 토가와가 다 맞다.

교사는 혼자서 화장실도 못 가도 될 수 있다고, 그렇게 생각할지도 모른다.

"아아아아아아아아아."

"선생님, 아까부터 무서운데요."

"미안해⋯⋯."

일어나 있을 기력이 없어서 책상에 엎어졌다. 책상의 시원한 감촉이 뺨에 닿아 기분이 좋다.

위에서 머리를 후려갈기듯 아프다. 차라리 으깨 주었으면. 편해질 것 같으니.

"⋯⋯취하셨으니까 어쩔 수 없었어요. 알았죠?"

너무 형편없는 쓰레기를 보다 못해 토가와가 위로해 준다.

옳소, 옳소, 동조하고 싶었다. 하지만 눈물에 가려 도피할 곳이 보이지 않았다.

이런 점 때문에 성실하다는 말을 듣는 걸까.

책상에 팔을 대고 얼굴을 든다. 성실만은 잃지 않고자.

"아무리 취했어도 내 속에 없는 말은 나오지 않아."

“네?”

“그거야말로 설령, 의식이 없어도…… 전부, 내가 한 일이고, 한 말이고……. 다 내 진심이야.”

내게 없는 것은 어떤 조건이어도 발생하지 않는다.

술을 구실로 거기서 도망칠 수는 없었다.

“……흐으응.”

토가와가 깊이, 매우 깊게, 맞장구를 치고.

그러고는 마지막에 무언가 기억났는지 웃었다.

저 머릿속에서 내 추태가 얼마나 기억났을까. 상상하는 것만으로도 절망스러웠다.

“그러니까…… 나는 혼자서 볼일도 못 보는 어른이야.”

어제 정말로 내가 쉬를 못 하겠다고 울었구나. 그대로 못 누고 죽었으면 좋았을걸. 도망칠 수 없다고 말한 직후인데 모든 걸 던져 버려서라도 도망치고 싶다.

절망 어린 눈을 움직이자, 감색 소파에 타올이불이 걸쳐 있는 게 보였다. 토가와가 소파에서 잔 것이리라.

주정뱅이에게 자기 침대를 양보하고.

“나 같은 쓰레기장 따위 바닥에 대충 방치하지 그랬어.”

“선생님이 침대 쓰겠다고 해서 그러시라고 한 건데.”

“쓰레기의 극치네…….”

누가 그런 짓을 했어. 나다. 토가와도 그렇다. 순순히 양보하면 안 된다. 착해 빠졌다.

“마당에 버려두지. 마당이면 돼. 마당으로 가자. 묻히면서 얘기할게.”

“선생님, 저는요……. 선생님이 와 줘서 기뻤어요.”

“말하는 쓰레기를 들고 와서 버리고 가는 게 기뻤어?!”

성인이니. 아니, 성인보다는 기특하다.

“쓰레기라는 말 그만해요……. 선생님이 그런 나쁜 말 듣는 거, 싫어요.”

토가와의 미간이 불쾌하다는 듯 구겨지는 것을 보니 숙취가 순간적으로 가신다.

“자학이라고 해도요. 선생님은, 저에게 엄청난…… 엄청나, 니까.”

말을 끊고 자기가 말하기에는 아깝다는 듯이 토가와가 말을 삼킨다. 그 모난 곳 없이 둥그런 목소리로는 말하지 않아도 부드러운 감정이 전해지는 것 같았다.

“미안해.”

“사과했으니까 이제 그런 말 그만 하세요. ……알았죠?”

다정하게 타이르는 게 내가 아니라 토가와가 선생님 같다. 근데 이런 주정뱅이 학생이 있다면 싫겠지. 그러니까 나는 토가와의 학생이 될 수 없어. 그런 생각을 하며 위축된다.

아직 술이 머리에 남아 있는 걸까.

“소라 언니가 그랬어요. 술에 취한 선생님이, 제 얘기만 했다고.”

“……토가와 얘기?”

"무슨 얘기를 했을까요."

"나한테 물어봐도……."

이 얼마나 무책임한 발언인가. 기가 차지만, 사실이라 별수 없다.

내내 얘기할 만큼 토가와를 잘 알지도 못하는데 무슨 얘기를 그렇게 한 걸까. 이 집에서 벌인 분방한 행패로 미루어 짐작건대, 높은 가능성으로 화를 자초할 것도 얘기했을까 두렵다. 어째서 내가 한 말도 기억하지 못할까 하는 무책임에 대한 짜증과 잊는 편이 행복할지도 모른다는 겁이 공존했다.

"그 밖에, 폐를 끼쳤다거나 이상한 짓을 했다거나……. 그런 건 없었어? 괜찮았어?"

이왕 추태 부린 거 끝까지 가자는 건 아니지만, 내가 한 짓이라면 알아 두는 게 좋으리라는 생각에 묻는다.

"음."

"아, 짚이는 게 있다는 반응이네……."

눈꺼풀이 내려오듯 천천히, 마음에 암운이 드리운다.

"저는 별로 폐라고 생각하지 않아요."

"거짓말, 거짓말이 분명해애."

유아로 퇴행하듯 버둥버둥하고 만다. 이마를 박으며 고개를 숙이니, 책상 아래로 뻗은 토가와의 발가락에 눈이 고정됐다. 무기력하기도 해서 그대로 물끄러미 보게 된다.

"선생님?"

"아, 응. 페디큐어도 하는구나…… 해서 말이야."

코타츠 책상 아래의 어둠 속에서 은은하게 빛나는, 토가와의 발톱. 내 말에 토가와가 보기 편하게 책상 밖으로 발을 들어 올렸다. 짙은 파란색이 발린 발톱 광택에 살짝 넋을 잃는다. 이렇게 보면 확실히 예쁜데.

"매니큐어는 이해하는데, 발가락은 볼 기회도, 보일 기회도 별로 없으니까 나는 그다지 하는 의미가 없다고 생각했거든."

샌들을 잘 신지 않아서 그렇게 생각했을지도 모른다.

씩, 기분 좋게 웃은 토가와가 발을 탁 내린다. 그러고는 그 기세 그대로 책상으로 올라와, 가까이 다가와서는, 내 얼굴을 들여다본다.

"지금, 선생님이 봤잖아요."

멋지다는 게 뭔지, 그 한마디로 완벽하게 표현해 주었다.

술과는 또 다른 맛의 액체가 가슴 밑에서부터 올라와 나를 취하게 한다.

"그러게, 그러네."

술 냄새가 나는 걸 고려해서 불편하지 않게 몸을 뒤로 뺀다. 몸을 젖혀 뒤통수로 의식이 몰렸을 즈음, 짧은 탄성을 내며 남편의 존재를 떠올렸다. 참, 전화. 가방에서 꺼낸 휴대폰을 공포와 함께 확인하니 남편에게서 아무 연락도 오지 않았다. ……어? 연락이 안 온 게 더 불안해진다. 내가 하룻밤 외박해도 남편은 딱히 연락을 하지 않을 사람이었나.

남편은 남편대로 무사한지, 걱정거리가 늘고 말았다.

아무튼 일단 집에 가려 짐을 정리한다. 그런 나의 행동을 지켜보는 시선을 느끼고 고개를 들었다.

토가와가 또 쓸쓸한 듯한 눈으로 나를 보고 있었다.

"……집에 가서 남편한테 설명해야 해, 걱정할 테니까."

"……흐응."

가방 손잡이를 잡고 숙취에 허덕이는 머리를 젓고 일어선다. 이 이상, 여기서 더 시간을 지체할 수 없다. 남편이 의심하게 되면 움직이기 힘들어진다. …………뭐야? 움직이기 힘들어진다니.

술이 덜 깬 머릿속에서 기어 나온 불온한 생각이 진심인지 따져 볼 틈도 없이 토가와가 어느 틈엔가 가까이 와 있었다. 내가 놀라기도 전에 내게 코를 바짝 가져다 댄다.

토가와는 긴장한 기색도 없이 콱 하고 얼굴을 구겼다.

"술 냄새."

"다신 안 마실 거야."

맹세하는 사이에 토가와가 다시 한번 다가와 내 냄새를 맡고는.

"그리고 내 냄새도 나요."

심장에 바늘이 꽂히는 듯한 지적이었다.

"……그래?"

'후후' 웃어 얼버무리는 토가와에게 나는 '우헤헤' 하고 웃을 수밖에 없었다.

현관까지 나와 준 토가와에게 깊이깊이, 오래오래.

"이번엔 정말로 신세를 많이 졌어."

인간으로서 끝장난 모습을 적나라하게 보여 줘 버렸다.

주말이 지나고 월요일이 오면 다시 교사의 얼굴로 교단에 서야 하는 것을 용서해 주길 바라.

그런 마음을 담아 토가와에게 고개를 숙였다.

"선생님."

목소리가 다정해서 숙인 고개도 해를 뵙듯 천천히 든다.

"다녀오세요."

토가와가 고른 인사에, 나는 당황했다.

"실례했어……?"

의도를 읽어 내지 못하는 내게 보인 토가와의 미소가 왠지 외로움이 쌓인 느낌이 들었다.

온몸이 두들겨 맞은 것 같아 살짝만 긴장을 풀어도 휘청거릴 듯한 상태로 토가와의 집을 나선다. 밖으로 나와서 정면에 보이는 도로를 쌩 지나가는 차를 눈으로 좇은 그 끝에 태양이 있어서 눈이 아팠다.

장마철이라 얼굴을 내밀 날이 적었던 그동안 단련이라도 했는지 햇빛이 반짝반짝 빛이 났다.

여러 가지를 잃어버린 기분이 든다.

상실감이 혈관에 퍼지는 초조함과 울적함의 정체일까. 위를 살짝 올려다보는데 턱이 움직임을 따라오지 못해 입이 떡 벌린다. 그리고 저주 같은 목소리가 쏟아진다.

"끄아아아아아아!"

턱을 친다. 뺨을 때린다. 광광 울려 대는 두통을 참고 이를 악물었다.

"선생님, 무서워요."

확 열고는 툭 말한다.

"미안."

소리는 지르지 말자고 생각했다.

각종 통증 덕에 마침내 부옇던 의식이 현실의 틀 속에 안착한다. 오늘은 토요일, 장마가 잠깐 갠 날, 어제는 학생 집에서 외박, 남편한테는 연락 없음, 나는 오줌. 좋았어.

걷기 시작하자 내게서 나는 술 냄새가 코로 물씬 들어온다. 뒤이어 술에 섞인 맑은 향기가 풍긴다. 이게 분명, 토가와의 냄새.

건져 올리듯 집중해서 맡는다.

이불 너머로 밴 토가와의 냄새를 두르고 아침에 귀가를 한다.

내가 남자였다면 바람이라도 피웠냐며 의심받았을까, 메마른 웃음이 흘러나왔다.

"친구가 좋은 곳에 가자고 해서 따라갔더니, 카바레였

다. 기왕 간 거 자리 잡고 부어라 마셔라 하다가 보니 고주
망태가 돼서 학생 집으로 실려 갔다가 아침에서야 돌아왔
다는 거야?”

내 설명을 묵묵히 다 듣고 난 남편이 요약했다.

“아주 정확해.”

“이야……. 대담하네.”

어처구니없어하는 건지 감탄하는 건지, 아니면 비꼬는
건지, 남편의 말투로는 알 수 없었다. 눈은 동그랗게 뜨고
있다. 나도 만약 남편이 하룻밤을 그렇게 보내고 들어왔다
고 하면, 기가 막혔을 것이다.

“미안해.”

속은 쓰리고, 머리는 무겁고 아파서 꽉 조여 오는 듯했다.

“아니야, 무사해서 다행이야. 아침에 방을 들여다봤더니
뱀이 허물 벗은 양 텅 비었잖아, 연락도 없고.”

“미안.”

“용서해 줘.”

왜 남편이 선수 쳐서 미안하다고 하는 걸까. 그런데 유
심히 보니, 남편도 두통을 참는지 미간이 구겨져 있었다.

“뭐야, 당신도 상태가 안 좋아 보이네.”

“응……. 사실은, 당신보다는 덜하지만 나도 어제 꽤 즐
기고 왔거든…….”

남편의 찡그린 얼굴도 엄청났다. 숙취가 꽤나 심한 모양
이다. 부부가 참.

"전철을 탄 것까지는 기억나는데 역에 도착한 후부터 기억이 매우 흐릿해."

"와, 그거 위험해."

나 같은 사람이 또 나올라.

"그래서 어젯밤에 당신이 없는 것도 몰랐어. 그냥 '벌써 자는구나~, 나도 자야지~' 하고 이불 속으로 굴러 들어갔지."

"그랬구나……."

연락이 없었던 이유를 알았다.

"그건 그렇고 아주 화려하게 놀다 온 것 같은데 이번 일로 학교에서 혼나지는 않겠어?"

"글쎄……. 걸리면 문제 삼을지도 모르지."

그 부분은 내가 어떻게 할 수 없는 문제니까 사태의 흐름에 맡길 수밖에 없다.

"어제 묵었다는 학생네, 남학생은 아니지?"

"아니야, 여학생이야."

남편은 그럼 됐다며 안도했다. 당연한 일이지만, 남편은 여학생 집에서 자고 온 것에 대해 의심을 전혀 품지 않았다. 내가 여자애에게 손을 대리라고는 생각 자체를 못 하는 모양이다.

……그야 물론, 그럴 일은 없겠지만.

"그나저나 한밤중에 가족들이 잘도 들여보내 줬네."

"아, 그 애는…… 가정 사정이 좀 복잡해."

아무리 남편이라도 제자의 가정 사정을 쉬이 발설할 수

는 없기에 얼버무린다.

"술 냄새 풍기는 당신, 신선하긴 하다."

냄새를 언급해서 속으로 동요했다. 술 냄새에 가려진 또 하나의 냄새를 남편이 눈치챌까.

나는 이제 익숙해졌기에 조금은 구분할 수 있게 되어서 나도 모르게 코를 킁킁거렸다.

"그보다 한 가지 꼭 묻고 싶은 게 있어."

"뭔데?"

"그……. 카바레는 어떤 곳이야? 실은 한 번도 가 본 적이 없거든."

우리 둘밖에 없는데도 남편이 비밀 이야기라도 하듯 작은 목소리로 물어 온다. 어이가 없으면서도 피식 웃음이 나왔다.

"여자들이 상냥하고 술이 술술 들어가."

"꿈 같은 곳이구나! 내가 마신 술과는 천지 차이야!"

신이 난 남편을 보고 이건 꼭 말해 둬야겠다 싶었다.

"있지, 내가 이런 말 하는 것도 좀 그렇지만…… 카바레는 안 돼, 절대로 가면 안 돼."

거기서 취하면 평생의 오점을 남길 수도 있다. 무서운 건 카바레에서 만취한 내가 뭘 했는지 아직도 모른다는 사실이다. 토가와네 집에서 벌인 만행보다 더한 짓은 웬만해서는 하지 않았으리라 생각하지만, 웬만했다면 사회적 죽음이 기다리고 있다.

“역시 비싸? 근데 그렇게 취해서 용케 돈을 냈네.”

“그러고 보니…… 결제를, 어떻게 했지?”

가방 속에 지갑이 들어 있는지 확인해 보지도 않았다. 이제야 확인하니, 다행히 지갑은 그대로 있어서 마음이 놓였다. 안에 든 돈도 줄어든 흔적이 없다.

호시 씨가 대신 내 줬나. 그런 거면 나중에 갚으러 가야지.

“뭐, 어쨌든 대모험을 하고 왔네.”

“천국에서 추락해 지옥 밑바닥까지 보고 왔어.”

남편이 애매하게 웃었지만, 나는 진심이었다. 지옥. 그게 지옥이 아니면 대체 뭐란 말인가. 재수 없게 같이 겪어야 했던 토가와가 그렇게까지 상냥했던 게 구원이면서도 동시에 고통이었다.

“씻고 좀 자. 무탈하게 돌아와서 다행이야.”

남편이 원만하게 마무리해 주었다.

“그럴게.”

좀비 같은 신음을 내며 일어선다.

“욕조에서 자다가 빠지지 마!”

“으응.”

남편과 정리할 게 끝나서 고민 하나가 사라졌다. 고민 하나만큼 가벼워진 머리가 빙글빙글 돌면서 다시 몰려온 두통과 구역질이 성실하게 걸으라고 강요했다.

욕실 앞에 있는 세면대에 서니, 마치 꿈에서 악몽으로 넘어가는 시간이 끝난 듯한 기분이 들었다. 무기력하게 옷을 벗고 속옷에 손가락을 걸친 순간 떠오른 기억에 비틀거린다.

알몸이 된 나의 지친 얼굴과 헝클어진 머리를 거울 속에서 맞닥뜨린 순간, 무릎이 꺾였다.

“우으으으.”

학생에게 빨게 한 속옷을 한 손에 들고 신음하며, 조금 울었다.

난생처음 실감하는 인생의 고통이 남들과는 조금 다른 것 같은 느낌이 들었다.

월요일에 학교에서 만나는 걸 기다릴 수도 있었지만, 그때까지 견디기가 너무 괴로웠다.

하루를 거의 아무것도 안 하고 쉬어, 뼈대부터 느슨해진 몸이 겨우 제자리를 찾아 제대로 움직일 수 있게 되었다.

그 대신 무거운 마음은 어물쩍 넘길 수는 없었지만.

“나도 같이 갈까?”

“아니야, 괜찮아. 정말로. 혼자 다녀올게.”

화장실에서 있었던 일을 남편에게 들킬 위험이 있으므로 부드러우면서도 단호하게 거절했다.

아니, 남편뿐만 아니라 이 세상 모든 사람에게 들켜서는 안 된다. 가능하다면 토가와도 잊어 주면 좋겠다. 물론 당연히 어렵겠지. 오히려 앞으로 내 얼굴을 볼 때마다 속으로 '오줌 선생님'이라고 부를지도 모른다고 생각하니, 다시 몸을 던지고 싶어졌다.

그 토가와에게 다시 한번 감사와 사과를 전하기 위해 나는 일요일 점심 전에 집을 나섰다.

그리고 집을 나서기 전에 방에 교훈을 써 붙였다.

'금주.'

"술을 마시면 죽는 몸이 됐으면."

아니면 폭발하거나. 조리용 술도 이참에 터져 버렸으면. 그런 마음을 담아 썼다. 화장대 옆에 붙였으니 자면서도 눈에 들어오겠지. 하지만 이걸 볼 때마다 기억나서 그저 나만 괴로움에 몸부림치기만 하지 않을까.

"⋯⋯⋯⋯⋯⋯교훈은 내 마음에 새기는 법."

그래서 떼어 내고 나왔다.

토가와하고 개인적으로 연락할 방법도 없으니, 집에 없을 가능성도 충분히 있다. 그걸 알아도 되돌아갈 생각은 없다. 토가와가 우리 집에 올 일은 절대 없으니까.

사과하러 가는 건데도 토가와를 만나러 간다고 생각하니 왠지, 가슴이 답답했다.

걸음걸이와 발걸음 속도가 변명을 없애고, 확신을 도배한다.

나는 빠져들고 있다, 토가와 린에게. 발밑도 안 보고, 돌진하고 있다.

나도 모르는 사이에, 벽돌이 하나, 둘, 무너져 간다.

와르르, 와해한다.

토가와의 집 앞까지 와서 걱정은 현실이 되었다. 초인종을 눌러도 아무런 반응이 없다. 집에 올 때까지 몇 시간이고 기다리는 건 현실적이지 않아 보였다. 이제 어떻게 할까. 올려다본 태양에 상담한다. 언제나처럼, 그리고 날이 갈수록 심해지는 열기. 태양은 변함이 없다, 세상이 황폐해져도.

유유자적이다.

나도 흐름에 휩쓸리지 않고 그저 교사로 있고 싶었다.

오줌 선생님.

"후…………후."

머리를 감싸 쥔 채 비명을 지르며 마구 뛰어다니고 싶은 충동과 어쩌면 앞으로 평생을 함께해야 하는 것일까. 인생은 다시 살 수 없다는 걸, 몸소 뼈저리게 통감한다.

남의 집 앞에서 소리치는 건 안 하기로 했으니 역 쪽으로 발걸음을 옮겨 보기로 했다.

학교 학생들이 주말에 놀러 나온다면, 그 근처거나 전철을 탔으리라. 어느 쪽이든지 간에 역 주변이 활동 거점이었다. 술기운이 빠진 몸을 적응시키는 의미에서도 걷는 것에는 찬성이었다.

길을 가면서도 스쳐 지나가는 얼굴과 반대편 보도를 유심히 보며, 토가와의 모습을 찾았다.

옛 친구들을 고향에서도 좀처럼 마주칠 수 없는 이유를 나는 알고 있었다. 관심이 없기 때문이다.

흥미와 관심이, 만남을 이끌어 낼지도 모른다.

역에 도착했다. 시계탑 근처에는 비둘기 몇 마리가 사람들 틈에 섞여 걷고 있다. 이곳 비둘기들은 사람이 익숙해서 도망치는 일이 없다. 이렇게, 내 아픔도 언젠가 익숙해져서 무뎌지고 아무렇지 않게 될까. 얼른 그러고 싶다. 가능하다면, 딱 2초 뒤에.

음울하게 얼굴을 들자, 달콤한 냄새가 났다. 역 입구 옆에 있는 노점에서 나는 냄새였다. 판다 모양 과자를 파는 작은 가게. 지나치니 설탕이 타는 냄새가 난다. 그 냄새를 맡으며, 토가와를 찾으려 훑어보았다. 외국인 단체 관광객 무리, 약속을 기다리는 젊은이들, 놀러 온 초등학생들. 나이도 출신도 다양한 사람들이 오가는 동네다. 역에서 조금 떨어져 큰길로 나가 보았다.

거리에서 뭔가를 먹으며 걷는 사람들은 관광객이라는 걸 금방 알 수 있다. 이 주변을 빙글빙글 도는 솔개들에게 음식을 빼앗기리라는 걸, 이 동네 사람들은 다 아니까. 솔개들은 실로 능숙하고 정확하게 먹이를 채어 간다. 그리고 거추장스러운 포장지는 길에 버린다.

이 동네에는 새가 많다. 아마도 살기에 적합한 곳인가 보다.

조금 걸었다고 토가와를 만날 리는 없었다. 알고는 있었다. 알고 있었지만, 그래도. 만날지도 모른다는 생각이 있었다. '어쩌면'이라는 가능성에 사람은 움직이게 된다.

이럴 때 연락처를 주고받지 않은 것이 불편하다. 그러나 연락처를 주고받을 수도 없었다. 요즘 들어, 토가와와의 거리감을 착각할 것만 같은데 그 아이는 내 제자이고 미성년자이며 여고생이고. 나는, 그저 담임일 뿐이다.

친구조차 아니다. 그렇다고 단순히 제자라고 하기엔 무리가 있는, 그런 관계였다.

주말에 제자의 모습을 찾아다닌다니, 교사의 역할을 벗어나도 한참 벗어난 행동이다.

좀 더 침착하는 게 좋겠다. 얼굴을 마주하는 건, 학교 교실에서.

수업 시간에만.

그게 진정한 교사가 아닐까.

그렇게 스스로를 진정시키려는 의식을 무언가가, 허락하지 않으려는 듯이.

그 목소리가, 냉정과 객관을 뒤흔든다.

"선생님?"

멍하니 채소 공판장 앞을 걷고 있을 때였다. 조금 풋내가 나는 채소 향과 함께, 신호등 앞에서 서 있던 토가와의 목소리가 들렸다. 쏠린 눈이 아래로 고정되는 듯한, 갈증과 충격이 한꺼번에 덮쳐 왔다.

집에서 입는 편한 옷이 아닌, 외출복을 차려입은 토가와를 처음 본다.

파란색 반바지에서 뻗어 나온 긴 다리로 가장 먼저 시선이 향했다가, 곧바로 고개를 들었다.

"안녕."

목소리와 손가락이 어중간하게 붙임성 있게 구부러진다. 함께 있는 사람도 우리 반 학생이었다.

"아, 이치 쌤이다."

늦게서야 깨달은 여학생이, 나를 학생들 사이에서 불리는 별명 같은 걸로 부른다.

"선생님이라고 제대로……. 학교 밖이니까 괜찮으려나."

호칭을 정정하려다 뭐 어떠냐 싶어 그만둔다. 선생님이라는 직위를 강요하는 건 성격상 영 어색했다. 아직 교사로서의 자각이 부족한지도 모르겠다. 혹은, 뭔가 껄끄러운 감정 탓인지.

"이치 쌤, 그렇게 입으니까 어려 보이시네요. 우리랑 놀아도 되겠는데요?"

토가와와 반에서도 친한 사타케가 장난스럽게 놀린다.

"빈말이라도 고마워. 재밌게 놀되, 너무 늦지 않게들 들어가."

"이치 쌤, 우리를 초등학생으로 알아요?"

사타케가 쾌활하게 웃으며 손을 작게 흔들었다. 나도 손을 흔들며 토가와를 흘끗 본다. 토가와를 만난 건 좋았으나 친구들과 함께 있는데 방해하기는 어렵다.

오늘은 포기하자 싶어 토가와에게도 가볍게 고개 숙여 인사했다.

그런데 토가와가 그 흐름을 무시하듯, 내게로 거리를 좁혀 온다. 몸이 젖힐 만큼 자연스럽고, 대담하게. 나보다 키가 큰 제자가, 비둘기처럼 경계심 없이 다가와 귓가에 속삭였다.

"공판장에서 기다려요."

일방적으로 약속을 정하고는, 다시 친구들이 있는 쪽으로 돌아갔다. 목소리로 어루만진 귓불을 만지작거리면서 세 사람의 떠들썩한 목소리와 뒷모습을 바라봤다.

기다려요.

돌아오려는 걸까. 놀러 나온 건데 괜찮은 건가 싶으면서도 명령에 따르는 주문에 걸린 것처럼, 공판장 쪽으로 향했다. 채소의 풋내가, 아까보다 더 강하게 느껴졌다.

이렇게 대놓고 만나도 괜찮을까.

딱히 숨길 만한 일은 아무것도 없지만. ……아니, 있다. 카바레에서 논 일이, 있다.

하지만 그 외에는 평범한 고등학생과 그 담임. 그뿐이다, 우리 사이는.

"그뿐이야."

목에 힘이 들어가고 목소리는 바짝 말라 있었다. 그 어색함을 진실이라 여길 사람이 어디 있을까.

공판장. 정식 명칭은 따로 있지만, 모두 그렇게 부른다.

지역 농산물을 한데 모아 판매하는 장소라 약속 장소로 쓰는 사람은 거의 없을 터다. 흰색 간판 옆으로 세워져 있는 자전거의 일부처럼 오도카니 서서 토가와를 기다린다.

요즘 들어서 토가와를 우연히 만날 기회가 잦은 것 같다. 우연이 아니라, 토가와를 찾으려는 내 의지에 따라 움직임이 세밀하게 최적화된 데 따른 당연한 확률일까. 운명이란, 사람의 뜻으로 살짝은 방향을 틀 수 있는지도 모른다.

"선생님."

특유의 부르는 방식 하나만으로도, 부른 이가 누군지 바로 알 수 있게 되었다.

토가와가 친구들과 헤어지고, 혼자서 돌아왔다.

"……………………………………."

그냥 다가오기만 해도, 마음의 수위가 익사 직전까지 차오른다.

……교사인 내가 이런 생각을 해서는 안 되지만.

다른 여고생들보다 훨씬 귀엽다. 귀엽다. 두 번이나 생각하고 고개를 주억거릴 만큼. 미친 거 아니야? 토가와 씨, 미치셨어요? 말씨가 망가질 것만 같다. 토가와의 귀여움을 정면에서 뒤집어쓰면 내 어휘력이 말라비틀어진다. 현대 국어 교사가 이래도 되는 건가.

의식이 둥둥, 스티로폼처럼 가벼워진다. 사복을 입은 토가와, 미쳤어, 너무 위험해.

교복으로 다른 학생들 속에 매몰되어 있던 사랑스러움

이, 사복을 입으니 만발한다.

 ……아니, 교복도 좋지만. 뭐가 '좋지만'인 걸까.

 "괜찮아? 친구들이랑 놀고 있었잖아."

 겉으로는 어떻게든 대화를 이어가 본다. 하지만 속에서는 경고만 울린다.

 "음~, 샷 짱하고는 언제든 놀 수 있으니까요……. 그리고 저는."

 자전거 주차장에서 한 발짝 앞으로 나오자, 토가와가 바로 옆에 나란히 선다. 그리고 나를 들여다본다.

 "선생님이 더 좋아요."

 정말이지. 이 아이는 대체……. 손을 덴 것처럼 팔락팔락 흔들어 식힌다.

 "선생님은 괜찮아요? 볼일 보러 나온 거 아니에요?"

 "볼일…… 지금 보고 있어."

 "네?"

 "너를 만나러 온 거야."

 이번에는 토가와가 덴 듯이 손을 뺨에 가져다 댄다.

 "저를요? ……정말로요?"

 엄청난 오해를 불러일으킬 만한 말이었음을 뒤늦게 깨닫는다.

 하지만 만나러 온 건 사실이고 오해냐고 한다면…… 아닐지도, 모른다.

 "헌팅, 당해 줘야 하나~."

“헌팅 아니야. 어제 일 말인데…… 괜찮다면, 토가와 집
에서 얘기할 수 있을까?”

“좋아요~.”

토가와가 선뜻 수락하고는 팔을 흔들며 기분 좋게 걸음
을 내디딘다.

“그래도 돼?”

“에이, 선생님이 먼저 말했으면서 무슨 소리예요.”

“토가와는, 별로 집에 있고 싶지 않아 하는 줄 알았거든.”

말하고 나서, 교사가 경솔하게 건드려도 되는 주제가 아
니었음을 깨닫고 후회한다.

“음~, 뭐~, 그런가~?”

애매한 말투와 미소로 얼버무리는 토가와. 그리고 내가
사과하기 전에 말을 잇는다.

“근데, 선생님과 함께 가는 거면 집에 갈 거예요. 자, 가요.”

그러면서 내 손을 잡고는 그대로 자연스럽게 손가락을
얽어 온다. 토가와의 손바닥이 더 크고 손가락도 길다. 그
래서 쉽게 제압당하고 만다. 전날 밤과 똑같다. 하지만 지
금은 대낮이고, 일요일이고, 역 앞이다. 눈도 많고, 어쩌면
아까처럼 학생들이 볼 가능성도 있다.

“선생님, 이거 쓸래요?”

토가와가 가방에서 선글라스를 꺼냈다. 변장하라는 의
미일까. 기분상 도움이 될 것 같아 받아서 써 본다. 세상이
조금 차분해지고, 빛이 거둬진다.

“오, 잘 어울리네요. 살짝 어른스러워 보여요.”

“살짝……?”

대체 평소에는 얼마나 어른으로 보는 거지? ‘살짝’의 아래라면…… ‘전혀’인가?

그리고 이 선글라스로 세상으로부터 얼마나 숨을 수 있을까.

토가와와 나. 주변에서, 모르는 사람들이 보면 우리는 어떻게 비칠까.

모르겠다. 나도 토가와의 손을 꼭 쥐어 버렸다.

“그러고 보니 선생님이 사복 입은 모습은 처음 봐요.”

“어, 아아……. 그러네.”

주말에 학생과 마주칠 일은 거의 없다. 하물며 내가 먼저 만나러 오는 경우도.

내 고등학생 시절을 떠올려 보면, 선생님과 주말에 만나 봤자 기분이 좋지도 않고.

그런데 토가와는 기쁜 듯이 나를 내려다보는 것이다.

“선생님은 왠지 하얀색을 좋아할 것 같아요.”

“그거야, 뭐…… 하야니까?”

겉옷이. 하지만 실은, 나는 파란색을 더 좋아한다.

“노출 적은 것도 선생님다워요.”

“이제 젊지 않으니까.”

토가와처럼 눈부신 다리를 드러내고 동네를 활보할 시절은 갔다.

지금은 제자와 손을 잡은 채 함께 동네를 걷고 있다.

……이게 대체 무슨 상황이지?

"저는 고르자면, 평소 입는 정장이 더 좋은 것 같아요."

"하하……."

교사로서는 그 말을 듣는 게 더 기쁘다……. 기쁜가?

"아, 근데 머리는 푼 게 더 좋아요. 이미지가 확 바뀌네요."

"그래……?"

"묶으면 선생님 같아요."

"풀면……?"

"여자."

그 짧은 대답에 심장이 전율한다.

2음절 단어 하나만으로도 묘한 생기가 솟는다.

"단정하게 차려입으면 선생님이라는 틀 안에 있으니까 선생님으로만 보여요. 그런데 거기서 조금 벗어나면, '아, 선생님도 평범한 여자구나' 하는 게 보여요."

토가와의 표현 속에 무언가 내포된 듯한 느낌이 든다면 내가 곡해하는 걸까.

'여자'라는 단어의 사용이 마치 못을 박듯 계속해서 박힌다.

"……그러면, 똑바로 선생님으로 보이도록 해야겠네."

목소리의 어색함을 감출 수 없다. 심장이 목으로 올라온 듯이 팔딱팔딱하며 진정되지 않는다.

"힘내요, 선생님."

모든 걸 꿰뚫어 보는 듯한, 고혹함마저 느껴지는 격려였다.

무의미한 노력을 흐뭇하게 지켜보는 듯한…… 그런 기분조차 들었다.

토가와의 기쁨이 서로의 팔을 흔드는 모습으로 드러난다.

주변에서 우리를 보면 분명히, 선생님과 제자로는 비치지 않으리라.

조금 나이 차이가 나는 자매나 조금 나이 차이가 나는 친구. 나이 타령은.

손을 맞잡은 그 끝을 바라봤다.

나보다 키가 큰 제자가, 즐겁게 웃고 있다.

열 살 어리고, 키가 어림잡아 적어도 5cm는 더 크고…… 출석 번호는 21번이고.

제자다. 내가 재직 중인 고등학교에 다니는 학생이다. 하지만 외모는 앳된 태를 반 이상 벗어 이미 어른이다.

숫자를 의식하면, 그 사이에 있는 벽이 결코 높지 않음을 알게 된다.

깨닫고 만다.

토가와의 발랄한 걸음걸이를 계속 바라보며 따라갔다.

선글라스를 받아 쓴 건 잘한 짓이었다. 내 시선이 들킬 염려가 없으니. 눈은 계속 그 쾌활하게 나아가는 다리를 향해 있었다. 매끄러운 각선미에 대한 부러움과…… 본 적 없는 모양을 한 감정들이 기포처럼 마음속에 떠오른다. 그중 하나는 너무도 명백해서, 제정신이 아닌 스스로가 부끄러웠다.

동네를 한 바퀴 돌아서 마지막은 원래 목적한 대로 토가와네 집으로 왔다. 집에 도착했는데도 손은 계속해서 붙잡고 있기에 언제까지 잡고 있어야 하나 고민하는데 토가와가 아무렇지 않게 손을 놓고 신발을 벗는다. 솔직히, 안심했다. 나는 먼저 손을 놓을 기회를 찾을 수 없을 것 같았기 때문이다.

"실례합니다."

"아무도 없어요~."

"토가와한테 말한 거야."

"……그렇구나."

토가와가 먼저 집 안으로 올라서서 나를 맞아 주었다.

"어서 와요, 선생님."

아이의 너무나도 무방비하게 웃는 얼굴에 또다시 아이돌의 악수회에 갔던 기억이 포개졌다.

"아, 선글라스 여기 있어. 고마웠어."

벗어서 돌려주자, 토가와가 그대로 건네받아 자기가 쓴다.

"어때요?"

선글라스 다리에 손가락을 얹으며 뽐낸다. 살짝 둥근 귀여운 눈매가 가려지고, 키도 크고 늘씬해서 나이가 뒤바뀐 것처럼 올려다보게 된다.

학교에서 교복을 입고 있을 때와는 전혀 다른 사람처럼 보였다.

그래도 거리에서 멀리서라도 이 아이를 본다면 나는 바로 토가와라는 걸 알아볼 듯한 느낌이 들었다.

"엄청 어른스러워 보여."

"어른이라……. 당연한 것을요."

왜인지 예스럽게 답한다. 선글라스를 위로 밀어 올려 머리에 쓰니, 이번에는 밝은 인상이 강해진다. 토가와는 몇 가지 얼굴을 가지고 있을까. 그중 어떤 얼굴을 봐도, 내 마음에 거센 바람을 불러일으킨다.

"얘기 좀 해요. 아, 선생님 용건은 마지막에 들을게요."

"마지막에?"

"용건 말하면 집에 가실 거잖아요."

마치 가지 않았으면 좋겠다는 듯한 그 말에, 나도…… 따끔따끔한다.

거실로 갔다. 토가와가 가방을 놓고는 소파에 뛰어오르듯 앉는다. 그러고는 빙그레 웃으며 자기 옆자리를 팡팡 두드렸다. 옆에 앉으라는 뜻인가 보다. 약간 망설였지만, 손짓에 응했다. 내가 앉으니, 또 일상의 연장처럼 손을 잡았다.

거리와, 맞잡은 손과, 표정이 마치 특별한 관계를 형성하는 듯해서…… 교사인 내가 궁지에 몰린다. 밖이 아니라서 당당하게 손을 잡고 있어도 아무에게도 들킬 일 없는데.

두려움과는 다른 무언가가, 내 마음을 옥죄어 온다.

그나저나…… 괜찮을까. 제자의 집에서, 제자와 손을 잡고, 단둘이.

집에서는, 동네 어디를 가도 나던 바다 내음도 닿지 않는다.

"선생님은 저보다 손도 작네요."

"익."

'손도'의 '도' 부분이 마음에 걸린다.

"거기다 나는 너보다 키도 작네."

"신경 쓰였어요?"

"아니, 사실 별로 안 쓰여. 토가와는 키가 몇이야?"

눈으로 어림잡자면 10cm까지는 차이가 안 날 듯하다. 그래도 그 정도 차이는 나려나 싶은 눈높이의 단차가 있었다.

"봄에 쟀을 때 아마 168cm였을 거예요."

"아아……. 역시 그 정도 차이는 나는구나."

내가 160cm가 될락 말락 하니까 꽤 차이가 있었다. 거기다 토가와의 나이를 고려하면 아직 더 클 가능성이 충분히 있다. 올려다보니, 지척에 토가와의 얼굴이 있어 보게 된다.

제자와 교사 사이의 거리가 아니다.

경직, 홍조, 고양.

예쁜 얼굴의 순수한 폭력이 나를 가차 없이 팬다. 지금까지 살면서 여러 해 교사로 일해 왔고, 학생과 접할 기회가 남들보다 많지만, 이토록 확실하게, 미소녀라고 단언할 수 있는 아이는 만난 적이 없었다. 이전에는 의식하지 않았는데 지금은, 눈을 뗄 수가 없다.

본래부터 내 눈에만 아름다운 것이 더 아름답게 비치는, 그런 병에 걸렸는지도 모른다.

병명으로는 딱 하나, 짚이는 게 있었다.

"선생님?"

그냥 쳐다보기만 해서 그런지 토가와가 의아해한다. 떠오른 병명 위에 검은 선을 수차례 그어 지웠다.

"그러고 보니, 나를 '이치 쌤'이라고 부르나 보더라."

얼버무리려 다른 화제로 돌렸다. 아까 학생들이 불렀던 호칭이 생각났다.

'이치고하라 선생님', 줄여서 '이치 쌤'.

"네. 다들 그렇게 불러요."

"성만 부르지는 않으니, 적어도 내게 친근감을 가지고 있다는 걸까?"

"성만 달랑 부르는 애는 없어요. 선생님 성은 긴걸요."

"그렇구나……."

솔직하게 말하면 호칭 따위 아무렇게나 불러도 상관없다. 혹시 그런 점 때문에 위엄이 없어 보여서 그런 걸까.

"저는 그렇게 부르지 않지만요."

“그래?”

“다른 애들하고 똑같은 부르는 건, 왠지 싫어요.”

토가와가 입술을 삐죽 내민다. ‘특별함’을 노리는 듯한 그 행위에, 목부터 위로 달아오른다.

기억에 없는 밤 이후로 왜인지 토가와 한층 더 차분하고도 귀엽게 느껴진다. 거리가 좁혀지는 것에 대한 저항 없이 손을 잡고 싶다는 마음이 강했다.

기억은 없어도 행동은 경험에 깃든다. 나는 그날 밤, 무엇을 얻었을까.

내가 아는 정보라고는 화장실에서 정강이를 부딪쳐 울었다는 것뿐이라서 지금도 눈물이 날 것 같다.

“아무튼, 오늘은 말이야……. 너한테 정말 신세를 크게 진 것 같아서…… 한 번 더 고맙다고 인사하러 왔어.”

“흐응.”

토가와의 반응을 파악하기가 어렵다. 애매하게 웃으며 먼 곳을 바라본다.

“고맙고, 또 미안해.”

“네, 그래야죠. 두 가지 마음이 든다니 기뻐요.”

그 말뜻도 이해하기 어려웠다. 토가와와 내가, 그날 밤에 본 것에 차이가 있는 듯했다.

당연하다. 나는 아무것도 기억나지 않으니까.

남에게 들은 것만이 진실이 될 수 있다. 그리고 지금, 진실 중 하나를 묻고자 한다.

"그리고 이건 교사로서가 아니라, 한 사람으로서 개인적으로 부탁하는 건데……."

"네?"

소파에서 내려와, 손은 여전히 잡은 채로 볼품없이 무릎을 꿇고 머리를 조아린다.

하루 만에 동작이 익숙해져 버렸다.

"화장실에서 있었던 일은 비밀로 해 주라!"

고개를 깊숙이 숙여 간절하게 부탁했다. 그러자 내 머리 위에서 웃음소리가 터졌다.

"선생님 입장에서는 이렇게 나올 수밖에 없는 거겠죠."

토가와도 소파에서 내려와 내 어깨와 고개를 일으켰다.

"아무한테도 말 안 해요. 저와 선생님, 둘만의 비밀이에요."

잡은 손을 얼굴 높이까지 들어 올리며 토가와가 미소를 지었다.

"다른 사람한테 말한다니요, 아깝게."

그 말에, 등골이 오싹하고 서늘해졌다.

토가와의 보이지 않는 엄니의 감촉을 피부가 받아들인 듯했다.

손을 맞잡고, 둘이 함께 다시 소파에 앉는다. 간격이 더욱 좁혀져 어깨가 맞닿을 정도의 거리가 되었다.

이건, 교사와 제자의 거리가 아니다. 훨씬 더 친밀하고, 지극히 가깝다.

그 표현을 쓸 자격이 나에게 있는지는 모르겠지만……
사랑이 형성되는 거리였다.

사랑이라고 해도, 물론 다양한 형태가 있다.

이웃 간의 정, 우애, 보호 욕구, 모성애…… 그리고, 성애.

토가와가 나에게 느끼는 감정에는 아직 이름이 붙지 않았다. 나도, 토가와도 일부러 그러고 있다. 하지만 그 감정의 종류는, 내가 토가와에게 느끼는 것과, 분명 같았다.

"실은 말이지, 아까 너희 집 앞까지 왔었어. 근데 집에 없길래 역 쪽으로 가 본 건데…… 만나서 운이 좋았어."

정말로 운이 좋은 걸까. 맞잡은 손을 내려다본다. 토가와의 손이, 내 결혼반지를 완전히 덮어 숨기고 있었다. 남편하고도 손을 잡은 적이 없는데 토가와는 틈만 나면 내 손을 찾는다.

그리고 이 손이 내 속옷을 벗겼다는 사실을 의식하니, 불끈불끈과 수선수선이 넘쳐흐른다.

불끈불끈이 1억, 수선수선이 600만의 비율이었다.

"아, 그러셨구나. 우연히 만나긴 했지만, 그렇구나…….."

순간 초점이 멀어지며 여행을 떠난 토가와의 눈동자가 돌아와 빛난다.

금세 반짝이며 돌아왔다.

"그러면요, 선생님. 전화번호 알려 줘요! 그리고 라ㅇ 친구도 해요!"

토가와가 들떠서 제안한다.

“연락할 수 있으면, 엇갈릴 일도 없을 거예요.”

마치 명안이라도 되는 듯이 말하지만, 연락처 교환은 내 입장에서는 허락될 수 없는 일이었다.

물리적으로 손을 잡고 있는 상태에서 부정하는 것도 우스운 일이지만 말이다.

“제자하고는…… 아무리 그래도 좀…….”

학생과 SNS로 소통하는 것은 금지되어 있다. 사적으로 교류하다가 문제가 발생하는 일이 적지 않다. 교사나 학생이나 나이 차이만 나는 사람에 불과할 뿐이라 교류하면 할수록 다양한 감정이 생기는 것은 어렵지 않게 예상할 수 있다.

그래, 바로 그거다. 지금, 내가 하고 있는 짓이다.

“왜요?”

“특정 학생만 편애하는 건…….”

“하고 싶지는 않아요?”

편애하고 싶지 않다는 게 더 이상하다는 듯이 고개를 갸웃했다.

머리를 쾅 얻어맞은 듯한 질문이었다.

편애하고 싶지 않은 걸까. 그런 의문은 없었다. 처음부터 절대 허락해서는 안 된다고만 생각했다. 물론 그게 옳다. 교사는 그래야만 한다.

그렇지만 허락하고, 허락되지 않음은 규칙이다. 그건 내 감정이 아니라, 다른 기준이다.

그러니 그 부분은 잠시 접어 두고, 나는 스스로에게 어떤지 물었다.

편애하고 싶은가, 하고 싶지 않은가.

토가와 린을 특별하게 대하고 싶은가.

결론은, 내리기도 전에 지금까지의 행동이 이미 증명하고 있었다.

"아, 그러면 화장실에서의 일을 비밀로 해 주는 대신에……."

"토가와. 그건 반칙이야."

나와 토가와 사이에 그런 걸 끌어들이지 않기를 바란다.

거래로 엮이기는 싫었다. 캐치볼과 밤놀이도 거래라면 거래지만, 사람의 약점을 담보로 하는 것은 또 다른 거부감이 들었다. 경직된, 마치 돌처럼 딱딱한 말이 튀어나왔다.

'왜 그렇게 필사적이야?'라고 누군가가 묻는다.

교사의 체면을 고수하려 하고, 편애하고 싶어 하고, 어중간하게 과거와 미래를 다 잡으려 한다.

토가와도 진심으로 한 말은 아닐 테지만, 내 대답 때문인지 웃음기가 사라졌다.

"죄송해요. 맞아요, 그건 선생님 말씀이 맞아요."

어쩌면 나는 토가와보다 더 '관계'에 집착하는 건지도 모른다.

이 아이에게서 타산적인 계산을 느끼기는 싫었다.

"그럼 그런 것과 상관없이, 교환해요. 선생님이랑 하고 싶어요."

토가와의 감정과 몸이 올곧이 다가왔다. 감출 마음도 없는, 커다란 호의.

좋아해 주는 것에 대한, 환희와 갈등.

가슴 깊숙이 무겁게 가라앉는 이 감각을, 나는 어딘가에서 경험했고, 그리고 두고 떠나온 듯한 느낌이 든다.

"무슨 일이 있어도, 다른 사람에게 비밀로 할 수 있다면."

이렇게 조금씩 마음의 빗장을 풀고 자멸의 씨앗을 뿌려 가는 게 인간이라는 존재이리라.

토가와가 마주 잡은 손을 마구 흔들며 기뻐한다. 이런 모습이 마치 대형견 같아서…… 귀엽다. 천진난만한 일면을 여과 없이 부딪쳐 와서, 귀엽다.

귀엽다는 말만 반복하게 된다. 솜사탕을 억지로 들이미는 듯한 언론 봉쇄였다.

가방에서 휴대폰을 꺼내 토가와와 전화번호를 교환한다. 남편과 연락할 때 외에는 거의 쓰일 일이 없는 휴대폰이 손안에서 조금 묵직해진 착각이 일었다. 더는 이 휴대폰을 집에서도 아무렇게나 팽개쳐 둘 수 없다.

"이 일, 들키면 큰일 나. 어쩌면…… 징계 면직 처분을 받을 수도 있어."

애초에 카바레에서 술 마시며 흥청망청한 시점에서 알려지면 잘려도 이상하지 않다.

"네, 그건 곤란하죠. 절대 아무한테도 말 안 할게요."

토가와가 고개를 크게 끄덕였다. 이렇게 솔직하고 착한 아이와, 나쁜 짓을 엮게 하다니.

뭔가 이상하다고 생각했다. 단순한 연결고리를 '악'으로 여기는 것에 의문이 들었다.

저에게 불리하다고 체제를 비판하게 된다.

좋지 않은 징조였다.

"나쁜 짓이 아니에요."

토가와가 내 마음을 꿰뚫어 보듯이, 나를 옹호한다.

"그냥 제가, 선생님이랑 얘기하고 싶을 뿐인걸요."

토가와라면, 정말로 그렇게만 생각할지도 모른다. 그렇게 생각한다.

이 아이의 욕망은, 무엇이든 순수하게 느껴진다.

순수하게, 솔직하게, 그 외의 것에는 무관심하게.

"나도……."

끝까지 정리되지 않는 입속말로, 내가 되돌아갈 길까지 무너져 내렸다.

이리하여 토가와와 나 사이에 은밀한 연결고리가 또 늘었다. 나는 태평하게 앉아 토가와의 전화번호를 바라보고 있었으나 사실은 훨씬 더 위기감을 느껴야 했다.

하지만 오줌 선생님이 된 시점에서 이미 한 번 죽은 기분이었기에 '될 대로 돼라, 우헤헤' 하며 자포자기하는 마음이 있었던 것도 분명했다. 살든 죽든 후회뿐이다.

"됐다! 번호 맞아요?"

“응, 맞아.”

토가와가 보여 준 휴대폰 화면을 들여다보고 확인한다. ‘이츠키 선생님’으로 등록했다. 이츠키는 내 이름이다. 나무 수의 한자를 쓰는. 선생님이라고 아주 대놓고 넣었다 싶으면서도.

“이름으로 저장했구나.”

“네.”

휴대폰을 내려놓은 토가와가 생글거리며 말했다.

“저, 선생님 성 싫어해요.”

표정과 부정하는 말이 전혀 맞물리지 않아서 이도 저도 아니게 반응하게 된다.

“그, 그래?”

한 번도 그런 기색을 보인 적이 없어서 전혀 몰랐다.

“음…… 혹시 딸기를 싫어해? 아니면 알레르기가 있어?”

“전에는 별생각 없었거든요. 근데 지금은 싫어요.”

“‘지금은’……?”

“현대 국어 선생님이니까 스스로 풀어 봐요.”

그 이상 답해 줄 생각은 없는 듯했다. 성(姓)……. 이치고 하라.

원래는 내 것이 아니었던 것.

‘설마 아니겠지’ 하며 현실에서 눈을 돌린다.

그러는 사이, 바로 토가와에게서 메시지가 왔다.

“아, 제대로 가네요.”

　활짝 웃는 토가와에게서 또다시 반짝반짝 반짝이는 걸 발견하며 메시지를 확인한다.

　흠칫.

　눈알이 굳었다.

「아까 계속 다리만 쳐다봤죠? 변태.」

2장 『떨어지는 별을 올려다보며』

객관적으로 보았을 때, 이제까지의 내 인생은 얌전한 편에 속할 것이다. 어릴 적부터 어른이 되기까지, 늘 무난하고 확실한 선택을 해 온 것에 별다른 후회는 없다.

……혹은. 후회할 의미조차 느끼지 못할 만큼 무미하고 무취했을 뿐일지도 모른다.

그런 나에게 딱 한 달 전은 격동 속에 있었다. 계기는 따로 있었다고 할지라도 잘못은 전적으로 내게 있었고, 지금까지의 내 삶의 방식에서는 단 한 번도 상상해 본 적 없는 추태를 연이어 저질렀다.

그로 인해서 죽고 싶은 기분도 어느 정도 가라앉았고, 정신없이 바쁜 와중에 일상이 돌아왔다. 그로부터 한 달이 흐른 지금, 6월 중순. 본격적으로 장마가 시작되었다. 이 장마가 끝나면 시험과 여름방학이 기다릴 텐데 학생들의 심경은 어떨까.

학교에서는 토가와와 이렇다 할 일은 없었다. 이게 일반적이다. 나는 담임이고, 토가와는 학생. 아침에 만나면 인사 정도는 나누고, 점심시간에는 그쪽에서 권유하면 캐치볼을 하는…… 그 정도이다. 캐치볼을 하러 가면서 손을 잡는 것은…… 그냥 친한 사이의 범주로 치고. 토가와와 하는 개인적인 연락도…… 그 범주 안에 있다고 해 두자.

그래도 이래저래 있었던 일들을 눈감고 넘어가면, 아무튼 예전과 크게 다르지 않은 일상이 돌아왔다고 볼 수 있겠다.

　다만, 변하지 않은 날들 속에서도 약간의 변화는 있었다.

　교실에서 토가와와 눈이 마주치는 빈도가 는 것 같다.

문득, 꼭 짜 맞춘 것처럼 시선이 완벽하게 겹치었다. 그럴

때마다 토가와는 평소 짓는 완만한 호를 그리던 미소를 한

층 더 허물고 살짝 가늘게 뜬 눈으로 나를 보며 웃는다. 그

때, 그 눈동자는 언제나 반짝였고 당황하는 내 모습을 보

고는 만족스러워하며 시선을 돌렸다.

　토가와가 그 미소에 무엇을 담는지, 나는 도무지 알 수

가 없다.

　토가와를 향한 나의 감정을 정확히 언어화하기 어려운

것처럼, 토가와 역시 내게 느끼는 감정을 스스로에게 설명

하기 어려운 걸지도 모른다.

　다만, 눈이 마주친다는 것.

　그것은 토가와뿐만 아니라, 나 또한 토가와를 눈으로 좇

고 있다는 의미였다.

“어? 오늘은 좀 달짝지근하네?”

　아침 식사로 달걀말이를 먹던 남편이 눈을 동그랗게 떴다.

　“가끔은 어떨까 싶어서. 나, 달달한 달걀말이 꽤 좋아하

거든.”

그러고 보니 지금까지 아무 의문도 없이 달걀말이를 만들어 왔는데 정작 남편의 취향을 몰랐다.

남편이 먹던 달걀말이를 삼킨 뒤, 약간 끙끙대며 고민하더니.

"당신이 좋아하면 됐지, 뭐."

'원래 먹던 게 더 좋은데'라는 반응이었다.

"응……."

나도 그렇게 생각한다.

그러면 왜 달게 만들었냐 하면.

그냥, 연습 삼아 만들어 봤을 뿐이다.

"응? 오늘도 면도해?"

식사를 마치고 설거지하는데 세면대 쪽에서 면도기 소리가 들려왔다.

"거슬리면 쉬는 날에도 미는 편이야. 나갈 일도 없지만 말이지."

"흐응……."

"세수하면서 만졌을 때, 피부가 매끄러우면 기분 좋잖아. 안 그래?"

"대답을 못 해 주겠네. 난 수염 난 적이 없거든."

"그러고 보니 그러네."

‘그러고 보니’라니 무슨 뜻이냐며 어깨를 살짝 쥐고 흔든다. 그렇게 시작된 일요일이 물 흐르는 소리처럼 잔잔히 흘러간다.

습기가 짙어지는 공기를 닦아 내는 듯한 상쾌한 시간 속에서.

휴대폰 알림음이 울린다.

설정해 둔 알림음으로 라○ 메시지라는 걸 알았다.

보낸 사람을 확인하기도 전에 누구인지 짐작이 갔다.

음식물이 묻은 그릇을 설거지하며 흐르는 물소리가 끊기듯이 살짝 멀어졌다.

일상의 변화, 그 두 번째. 토가와의 사적 연락.

「그러고 보니, 선생님은 쉬는 날에 뭐 해요?」

연락처를 교환한 이후, 토가와는 친구를 대하는 거리감으로 내게도 메시지를 보낸다. 나도 친구처럼 보낼 수는 없기에 말투를 조심하고 답장을 할 때는 신중하게 말을 고른다.

토가와는 딱히 친구가 부족한 아이 같지 않은데 나와 나누는 재미없는 대화에 만족하는 걸까. 그나저나 메시지를 보다가 피식 웃음이 새어 나왔다. 직접 말할 때는 항상 애교 있게 부르면서 메시지로는 딱딱하게 선생님이라고 부르는 게 왠지 웃겼다.

“뭐, 재미있는 내용이야?”

“응? 아니, 별거 아니야. ……그냥 글자 깨진 스팸 문자였어.”

“아, 그래?”

남편이 금세 흥미를 잃고 다시 면도에 집중한다. 별다른 의심을 하지 않는 태도에, 죄책감이 들었다. 괜히 뒤가 켕겨서, 무심코 남편에게 거짓말을 하고 말았다.

나와 토가와의 사이는, 남편에게 숨겨야 하는 관계인 걸까. 마치 바람이라도 피우는 것 같아서 찝찝하다. 그저 제자와, 그것도 여학생과 조금 연락을 주고받을 뿐인데. 하지만 특정 학생하고만 이렇게 연락하는 건 아무래도 남편에게도 들키면 안 될 것 같았다.

「날씨가 선선하면 남편이랑 산책하거나 장을 보러 가고, 그 외에는 수업 준비나 시험 채점도 가끔 해.」

「흐응.」

「별거 없어서 미안.」

「그런 뜻으로 한 ‘흐응’이 아니에요.」

그러면 어떤 ‘흐응’인 걸까. 설거지를 마치고서 손에 묻은 물기를 닦은 뒤에 휴대폰을 들고 내 방으로 들어간다. 비교하자면 내 방은 토가와의 방보다도 좁다. 절반은 되려나. 애초에 내 방으로 사용할 예정이 아니었던 곳이라서 비좁아도 어쩔 수 없다. 결혼하고 막 이사 왔을 때는 그냥 창고였다.

침대에 걸터앉아 몸을 앞으로 숙이고 휴대폰을 본다. 몰래 연락을 주고받는 것 같아서, 아니, 사실 그 말이 맞기에

등이 오싹오싹했다.

「토가와는?」

「보통 친구들이랑 놀면서 보내요. 아니면, 소라 언니랑 같이 돌아다니거나요.」

"소라……. 호시 씨 말이구나."

「소라 언니는 주말에 더 바빠서 자주 놀지는 않지만요.」

"아아……. 인력거꾼이니까 그렇겠다. 관광객을 태워야 하니까."

그 사람에게도 다음에 고맙다고 인사하고, 사과도 제대로 해야 한다. 그런데 어떻게 해야 만날 수 있지. 토가와를 통해 연락하면 될까 하는 생각이 들었다.

「토가와, 호시 씨를 만나고 싶은데, 연락할 수 있어?」

이번에는 답장이 약간 뜸했다.

「그거, 무슨 뜻이에요?」

"무슨 뜻?"

질문의 의도를 바로 파악하기 어렵다. 뭔가 마음에 안 드는 부분이 있는 걸까.

「술 취했을 때 신세를 졌잖아. 정식으로 사과하고 싶어서.」

……카바레에서 대신 내 준 돈도 갚아야 하고. 이런 창피한 얘기까지 보내기는 망설여졌다.

「아아, 그런 뜻이구나. 알겠어요. 소라 언니한테 선날알게요. 언제가 좋아요?」

'그런 뜻'? 어떤 뜻?

「시간만 되면 오늘도 괜찮아.」

시간이 지나면, 감사한 마음도 미안한 감정도 희미해질 것 같았다.

「음~, 오늘 당장은 힘들 수도 있어요. 소라 언니는 일할 때 휴대폰 꺼 놓거든요.」

그것도 그렇겠다며 납득한다.

「그래도 역 앞에 가면 아마 만날 수 있을 거예요. 그쪽 담당이거든요. 인기 많다고 했어요.」

생각해 보니, 전에 만났던 곳도 역 앞, 도리이 근처였다.

「고마워, 가 볼게.」

「가 본다는 걸 보니, 선생님도 오늘 한가한가 보네요.」

「그렇지.」

「그럼, 데이트해요.」

'데이트'라는 단어를 보고 눈동자가 두어 번 정도 우왕좌왕한다.

어떻게 답해야 하나 망설이다가 무심코 턱을 긁었다.

「'그럼'은 무슨 그럼이야.」

「데이트해요.」

「안 해.」

「왜요?」

「너는 학생이고 나는 선생님이니까.」

바로 그렇게 답장을 보냈지만, 사실 진짜 이유는 그게 아니었다.

내가 토가와와 데이트할 수 없는 이유는, 다른 학생들이 보면 어쩌나, 괜히 소란을 일으키는 게 싫다든가 하는 걱정만 됐기 때문이었다. 토가와와 떨어뜨려 놓는…… 그렇게 표현하기에는 과하지만, 교실에서 말도 못 붙이게 될지도 모른다. 그게 싫었다.

처음에는 교사의 체면을 지킨답시고 연락처를 교환하기도 떠름했던 주제에, 지금은 이렇게 연락을 주고받을 수 있음에 어떠한 안도감을 느낀다. 만약 이 연결고리가 없었다면, 나는 주말에 온통 토가와 생각만 했을지도 모른다.

그건 그렇다 치고, 토가와에게서 아무런 반응이 없다.

데이트라는 말에 동요하는 정도니, 아무 답장도 없으면 그것대로 마음이 불안해진다.

이 이상 내가 뭐라고 해야 좋을지는 도통 모르겠지만, 그래도 휴대폰을 손에서 놓을 수가 없다.

「내일 학교에서 캐치볼 하자.」

내가 약속할 수 있는 건, 그것뿐이었다.

아마 그것이, 우리에게 허락된 최대한의 '데이트'일 터.

잠시 후, 토가와가 글은 없고 이모티콘만 보냈다. 동물 캐릭터가 내일 보자며 손을 흔든다. 아직 한낮인데, 토가와의 일요일은 벌써 끝난 걸까.

휴대폰을 침대에 엎어 두고 깊이 숨을 내쉬었다.

연결이 끊기면, 문득 이성을 되찾는다.

나는, 이래서는 안 된다는 걸 알면서 뭐가 그리 덤덤할까.

매우 위험한 짓을 하고 있는데 위기의식이 희박하다. 토가와와의 관계를 걸리면 해고당할 각오도 해야 하는데 일상의 흐름 속에서 조바심이 점점 무뎌져 간다. 혹시 불미스러운 사건을 일으키고 뉴스에 나오는 사람들도 이런 식으로 궁지에 몰리는 걸까.

하지만 이제 와서 토가와를 무시할 수 없다. 내버려 둘 수도 없고, 밀어낼 수도 없다.

아니다. 그럴 수 없는 게 아니라, 그러고 싶지 않다.

마치 마음 한 조각을 맡겨 버린 듯, 토가와는 이미 내 일상의 안정을 이루는 일부가 되었다.

"……좋지 않아."

절대, 좋은 징조가 아니었었다.

방에서 나오니 남편이 보인다. 남편은 이미 설거지가 끝난 싱크대를 보며 아쉬워하고 있다.

"뒀으면 내가 했을 텐데."

"괜찮아. 아, 저기, 장 볼 때 깜박한 것 좀 사 올게."

카바레 요금을 갚으러 가는 게 굳이 숨길 일은 아니지만, 말하기가 좀 그랬다.

"그럼 창문 닦는 건 나한테 맡겨."

"창문 말고도 다른 데도 청소해 주면 좋겠다~."

"세면대 청소도 할게!"

"물 쓰는 게 그렇게 좋을까……."

살짝 어이없어하면서 남편에게 청소를 맡기고 아파트를

나섰다. 지갑에 돈을 넉넉히 채워 뒀으니 아마 전액 갚을 수 있겠지. 이거로도 부족하다면 내가 정말 무서울 것 같다.

도리이와 짐승상 근처로 가면 되겠거니 짐작하고 걸음을 옮긴다.

되도록 오늘로 깔끔하게 청산할 수 있기를 바라면서.

역 앞에 도착하자, 인력거와 내가 만나야 할 사람이 눈에 띄어 금방 찾을 수 있었다. 일하는 중이라 말 걸기가 좀 그랬지만, 뒷자리에 손님이 없는 걸 확인하고 다가갔다.

"헤이, 거기 예쁜 아가씨, 인력거 타고 청춘과 장마철의 눅눅한 땀을 흘려 보지……. 어, 선생님이네."

기세로만 밀어붙이는 게 보이는 호객 멘트와 함께, 인력거와 금발이 휙 돌아섰다. 아침인데도 이미 땀이 송골송골 맺히고 볼도 약간 상기된 호시 씨가 인력거를 끌고 내 앞으로 돌아온다. 쪽빛의 인력거꾼 복장이 참 잘 어울려서 화제가 될 만하다고 생각했다.

"예쁜 아가씨는 맞네! 역시 내 안목이란."

"아, 네."

"오랜만이야, 오랜만은 아닌가. 카바레는 재미있었어? 아캬캬캬캬."

살면서 정말 들을 일이 없는 카랑카랑한 웃음소리였다.

다 나았던 숙취의 두통이 되살아나는 듯이 골이 울렸다.

"꿈같은 시간이었어요. 실로, 악몽 같은."

"나하하하하하!"

뭔가 기억이 났는지 호시 씨가 더 크게 폭소를 터뜨렸
다. 그 웃음소리에 머리에서 흘러 떨어지는 땀마저 금실처
럼 금빛을 머금어 눈부셨다. 미인이란, 무슨 짓을 하든 간
에 어떤 식으로든 보정이 들어가 보일 만큼 아름답구나,
하며 감탄했다.

“선생님이 여긴 어쩐 일이야? 산책?”

“아뇨, 호시 씨를 찾으러 왔어요. 금방 찾아서 다행이
에요.”

“어이쿠.”

호시 씨가 장난스럽게 몸을 뒤로 젖힌다.

“유부녀라. 뭐, 가끔은 자극적인 것도 좋지!”

“좋아하지 마세요. 지난번 일에 대해 감사와 사과……
사과를? 하고 싶어요.”

“응? 음……. 그렇구나. 그럼 차라도 마시면서 듣자고.”

인력거를 끌고 가는 호시 씨를 따라서 역 쪽으로 향했
다. 그 옆을 걷자니, 시대극에 나오는 수행원이 된 기분이
었다.

카페 앞에 도착해서 인력거를 건물 밖에 세운 호시 씨가
손짓했다.

“일하는 중이신데 괜찮아요?”

“조용히 있으면 몰라.”

“그럴까요……?”

가게 앞에 인력거를 대고 들어오는 손님은 좀처럼 없을

텐데.

카페 외관은 노란색과 검은색 바탕이었고 내부 인테리어도 노란색과 검은색이었다. 입구 근처는 카운터 좌석이 있는데 콘센트도 마련되어 있어 노트북을 펼쳐 놓고 작업하는 사람들도 있었다. 결제는 선결제 방식인가 보다.

나는 커피를, 호시 씨는 배가 고프다며 리소토를 주문했다.

물은 직접 가져온 뒤, 호시 씨가 안쪽 자리로 향했다. 그런 호시 씨를 점원들이 슬쩍슬쩍 쳐다봤는데 그럴 만할 만큼 눈에 띄었다. 가게 안쪽 벽은 벽돌식으로 소파 좌석이 마련되어 있었다. 소파에는 호시 씨가 진을 치듯 앉았다. 전통 복장 차림임에도, 그림이 됐다. 나는 의자를 가져와 맞은편에 앉았다.

"미안해, 선생님. 소파 차지해서."

"괜찮아요. 호시 씨가 더 피곤하실 테니까요."

"그건 그래."

그러면서 호시 씨가 즐거운 듯 물을 마신다.

"그래서, 유부녀 손님께서는 오늘 무슨 일로 왔다고 하셨더라?"

"유부녀라는 말, 필요 있어요?"

"필요 없으면 버려."

어째선지 대화 수제가 내가 되고 있다. 이 사람이 주도권을 가지게 하면 대화가 목적지에 도달하기 힘들다.

내가 먼저 잘라야 했다.

“저기………… 카바, 레…… 요금을 갚아야 할 것 같아
서요.”

“응? 아~, 아~, 아~, 카바레 요금.”

기껏 일부러 목소리를 작게 해 소곤소곤 얘기했건만 호
시 씨는 아무렇지 않게 말한다.

“그 뜨거운 밤의 대가는 꽤 비쌌지~. 하하하, 그래도 지
갑에 돈을 여유 있게 넣어 둬서 다행이었어. 간신히 냈지
뭐야.”

“정말 죄송합니다. 당장 전액 갚을게요.”

“돈 갚자고 일부러 나를 만나러 온 거야? 참, 이상한 사
람이네.”

“그, 그래요?”

“나였다면 공짜 술 잘 마셨다면서 두 번 다신 안 만나.”

아마 반쯤은 농담일 테지만, 나는 그런 농담조차 떠오르
지 않았다. 역시 내 머리는 딱딱하게 굳었을지도 모른다.
하지만 이대로 굳어 있는 것도 나쁘지 않을 것 같다는 생
각이 들었다.

“그래서, 얼마예요? 아, 금액 아직 기억하세요?”

내 물음에 호시 씨가 머리를 긁적이며 됐다며 거절했다.

“데려간 건 나고, 점점 재미있어지길래 마시라고 부추긴
것도 나니까. 아가씨들한테 그렇게까지 술을 퍼줄 줄은 몰
랐지만……. 그냥 한턱낸 걸로 해.”

“그럴 수는…….”

“정말 재미있었어. 물이랑 착각했는지 말끝마다 잔을 기울이더니만 계속 반복하더니 차츰 눈가랑 입이 풀려서는 말이야. 도저히 말릴 수가 없었어.”

“말려 주세요.”

기억을 떠올리고 웃으며 반짝반짝 빛날 때가 아니다. 말려 주지 않은 탓에……. 남 탓할 수는 없지만, 나는 제자가 작은 볼일까지 해결해 주는 살뜰한 보살핌을 받은 선생이 되고 말았다. 너무 깊이 생각하다가는 또 살아도 되는 걸까 하는 생각에 공허해질 듯하여 애써 모른 척했다.

먼저 내가 주문한 커피가 나왔다. 우유를 넣고 빙빙 저었다.

“선생님, 커피는 하루에 다섯 잔 정도가 적당하대.”

“이제 말리지 않아도 돼요.”

“케캬캬.”

새 같은 웃음소리를 무시하고 커피를 입으로 가져갔다.

“챙겨 주신 건 정말 감사한데 왜 토가와네 집으로 데려간 거예요……?”

그게 가장 큰 문제…… 문제였다.

술에 취해 학생의 집으로 들이닥쳐 신세를 지다니, 그 어떤 이유로도 용납될 수 없는 일이다.

“선생님 집도 모르거니와 물어봐도 제대로 답할 정신이 아니었으니까.”

“그런 거라면 염치는 없지만, 호시 씨네 집이나…….”

"안지 않을 여자는 내 집으로 데려가지 않아."

호시 씨가 아무렇지도 않게 단칼에 잘라낸다. 그러고는 한 박자 쉬고 눈동자가 이리저리 구르더니.

"나는 안지 않을 여자는 내 집에 들일 마음이 없다고."

"저기…… 별로 안 멋있어요."

두 번이나 말한 의도를 알아차리고 지적하자, 호시 씨가 '쳇' 하며 토라져서는 팔꿈치를 괴었다.

"린은 들어온 적 있지만."

"……뭐요?"

목소리는 뜻밖에도 땅 깊숙한 곳에서 기어 올라왔다.

반면, 호시 씨의 목소리는 여느 때처럼 가볍기만 하다.

"농담이야. 선생님, 눈 무섭다."

그 지적에 목구멍을 누르듯, 순간적으로 날숨을 삼켰다.

"그야…… 당연하잖아요. 제자가, 그런 불순한──."

"사랑하는 사이에 순수하다느니 불순하다느니 따지는 건 멋없지 않아?"

"그러니까! 사랑하는 사이라든가, 그런…… 죄송합니다."

나도 모르게 큰소리를 내며 벌떡 일어서다가 제정신으로 돌아왔다.

"뭐야, 선생님. 린을 좋아해?"

"그런 농담은 삼가세요."

점차 목소리에 날이 서는 나를 발견하고 왠지 모를 꺼림칙함이 느껴졌다.

“……흐응.”

“그 의미심장한 ‘흐응’도 하지 마세요.”

“요구 사항이 많은 선생님이군 그래. 아니지, 이게 선생님다운 건가.”

나하하하, 호시 씨가 성의 없이 웃는다.

“좋으면 좋다고 그냥 인정하면 될 텐데. 안 그래?”

이 사람은 도대체 누구한테 동의를 구하는 거야.

“저는 토가와에게, 딱히, 아무 감정…….”

날갯짓하는 법을 잊어버린 듯, 목소리가 뚝 떨어졌다. 너무 허약해서 똑바로 부정하지 못했다.

“아, 그러셔. 그럼 이거 린한테 말해도 돼?”

“화낼 겁니다.”

이 경박한 미인에게 화나는 건 당연하다 쳐도, 도대체 어떤 부분에 화나는 건지 나 자신도 알 수가 없다. 다만, 만약 방금 얘기를 토가와에게 전한다면, 나는, 때릴 것이다.

호시 씨를, 때릴지도 모른다.

“아까부터 계속 화난 것처럼 보이네.”

“……그럴, 지도 모르겠네요. 이게 다 호시 씨 탓이에요.”

“그럴까? 나는 선생님이 솔직하지 못한 것 같은데.”

“제가요……?”

호시 씨가 잠깐 기다리라며 손을 올렸다. 주문한 리소토가 나온 것이었다.

“와, 맛난다, 맛나.”

일부러 호들갑스럽게 맛을 칭찬하면서 먹어 댄다. 대화를 끝내려는 게 빤히 보이는데도 능숙하다. 이 사람은, 내 화가 풀릴 때까지 기다리는 거다.

"저기, 아무튼 돈은……."

"괜찮다고 했어. 두 번 말하고 싶지 않아."

리소토를 우적우적 씹으면서도 신기하게도 목소리는 산뜻했다.

"우리, 친구잖아?"

갑자기 우리 사이에 우정의 힘이 싹튼다. 그러나 호시 씨의 금실 같은 머리카락이 살랑거리는 모습을 보기만 해도 아무렴 어떠냐며 납득하게 될 것 같은 힘이 있었다.

"그랬나요?"

"이봐!"

"턱에 밥알 묻었어요."

"땡큐!"

참 바쁜 사람이다.

"정 마음이 불편하면 그 돈으로 린한테 뭐라도 해 줘."

감정이 공보다 더 널을 뛰던 사람이, 갑자기 차분한 목소리로 그리 말한다.

"토가와한테요?"

"선생님은 아무 감정도 없다고 했지만, 린은 선생님을 엄~청 좋아하니까."

"엄청……."

간지러워져서 나도 모르게 뺨을 긁었다. 그렇게 대놓고 말해 봤자.

“토가와는, 그냥, 모성애 같은……..”

“선생님, 모르는 척하지 마. 그 녀석, 티 엄청나게 내잖아.”

“………………………………..”

반짝반짝하는, 토가와의 웃는 얼굴.

다른 친구들에겐 절대 보이지 않는, 그 빛.

하지만 그를 받아들여 버린다면, 나는.

“그래도 그날 밤 재미있었지?”

“아뇨, 전혀, 하나도요.”

“선생님, 혀 꼬이고 눈 풀린 상태로, 린 얘기만 계속했어.”

“그건 토가와한테 들었어요. 하지만 할 얘기가 그렇게까지 많지 않았을 텐데요.”

토가와는, 그저 내가 담당한 반의 학생 중 한 사람일 뿐이다. 사정을 속속들이 아는 것도 아닌데 대체 뭘 그렇게 떠들었단 말인가. 변명처럼, 나 자신을 방어하듯 그렇게 생각했다.

물음표의 끄트머리가 콕콕 살에 걸려서 가렵다.

“아닌데, 아주 열변을 토하던걸. 정말 하나도 기억이 안 나?”

호시 씨가 뭔가 떠오르는지 내 얼굴을 바라보며 웃는다. 그 일그러진 미소는 유쾌함을 완전히 감추지는 못했다.

“……하나도요.”

“뭐, 차라리 기억 못 하는 게 나을지도. 선생님, 지금 행복하잖아?”

저 말투로 보아, 내가 불행해질 만한 이야기를 주저리주저리 늘어놓았나 보다.

“엄청 신경 쓰이는데요…….”

“안심해. 나도, 린도 여자로서는 서로 취향이 아니니까.”

“뭘 안심하라는 거예요…….”

대화가 도무지 맞물리지를 않는다. 리소토 그릇을 깨끗이 비운 호시 씨가 손가락으로 숟가락을 빙글빙글 굴린다.

“나도 모자 가정에서 자랐거든. 그래서 마음이 쓰이는 건지도.”

“……그랬군요.”

토가와는 어머니조차 집에 오지 않는 더 끔찍한 상태지만.

“그렇게 심각하게 반응할 얘기는 아니야. 선생님, 성실하구나.”

성실.

나는 그저 무난하게 행동할 뿐인데도 자주 듣는 평가다.

“호시 씨도 성실한 편이라고 생각해요.”

“정말?”

“당신은, 타고난 본성이 성실한데 일부러 경박한 사람인 척 연기하는 느낌이 들어요.”

무책임한 모습이, 어딘가 어색하다.

건성건성 한 듯해도 남을 잘 챙기는 걸 감추지 못했다.

숟가락을 집은 채로 호시가 얼굴을 찌푸린다.

"뭐야, 음침한 게 억지로 명랑한 척하는 거라고?"

"그렇게까지는 말하지 않았어요."

자칫하면 험담으로 들릴 수 있는 지적을, 호시 씨가 만족스러워하며 웃어넘긴다.

"선생님, 마음에 들었어."

햇빛 아래가 아니면 사라질 듯한 이마의 흉터가, 미소에 떠오르는 것처럼 보였다.

"죽일 때는 맨 마지막으로 죽여주지."[*]

"네?"

내가 농담을 받아치지 못하자 호시 씨가 실망해서는 대놓고 한숨을 쉬었다.

카페에서 나오니, 새로 사귄 친구가 졸음을 호소한다.

"먹지 말았어야 했어. 맛있긴 했지만."

"다들 쉬는 날에 고생 많네요."

"그러게 말이야."

그러면서 졸린 눈으로 웃더니.

"린은 말이야, 어딘가 닮았어."

인력거를 끌 준비를 하면서, 중얼거린다.

"제 감정에 무책임한 점이."

누구와 어떻게 닮았다는 건지, 혼잣말 같아서 감이 안 잡힌다.

---

*영화 코만도의 일본어 더빙판에서 파생되어 컬트적인 인기를 누린 개그 요소.

“뭐, 너무 빠지지는 않도록 해. 아니, 빠져도 상관없지만.”

“어느 쪽이에요?”

“나는 그냥 린을, 좀 더 챙겨 주면 좋겠어. 그 녀석도 분명 기뻐할 거야.”

“……어느 쪽이냐고요.”

같은 말을, 살짝 의미를 바꿔 두 번 물었다.

“나하하하.”

마지막으로 가벼운 웃음소리를 남긴 채, 인력거와 함께 사라졌다.

“친구라…….”

나쁘고, 기분 좋은 친구를 사귀었다. 경박한 점만 빼면, 어디든 불며 지나가는 바람 같은 시원한 사람이다. 결국, 정말로 대신 낸 돈을 받지 않았다.

돌려주지 못한 카바레 요금으로 제자에게 할 수 있는 것.

“……참회?”

그 정도밖에 떠오르지 않았다.

“이치……. 이치고하라 선생님.”

호칭을 정정해 부르고 목소리가 다른 것에 안도와는……다른 무언가를 느끼며 돌아보았다.

조례를 마치고 교무실로 가기 전의 짧은 틈. 나를 불러

세운 것은 다른 반 학생이었다. 수업하러는 들어가니 낯은 익은 학생이다.

이름이 아마.

"모리, 무슨 일이야?"

모리 코토리. 어떻게 보면 성과 이름이 연관이 있어서 기억하고 있었다.[*] 이름과 어울린다고 하면 실례일지도 모르지만, 작은 체구에 약간 곱슬곱슬한 검은 머리와 커다란 눈이 인상적이다. 하지만 거의, 아니, 아예 대화를 나눈 적이 없었던 학생이라 무슨 용건인지 짐작이 가지 않았다.

"저기……."

왼팔을 감싸 쥔 채, 무언가 말하기 어려운 듯 입을 굳게 달고 있다. 하지만 고개를 숙인 상태에서도 눈빛은 강렬하다.

움직이는 눈동자에서 마치 데구루루 하고 소리가 날 것 같다. 그 바삐 우왕좌왕하는 눈에서 심경과 내용을 읽어 내고자 시도한다.

"여기서는 말 못 할 얘기니?"

모리가 잠시 고민하더니 턱을 작게 끄덕였다. 그런 이야기라면 짧지 않으리라.

"그러면 점심시간에 얘기할까? 교과 준비실로 올래?"

장소와 시간을 알려 주자, 고개를 끄덕이고는 곧장 교실로 돌아간다. 나는 그 뒷모습을 보며 고개를 갸웃할 수밖에 없었다. 뭘까. 상담하고 싶은 거래도 학교와 관련한 문

---

[*]'숲속의 작은 새'라는 뜻.

제라면 본인 반의 담임 선생님한테 하는 게 보통일 텐데. 수업에 관한 질문을 다른 학생들이 듣는 게 싫은 것도 아닌 듯하다.

나한테만 할 수 있는 상담이라, 좀처럼 깊이는 게 없었다.

그런데.

"역시, 학생들 사이에서는 '이치 쌤'인 건가……."

숫자 같다. '십'과 '백'을 날조해서라도 억지로 끼워 맞출 수는 없을까* 하는 생각을 하며 교무실로 향했다. 그리고 교무실에서 교재를 정돈하다가 문득 떠올랐다.

"아."

토가와와 한 캐치볼 약속. 점심시간인데, 어쩌면 좋지.

모리에게 방과 후에 오라고 할까. 그렇지만 학생 상담보다 캐치볼을 우선하는 게 옳은 일일까.

그러기에는 아무래도 주저하게 된다. 그래도, 명색이, 교사니까.

그렇지만 갈등은 된다. 업무로 바빠서 못 하는 날도 있었지만, 내가 먼저 오늘 하자고 약속했다. 번복하면, 토가와가 몹시 실망할 것 같아서.

낙담할 것 같아서.

"하아아아."

나오는 한숨이 평소보다 훨씬 깊다.

내가 교사가 아니었다면 누구를 더 우선해야 할지는 금

---

*'이치 쌤'을 뜻하는 '이치센'은 '1(이치)'과 '1,000(센)'으로도 볼 수 있다.

방 답이 나오는데.

모순된 고뇌에 머리를 박는다.

그렇게 한참을 고민한 끝에, 결국은 토가와에게 사정을 설명하기로 했다.

교사로서 최소한의 체면은 지켜야 한다. 토가와에게 '선생님'이라 불리기 위해서.

"미안해."

"네."

일부러 교실에 들러 불러내자, 자기만 부른다는 그 특별한 느낌에 무언가를 잔뜩 기대하며 달려온 토가와의 웃는 얼굴을 앞에 두고서 말을 꺼내야 한다는 것이 생각보다도 더 힘들었다. 가슴이 아프다기보다는 닳아 사라지는 감각. 마음이 홀쭉하게 여위어 가는 감촉이다.

"어쩔 수 없죠, 어쩔 수 없는 일이에요."

그 말은 나를 위로하는 것이 아니라, 그저 자기에게 되뇌듯 안으로 향했다.

탄사와 함께 나까지 불안해진다. 이런 사소한 일로 토가와가 멀어지지는 않을까 하며 다소 과하게 경계하게 된다. 새 학기가 시작됐을 무렵처럼, 같은 교실에 있으면서도 서로가 시야에 머무르지 않는 본래의 흔해 빠진 관계로 돌아갈까 봐, 성급하게 굴게 될 듯한 조급한 마음이 든다.

"내일은 꼭 하자!"

이번에야말로 문제없는 날을 고른다.

"하하."

토가와도 의미를 알아차렸는지 웃는다. 토가와가 그대로 총총총 복도를 달려가서는 손을 크게 흔들었다.

"선생님, 내일은 화요일이에요!"

"그게 뭐!"

토가와가 유쾌한 듯 웃어 줘서 안도의 한숨을 후 내쉬었다.

토가와는 항상 웃고 있지만, 자만이 아니라면 내게 보여 주는 얼굴은 평소의 웃는 얼굴과는 완전히 다르다. 작은 몸짓, 심경의 은근한 움직임, 사소한 거리의 차이. 그것들이 맞물려 토가와의 표정에서 빛을 발하게 하는 걸까.

"토가와가…… 엄~청, 좋아……."

내가 아니다. 고개를 젓는다. 그대로 말하면, 내가 좋아하는 것처럼 돼 버려……. 황급히 생각을 떨친다. 그게 아니라, 호시 씨가 어제 한 말…… 모른 척, 조용히 있었는데, 입 밖으로 내어 버리면 의식할 수밖에 없다.

토가와의, 특별한 얼굴. 목소리. 그 모든 것이 나를 향해 있음을.

그리고 그것이 다른 누군가를 향하는 상상을 하는 것만으로도 그 자리에서 뱅글뱅글 돌며 침착하지 못하는…… 강하고 크고 심한 거부감.

그 아이의 진실된 웃음이 멀어지기만 해도, 내 마음은 썩어 문드러질지도 모른다.

그 정도로, 토가와 린이 없는 일상을 잃어버리고 있었다.

그리고 점심시간, 모리가 노크도 없이 교과 준비실로 들어왔다.

난입하는 기세로 들어오는 바람에, 인사할 기회조차 놓쳤다.

"실례합니다."

살가움이 조금도 없다. 친한 사이는 아니라지만, 토가와에게 익숙하다 보니 온도 차이가 심하게 느껴진다.

모리가 자리에 앉자마자 말을 꺼냈다. 다그치듯 사나운 태도였다.

"어제, 선생님을 봤어요."

"어? 음……. 그랬어?"

다짜고짜 무슨 이야기를 하는 건지 파악하지 못해, 반응하는 데 느리다. 어제는…… 주말이었다. 기억을 더듬다 심장이 두방망이질 친다. 혹시 그 모습을 봤나 싶어 핏기가 가시려 하다가 어제는 토가와와 만나지 않은 걸 기억해 내고는 순간 맺힌 식은땀과 함께 침착하려 애쓴다.

"어제 봤다니, 무슨 뜻일까?"

"소라랑 같이 있었잖아요."

짜그라진 목소리가, 순간 알아듣기 어려운 이름을 흘린다.

"소라……. 아아, 호시 씨 말이니?"

카페에서 함께 차를 마시는 모습을 본 건가. 가게 밖에 당당히 세워 둔 인력거를 보고 아는 사람이라면 가게 안을 들여다볼 만도 하다. '소라'라는 친근한 호칭으로 미루어 보아 그냥 알기만 하는 사이는 아니리라.

"응, 얼마 전에 호시 씨한테 신세를 졌거든……. 별일 아니기는 했지만, 고맙다고 인사하려고 만난 거야."

"신세를…… 졌다고요?"

"그렇기는 한데, 별일 아니야. 신경 쓰지 마."

불투명하게 두어야 하는 일도 있는 법이다. 하지만 그 대답이 모리의 의심을 샀는지 원래도 사나운 눈빛이 더욱 날카로워졌다. 작은 새가 아니라 맹금류의 얼굴이다. 이런 태평한 생각을 하는데.

"선생님도, 여자 좋아해요?"

"…………뭐?"

팔을 있는 대로 뻗어 크게 휘두른 손바닥에 철썩 얻어맞은 듯한 충격이 왔다.

왜 그런 결론에 이르렀는지 모르겠다. 알 수 없는 경로를 거쳐, 그러나 최단 거리로 가장 깊숙한 곳을 엿보는, 그런 질문이었다. 무례할 정도로 직설적인 그 물음에 눈 안쪽이 요동친다.

여자를 좋아하냐. 그 말을 듣자마자 떠오른 얼굴을, 깜박이는 눈 속에서 감쪽같이 지운다.

"아니, 아니야. 선생님, 결혼했단다?"

왼손 반지를 들어 보이자, 모리가 흘낏 보고는 시큰둥하게 한숨을 쉬며 건성으로 반응했다.

"음……? 그래요?"

모리가 어째서인지 고개를 갸웃거린다.

기분 탓일까. 내가 결혼했다는 말을 들으면, 다들 비슷한 반응을 보인다.

뭐가 그렇게 의아할까.

"그래서, 저기, 선생님은…… 여자를…… 연애 대상으로는……."

나는 나대로, 왜 이렇게 말을 끝맺지 못하는 걸까. 떳떳지 못한 일이라도 있는 것처럼 안절부절못한다. 답답함과 특정할 수 없는, 누군가를 배신하는 것 같아 목소리도, 얼굴도 떨구고 만다.

증명하며 보여 주었던 결혼반지가, 부예지는 시야 안에 있다 사라졌다 했다.

"선생님도……."

중요한 건, 조사다. '도'라고 말한다는 건 모리, 도.

"아."

카바레에서 들은 이야기와 모리의 외모, 그리고 키. 모든 것이 매끄럽게 이어진다.

솔직히, 시적하고 싶지 않았다. 하지만 모른 척할 수도 없는 일이었다.

"모리, 너 혹시, 호시 씨와……."

끝까지 말하지 않아도 뜻은 전해진 모양인지 모리가 쑥 스러워하며 작게 턱을 당긴다.

그 여자……. 호시 타카소라.

여고생에게 손을 대다니, 하고 분개할 뻔했다. 하지만 분개하기 전에 더 큰 그림자가 드리운다. 그 그림자가 토가와의 형상을 하고 있어서 눈이 휘둥그레진다. 아니, 나는, 그런…… 어?

"근데 소라는, 다른 사람하고도 사귀고 있는 것 같아요……. 태도나 만나는 빈도를 보면 왠지 그런 느낌이 들어요. 그래서, 선생님도…… 그런 건가 싶었어요."

"아니야, 아니야! 완전 잘못 짚었어! 호시 씨와는 그냥 친구야!"

언제 친구가 됐는지는 모르지만, 상대방이 친구라니까 이제 친구인 거다, 아마도.

"이런 말을, 내가 하기는 좀 그렇지만…… 그 사람, 키 작은 사람한테만 관심 있다고 하던데."

나와 호시 씨는 키가 비슷하니 관심 대상 외일 것이다.

"그 얘기는, 전에 들었어요……."

원래 눈매가 사나워서 표정을 판별하기가 어려웠지만, 모리의 의심은 아직 풀리지 않은 듯했다.

"어떻게 해야 믿어 주려나……."

부정의 증거를 찾는 일은 어려운 법이다.

"나 말고 호시 씨 본인한테 직접 물어보는 게 좋겠어."

그보다 나는 정말 아무런 상관도 없으니, 이렇게 다그쳐 봤자 해 줄 수 있는 게 없다. 친구라고는 했지만, 나와 호시 씨는 서로 연락처도 모른다. 모리가 내 말에 코웃음을 친다.

"당연히, 아니라고, 아무 사이도 아니라고 하겠죠."

"그것도 그렇구나……. 음, 어떻게 하면 좋을까?"

이런 추궁을 받아 본 경험이 부족해서, 이렇다 할 묘안 도 떠오르지 않는다.

"모리는, 내가 어떻게 해야 믿어 줄래?"

상담하러 온 상대에게 되레 상담한다. 모리가 완강한 태 도를 무너뜨리지 않고 불만스레 말한다.

"아니라고, 증명해 주세요."

"증명할 게 없으니 곤란한 건데……."

쓴웃음을 지으면서도, 약간 성가신 냄새를 감지했다. 이 아이, 말이 잘 안 통하는 타입 같다.

누군가를 좋아하면, 이렇게 시야의 범위와 사고의 폭이 좁아지는 걸까.

"그러니까, 누차 말하지만, 나 결혼했어."

"바람일 수도 있잖아요."

무슨 말을 해도 부정할 것 같은 기색에, 한숨이 새어 나 왔다.

학생을 상담해 주며 이런 생각을 하는 건 교사로서 실격 일지 모르지만, 관련도 없는 일에 말려들고, 모리와의 대화는 나아갈 기미가 없어 귀찮아지기 시작했다.

차츰 호시 씨에게도 짜증이 났다. 하지만 카바레 요금을 대신 내줘서 뭐라 불평하기도 그렇다.

절묘한 타이밍에 빚을 졌다.

의자 깊숙이 몸을 묻고, 될 대로 되라지 싶은 마음으로 말을 던진다.

"알겠어. 그러면 이렇게 하자. 만약 내가 정말로 호시 씨와 그런 사이면, 나를 죽이러 오도록 해."

"네?"

내내 꼿꼿하던 모리도 당황한 듯 보였다. 그렇지만 이렇게라도 안 하면, 모리는 내 말을 귓등으로도 들으려 하지 않을 것이다. 아무것도 증명할 수 없으니 목숨을 거는 게 가장 빨랐다.

"죽어도 아니니까, 어떤 무모한 약속도 할 수 있어. 알겠어? 내 말이 거짓말이면, 정말 나를 죽이러 와. 절대, 아무 사이 아니라고 말해 둘 테니까."

세게 나가면서도 만약 호시 씨가 장난으로 맞다고 인정해 버린다면, 죽겠구나 했다. 그래도 나는 그 사람의 천성이 성실한 사람이라고 믿으니까 그럴 일은 없겠지. 만약 일이 틀어진다면, 그때는 내가 사람 보는 눈이 없었던 거라며 단념하자.

"나를 죽여서 범죄자가 되는 게 싫다면, 내가 스스로 죽는 거로 해도 좋아. 어떠니?"

토가와와의 약속을 어기면서까지 기다린 상담이 학교와
는 아무 상관도 없는 치정 문제라는, 그 사실이 짜증을 돋
우기도 했다.

이런 상담일 줄 알았다면 솔직히 하고 싶지 않았다고 생
각하며 책상에 둔 글러브를 곁눈질했다.

나는 모리를 똑바로 노려보았다. 그제야 모리도 다소 기
가 죽었는지 어색해하며 고개를 숙였다. 이제, 이 이야기
를 끝내자고 결심했다.

"알아들었으면, 오늘은 이만하자. 그리고 호시 씨 본인과
직접 만나서 얘기해. 다른 누군가만 의심하고 있으면 마음
이 피폐해지니까. 물론 오늘 상담 내용은 비밀에 부칠게."

"네……."

알아들었다기에는 대답하는 말끝에 힘이 없었다. 이 이
상 이야기를 나눠 봤자 서로에게 시간 낭비다. 애초에 나
로서는 처음부터 억울한 의심이었기에 해명이 된다고 해
서 내게 이득이 되는 것도 아니다.

모리에게 등을 돌리며 크게 숨을 내쉬었다.

주제가 민감한 상담인 데다, 얼굴을 아는 사람까지 얽혀
있으니 마음 둘 곳을 찾기가 어렵다. 그나저나 그 사람, 정
말로, 우리 학교 학생한테 손을 댔었구나. 여고생을 꼬시
다니, 겁이 없는 건지. 그 사람하고는 변변찮은 일만 생기
는 것 같다.

"……………………………."

무슨 생각을 하는 거람. 토가와가, 호시 씨의 취향이 아니라서 다행이라니.

"선생님은 역시 동성애에 편견 같은 거 없어요?"

모리가 자리에서 일어서며 흥미롭다는 표정으로 물었다.

정식으로 질문을 받으니, 교사로서 답하기 쉽지가 않다.

"솔직히, 잘 모르겠어. 지금까지 별로 의식해 본 적이 없거든."

시야에 모리를 두지 않은 채 초점을 멍하니 흩뜨리며 대답했다.

주변이 그런 환경이거나 그런 사람이 없으면 편견도, 상식도 생기지 않는다. 하지만 최근에는 그런 사람과도 알게 되면서, 생각해 보는 일이 늘었다. 개인적으로는, 딱히 거부감이 들지 않는다.

다만 난감하게도, 그런 생각을 하려 하면 바로 토가와의 모습이 떠올라서, 정신이 산만해진다. 아니, 그렇다기보다는, 요즘 무슨 생각을 하려고만 해도 토가와가 어른거린다.

토가와가 대체 나한테 어떤 존재인지 답을 먼저 내려 해도, 결국 떠오르는 건 또 토가와다.

토가와를 해결하지 않으면 토가와에 대해 생각할 수 없는, 수수께끼의 모순에 시달리고 있었다.

"흐~응."

"……그런데, 그, 역시 없냐는 건 무슨 뜻이야?"

동성애 주제도 그렇고, 나랑 말을 섞은 적도 거의 없는 학생이, 왜 그렇게 생각했을까.

모리가 또박또박, 거리낌 없이, 주눅 들지 않고 말했다.

"선생님이 여자애들 보는 눈길이 수상하다는 소문이 돌거든요."

갑자기 황당한 소문이 튀어나왔다.

"뭐……?"

"여자애들 치마나 다리를 자주 본다던데요."

"어…… 어? 아니, 잠깐…… 뭐?"

당황스럽다. 의식하지 못한 모르는 내 이야기가 돌고 있다니.

여학생들 치마로 눈길이 간 기억은 전혀 없는데.

만약 무의식적으로 그랬다면, 그건 뭐, 자각이 없는 게 당연하다만.

그럴 리 없을…… 없을, 터.

"그리고 누구더라……. 이름은 기억 안 나는데, 여자애랑 손잡고 다니잖아요."

꽥, 작은 새의 부리에 급소를 제대로 깊숙이 찔렸다.

그랬다. 그 모습을 아무렇지도 않게 당당히 보이고 다녔으니, 소문이…… 소문 이상이 돼 버리는 것도 어쩌면 당연할지도 모른다.

"그리고…… 다니기는 했는데."

"그것 봐요."

"아니, 맞기는 하지만, 그 밖에도 여러모로……."

딱히 떠오르는 변명이 없어서 그냥 어물쩍 넘기기로 했다.

“……내가, 지금 네 다리를 보고 있었니?”

“아뇨.”

“그러면…… 잘 모르겠구나.”

여자애들 다리를 본다니……. 사복을 입은 토가와의 다리는 좀 보기는 했지만, 그건 누구라도 보게 되지 않나. 예쁘고, 노출 면적도 컸고, 길었고…….

“그런 소문이 돌고 있었다니…….”

결혼반지를 보고도 의아하게 여겼던 것도 그 탓일까. 토가와도 그 소문을 믿을까. 그런데 괜히 소문을 신경 쓰다 보면, 오히려 더 눈이 그쪽으로 갈 것 같다. 점점 얽히고설키는 듯하다.

토가와와 손을 잡고 다니던 걸 놀렸을 때도 장난으로 놀린 게 아니라, 정말 그렇게 생각했을지도 모른다. 여태 문제가 되지 않은 게 신기할 정도네.

“내가 설령 그렇다 하더라도, 섣불리 단정 짓는 건 좋지 않다고 생각해…….”

모리에게 말해도 소용없겠지만, 혼잣말처럼 중얼거린다.

“그렇죠.”

모리가 애매하게 맞장구치며 자리에서 일어났다. 제 할 말만 하고 가려나 보다.

교사라면 마땅히 나무라야 하는 사회인과 교제하는 학생을 그냥 묵과한다.

왠지 나무랄 자격이 내게는 없는 것만 같다.

"있잖아요, 선생님."

문을 열기 전에 모리가 내게 말을 걸었다. 내 쪽을 돌아보며 고개를 숙인다.

"죄송했습니다."

"……호시 씨한테 안부 전해 주렴."

당분간, 그 사람과 마주치고 싶지 않았다. 아니, 가능하다면 영영.

그런 모리가 복도로 나가자마자 우뚝 선다.

"선생님, 누가 서 있어요."

모리가 문 옆을 가리키며 알려 주었다. 그러고는 뭘 노려보고 난리냐며 면을 구기면서 멀어져 갔다. 교과 준비실로 올, 누군가라면. 자리에서 일어나, 종종걸음으로 확인하러 간다. 예상대로 복도에는 나보다 큰 그림자가 서 있었다.

"토가와."

벽에 기댄 채, 정면을 노려보며 서 있는 토가와.

웃음기 하나 없는, 방금까지 마주했던 모리의 표정과 비슷했다.

"어쩐 일이야? 오늘은——."

"방금 그 애가 여기로 가는 걸 봐서요."

"그랬구나……."

이유가 있는 듯하면서도 없는 듯했다. 목소리만 들어도 기분이 나쁜 게 훤해서 왜 저러나 이유를 몰라 당황스럽다.

혹시 교실에서 무슨 안 좋은 일이 있어서 도망쳐 온 걸까. 감도는 공기의 분위기는 난감했으나 좋은 생각이 떠올랐다. 시간이 많지 않을지도 모르지만, 이왕 왔으니까 오늘도 캐치볼을 하자고 하자. 그런데 내가 그렇게 제안하기도 전에, 토가와가 나에게 책망하는 듯한 시선을 던졌다.

"무슨 얘기 했어요?"

"토가와?"

"일하는 거 아니었어요?"

화가 나 있다. 따지듯이 질문을 퍼붓는 모습을 보고 기분이 나쁜 원인이 나에게 있음을 알았다.

토가와가 분노 같은 부정적인 감정을 내게 향하니 허리 위쪽이 한순간에 불안정해진다.

"일…… 일 맞아. 상담을 들어 줬어."

"어떤 상담이었는데요?"

설마, 질투?

질투하는 건가?

토가와가, 모리에게.

"상담 내용은, 사적인 일이라서, 말해 줄 수 없어……."

공통 지인이 연관된 일이기에 이름을 꺼내면 설명이 간단한 게 야속하다. 토가와가 입을 열지 않는 나에게 짜증이 났는지 벽에서 몸을 떼더니 어디론가 가 버리려 한다.

"토가와, 잠깐만."

뒤따라가려 하자, 전속력으로 계단을 뛰어 내려갔다. 거기다 속도를 줄이지 않은 채, 다치는 게 무섭지 않은지 걱정될 정도로 몇 계단씩 뛰어 내려가는 모습에 보는 내가 핏기가 가실 것 같다.

"토가와, 위험해!"

반사적으로 외쳤다. 내 외침에도 토가와는 멈추지 않고 시야에서 사라져 버렸다. 토가와가 한 걸 흉내 낼 수조차 없기에, 딴에는 서둘러 계단을 내려가 뒤따라갔다. 2층에서는 토가와를 찾을 수 없었다. 대체 어디로 가면 좋을지 몰라 망연자실하여 발길이 멈춘다.

잠시 서서 고민한 끝에, 우선 교실로 가 보기로 했다. 학교에서 토가와가 달리 갈 만한 장소는 떠오르지 않았다. 그렇게 생각하며 교실을 들여다보니, 토가와의 자리가 비어 있었다. 게다가 왠지 그 주변까지 소란스러웠다. 그때, 토가와가 어떤 행동을 했는지 대충 짐작이 갔다.

"무슨 일 있니?"

우연히 교실에 들렀다가 이상을 감지한 척 다가가, 학생들에게 물었다.

남학생 하나가 빈 책상을 툭툭 두드리며 대답했다.

"토가와가 갑자기 가방을 들고 나가 버렸어요."

"……토가와가?"

시치미를 떼면서도 역시나 싶었다. 학교에서 나간 것이리라.

학교를 나간 건 잘못했지만, 이미 일어난 일이니 어쩔

수 없다 치고.

혼자 두기 싫다.

"이유는 모르겠지만…… 음, 사춘기니까 그럴 수도 있지……."

나와는 상관없는 일인 척 연기하고 교실에서 벗어나 1층으로 내려가려는 발끝에 힘을 주고 간신히 버텼다.

"아아, 정말!"

오후 수업을 내팽개치고 뒤쫓아가려는 정신을 붙들고, 뺨을 쳤다. 그러면 안 된다.

토가와가 있는 곳으로 가기에는 아직 일렀다.

호시 씨를 만났을 뿐인데, 일이 어쩌다 이렇게 꼬여 버렸을까.

휘둘리다가 정말로 원망하게 될 것 같았다.

"……질투……."

그 답밖에 나오지 않는 토가와의 분노. 고작 그 정도 일로 그렇게까지 화내다니. 모리도 그랬지만, 질투라는 감정은 원래 이토록 격렬한 걸까.

나는 그 감정을 별로 느낀 적도, 질투에 휩쓸린 적도 거의 없다.

그래서 지금, 토가와의 질투를 온몸에 뒤집어쓰고, 내 안에서 싹튼 것은.

"바보."

기뻐하려는 어두운 나의 뺨을 다시 한번 쳐서 엄히 훈계

하였다.

　토가와는 그 길로 정말 학교를 나갔는지 점심시간 이후의 수업에도 방과 후 종례 시간에도 모습을 보이지 않았다. 아침에는 채워져 있던 자리가 빈 바람에 주변 학생들도 신경이 안 쓰일 리 없다. 조퇴한 거냐고 한 학생이 물어왔지만, 그런 연락은 못 받았다고 답할 수밖에 없었다. 친구들이 술렁이는 것으로 보아 토가와는 누구와도 연락을 주고받지 않는 모양이다.
　그를 파악하면서 나는 계속 스스로에게 물었다.
　내게 어떤 권리가 있는지.
　나는 분명 담임 선생님으로서 학교에서 담당하는 학생들을 챙기고 보살펴야 할 책임이 있다. 그러나 나는 어디까지나 학교에서 일하는 교사일 뿐인 거도 사실인지라, 학교 밖에까지, 그것도 특정 학생에게 마음이 쓰인다고 쫓아나가는 것은 잘못된 일이리라. 그리고 그 잘못은, 한 걸음 내디딜 때마다 더 깊어져, 돌이킬 수 없어진다.
　그러니 내게, 한낱 교사에게 권리 따위 없을지도 모른다.
　하지만 그와는 별개로, 토가와가 걱정됐다.
　화난 그 애를 혼자 두고 싶지 않았다.
　무엇보다, 미움받고 싶지 않았다.

연락을 취하려 휴대폰을 움켜쥔다.

인적이 없는, 교무실이 있는 복도 안쪽에서 토가와와의 연결고리를 끌어당긴다.

「지금 어디 있어?」

「수업 빠진 거 혼내려는 거 아니야.」

「걱정돼.」

쓸까 말까, 입을 반쯤 벌리고 머뭇거리다가.

「보고 싶어.」

그렇게 보내고 나서, 무심결에 눈가를 가렸다. 눈물과는 다른 뜨거운 액체가, 눈과 이마 사이에 차오른다.

그건 마치 기도를 올릴 때의 고요한 흥분과 닮아 있었다.

「보고 싶어.」

매달리듯 두 번 보내니 잠시 뒤에 답장이 왔다.

「역 앞 카페요.」

크고 짧은 탄사가 튀어나왔다. 기쁨의 맛이 입안 깊숙한 곳에서부터 천천히 번졌다.

「알겠어. 바로 갈게.」

「근데 선생님이 오기 전에 도망칠지도 몰라요.」

「왜, 가지 말고 기다려.」

「음료 마시는 동안은 있을게요.」

「내가 살 테니까 몇 잔이든 마셔.」

토가와를 따라잡기는 어렵겠지만, 내가 낼 수 있는 전속력으로 달리기 시작했다. 복도를, 교무실을, 신발장을. 주변에서 나를 이상한 눈으로 쳐다봐도 지금은 상관없었다. 다른 사람들과의 거리보다도 토가와와의 사이에 골이나 벽이 생기기 전에 가야 한다며, 의식이 성큼성큼 뛰었다.

가져가야 할 짐이 어떤 건지 구분하지도 않고, 서류 뭉치와 가방을 메고 역으로 뛰었다. 이토록 긴 거리를 전력 질주하는 건 정말로, 학교 체육 시간 이래로 처음일 것이다. 아직 어른이 되지 않은 희미한 흔적이 나를 움직이게 했다.

숨이 금세 가빠 오고, 턱도 헐떡거렸다. 하교하던 학생들이 뛰어가는 나를 쳐다본다. 누군가 말을 걸었던 것도 같은데 볼일이 있다며 적당히 얼버무렸다. 뜀박질에 적합하지 않은 신발 따위 마음 같아서는 벗어 버리고 싶다.

체력이 바닥날수록, 몰골도 점점 처참해졌다.

그래도 입을 크게 벌려 공기를 한가득 들이마셨다가 내쉬면, 그때마다 무언가 되찾아 가는 기분이 들었다. 산소 부족으로 인한 착각일지도 모르는 그 고양감에 취한 채, 곧장 토가와에게 향했다.

거의 다 왔을 즈음에는 잰걸음으로 어제 갔던 카페 앞에 도착했다. 어제는 호시 씨가 땀범벅이었는데 그를 이어받기라도 한 듯이 오늘은 내가 땀범벅이었다. 들어가기 전에 무릎을 손으로 짚고 숨을 골랐다. 얼굴을 타고 흐르는 땀의 감촉이 거슬린다. 화장도, 머리도 엉망이겠지. 매만지고 싶었지만, 곧장 앞만 보며 토가와에게 달려와 놓고 여기서 딴 길로 새면 본말전도다. 달려온 의미를 잃으면 안 된다고 생각했다.

가자. 땀을 소매로 훔치고, 카페로 들어갔다.

어깨로 숨을 몰아쉬며 커피를 주문한 뒤, 가게 안쪽으로 향한다. 토가와는 소파 좌석에 혼자 앉아 있었다. 묘하게도 어제 호시 씨가 앉은 자리와 같았다. 토가와는 금세 나를 발견했는지 대놓고 시선을 피한다. 괜찮아 보이기도 하고 삐친 모습이 귀여워서 나도 모르게 입가에 웃음이 스쳤다.

"토~가~와~."

일부러 고개를 팩 돌린 토가와 앞으로 돌아가서 얼굴을 들여다봤다. 가까이에서 눈이 마주치자, 토가와가 깜짝 놀랐다. 나도 놀라기는 했지만, 동시에, 토가와의 얼굴이 화가 난 표정이 아니어서 마음이 놓인다.

"선생님, 무슨 볼일이시죠?"

"같이 앉아도 될까?"

내 땀과 거친 숨소리를 보고는 토가와가 대답하기 전에 고개를 끄덕였다.

"뛰어왔나 봐요."

"네가 도망치면 안 되니까."

의자를 가져왔다. 토가와가 주문한 건 주스였는지 거의 다 비운 잔에는 얼음과 색으로 물든 액체만 남아 있었다. 그걸 보면서 앉아, 겨우 숨을 돌렸다. 팔걸이에 얹은 팔이 무겁다.

"한 잔 더 마실래?"

토가와가 천천히, 고개를 가로젓는다.

"사양하지 않아도 돼. 나도 마실 거니까, 토가와만 안 마시면 외롭잖아."

또다시 느릿느릿 고개를 흔든다. 어색해하는 모습이 오히려 내게 여유를 가져다주었다. 오랜만에, 토가와 앞에서 연상의 위치를 유지하고 있는 기분이 든다. 이제까지는 휘둘리기만 해서 도저히 연장자의 체면을 지킬 수 없는 순간이 너무 많았다.

"기분은, 좀 풀렸어?"

"별로, 안 좋았던 것도⋯⋯."

그럴 리가. 웃음을 터트리자, 단념했는지 더 우기지 않고 나를 바라보았다.

"호되게 혼내야 하는 거 아니에요?"

"그래야 하는데."

질투해 준 토가와가 귀여웠기에 혼낼 마음도 안 생긴다. 그렇게 말하면, 토가와는 어떤 표정을 지을까.

"수업, 땡땡이쳤어요."

"응, 그러면 못쓰지."

"처음이에요. 한 번도 이런 적 없었어요."

"알아. 토가와는 착하니까."

"저더러 착하다는 사람, 선생님밖에 없어요⋯⋯."

토가와의 얼굴에, 그늘이 섞인다. 아마 부모에게도 들어본 적 없는 거겠지. 그 심경을 헤아리자니, 먹먹한 감정이 밀려든다. 밀려드는 사이, 주문한 커피가 도착했다. 냉커피를 한 모금 머금으니 토가와 어머니의 얼굴이 약간 옅어졌다.

"선생님은 땡땡이쳐 본 적 없죠?"

"어, 있는데."

토가와가 믿기지 않는다는 얼굴로, 눈이 동그래진다.

"정말요?"

"몇 번. 학교 밖으로까지 나가지는 않았지만."

특별히 싫은 일이 있어서가 아니라, 한 번쯤 해 보고 싶어서 몇 번인가 빼먹었다. 선생님에게 안 들키려고 숨을 곳을 찾다가 결국 양호실로 피신하는 게 가장 쉽고 무난하다는 결론을 내리고 질려서 그만뒀다. 그 뒤로는 수업을 한 번도 빼먹지 않고 졸업했다.

"왠지 의외예요."

"나도 10대였던 시절이 있었거든."

그래서 토가와를, 나를 모른 척하고 혼내기는 어렵다.

아아, 하지만 반드시 주의를 줘야 할 게 있었다.

"토가와, 아까처럼 위험하게 계단을 뛰어 내려가지는 마. 정말 무서웠으니까……."

보기만 해도 다칠 것 같아서, 그게 가장 마음에 걸리고 눈이 핑 돌았다.

"죄송해요."

토가와가 눈을 피하면서 사과했다.

"응."

나는 커피를 한 손에 든 채 긍정한다.

"제가 잘못했어요. 혼자 멋대로, 바보처럼 굴었어요."

눈가를 누르는 손바닥이, 보이지 않는 눈물을 훔치는 것 같았다.

"선생님이 다른 애랑 단둘이…… 약속, 했다는 게…… 여러모로 확 치밀었어요."

웅얼웅얼하는 말소리와 부끄러움이 그 감정을 감추려 한다. 하지만 내게는 다 전해졌다.

이 아이의 조용한 격정은, 내 안의 미개척된 부분을 밖으로 끌어내려 한다,

"진짜, 일한 거 맞죠?"

올려다보며 확인해 온다.

일한 게 아니었다는 말을 듣는 것이 가장 무섭다는 듯한 태도에, 정장에 가려진 살갗에서 소름이 돋았다.

좋지 않은데.

이 아이의 눈이 나를 원하고 있다는 사실이, 나를 떨리게 한다.

"당연하지. 상담 내용은…… 구체적으로 말할 수는 없는데 연애 상담을……."

토가와는 이름을 들으면 한 번에 대충 무슨 일인지 간파할 것 같았다. 하지만 토가와를 특별하게 여기는 것과 교사로서 해야 하는 판단은 어떻게든 구분해야 한다. 앞으로

도 토가와에게 '선생님'이라고 불리고 싶으면, 그 정도의 분별은 필요했다.

"연애…… 선생님을, 좋아한다든가, 그런 거요?"

조심스럽게 떠보는 목소리로, 두려워하면서도 가시를 숨기지 못한다. 아아.

아아.

귀여워라. 이 아이를 표현하는 말이 고조되다가 그 끝에는, 너무나도 단순한 표현에 도달한다.

"아니, 그런 거 아니야."

그러니까 괜찮다고 말하려다가 '괜찮다'라는 게 무슨 뜻인데? 하고 머리 회전이 정지한다.

"……선생님?"

굳어 버린 나를, 토가와가 의아해한다.

그리고, 나와 토가와를 부르는 목소리가 이어졌다.

"어? 이치 쌤…… 하고, 린이다."

현실에 목덜미를 꽉 붙들린 것처럼, 등줄기에 달라붙은 오한을 느끼며 뒤돌아본다.

반 아이들이었다. 여학생 셋이, 하굣길에 카페에 들른 듯 보였다.

"린 여기 있었구나. 너 오늘 왜 그랬어?"

토가와의 시선이, 난처해하며 내게로 도망쳐 오는 걸 느꼈다.

나는 그 시선을 받으며, 코 위쪽이 투명 인간이라도 된 것처럼, 아무것도 느낄 수가 없게 되었다.

"생활 지도."

머리와 시야 한편은 새하얀데 입술만이 매끄럽게 움직였다.

일부러 숨기는 게 아니라는 듯이, 맞은편에 앉은 토가와를 가리킨다.

"걸려서 혼나는 중이었어~."

토가와도 장난스럽게 맞장구치며 말을 맞췄다. 능청스럽다며 속으로 감탄했다.

"아는 사람한테 연락이 왔지 뭐니. 우연히 봤다고. 그래서 잡으러 왔지."

곤란하다는 듯 가볍게 한숨을 쉬어 보인다. 학교에서 뛰쳐나가 달리는 모습을 봤다면 꽤 수상쩍게 여길 터다. 다행히 이 학생들과는 마주치지 않은 모양이다.

"아무튼 이것도 다 일의 일환이란다. 신경 쓰지 말렴."

주문한 커피를 어색하게 들어 올린다.

"아, 그리고…… 근무 중에 음료 사 마신 건 비밀로 해 줘."

곤혹스러운 표정으로 농담을 던지며 마무리하자, 학생들의 가벼운 웃음이 따라왔다. 그들이 별다른 의심 없이 다른 자리로 가서 둘러앉음으로써 어찌어찌 상황을 모면할 수 있었다.

"선생님, 거짓말 잘하네요."

"나도 잘한다고 생각했어."

정확히 말하면, 나는 놀라서 정신이 나가는 바람에 전혀 대응할 수 없었다. 내 안의 다른 무언가가 대신 나서서 처리해 주었다. 그런 느낌이었다. 부옇게 됐던 머릿속이 점점 맑아져, 후, 숨을 내쉬었다.

"학교를 빠져나간 학생을 쫓아왔다는 건 뭐, 거짓말은 아니지."

반 정도는.

"그보다, 나갈까?"

여기서는 더 이야기할 수도 없다. 남은 커피를 사레가 들릴지언정 급히 들이켜고 자리에서 일어났다. 바닥에 놓았던 가방과 짐을 주워 확인하니 교무실에서 가져올 필요가 없는 교재와 자료들이 잔뜩 섞여 있다. 엉망진창에, 초조해하고 필사적이구나 싶어 나를 비웃는다.

학생들에게 가볍게 인사한 후에 지도의 연장선이라며 토가와를 데리고 카페를 나왔다. 나오기는 했지만 어디로 가야 할까. 방과 후의 역 앞은 어디를 가든 학생들의 눈이 있을 것 같았다.

토가와가 걸음을 옮기길래 깊이 생각하지 않고 따라간다. 카페를 나와서 왼편의 작은 내리막길로 내려가니 짧은 연결 통로가 있다. 그 통로를 올라가면 시계탑 방향으로 나가는데, 그 어스름한 통로에서 토가와가 멈춰 선다. 통로 벽은 유리가 발려 있는데 지금은 미술상을 받은 중학생의 작품이 전시되어 있었다.

　이곳도 사람의 왕래가 적은 편은 아니지만, 그늘진 곳에 가까이 가면 조금은 안심할 수 있다. 토가와 역시 같은 심리가 작용했는지도 모른다. 나로서는 더 지도할 것도 없고, 화해도 했으나 아직은 헤어지기 아쉬운 마음도 확실히 있었다.

　"선생님."

　부르기에 왜 그러냐고 묻기도 전에 소매와 팔꿈치를 붙잡힌다. 매달리듯, 꽈악.

　"저, 귀찮은 애 아니에요."

　"토가와?"

　늘 올려다보기만 했던 토가와가, 움츠러든 것처럼 보인다.

　실제로 어깨는 축 처져 있고, 무릎은 굽어 있었으며, 의지할 데 없는 모습이 여실히 드러났다.

　"귀찮지 않으니까……."

　싫어하지 말아 줘.

　닫혀 있는 입안에서 그렇게 이어 말한 듯한 느낌이 들었다.

　역시 외로움을 많이 타는 것이, 이 아이의 본질일지도 모른다.

　나는 너의 외로움에 남들보다 다가붙어 있다는 자만심이 있기에, 그래서.

　'아니야'라며 고개를 젓는다.

　"귀찮아도 좋아."

　내게 더 많이 보여 줘.

모리의 성가신 부분은 그저 정신적으로 피로하기만 했는데 토가와의 성가신 부분은 이런 모습도 보여 주는구나 싶어서 기쁘기까지 하다. 나는 상당히 편애가 심한 교사인가 보다. 편애가 심해서 이런 짓도 한다.

"토가와, 귀 막아."

"선생님?"

"막아야 해."

토가와의 손을 잡아 귀로 가져갔다. 어리둥절해하면서도 순순히 귀를 막은 토가와의 손 위에 내 손을 포갰다.

"지금부터 하는 말은, 아무도 들어서는 안 되거든. 토가와도 절대 들으면 안 돼."

하는 말과 모순되게 토가와의 얼굴로 살짝 입을 가까이 가져간다. 내려다보는 토가와가 나를 가만히 응시하며 조그맣게 끄덕였다. 들리는구나 싶어서 더 꽉, 귀를 틀어막고.

"토가와가 가장 중요해."

교사로서 창피한 짓. 특정 학생을 향한 편애. 극단적으로 치우친 호의.

사랑으로까지 굴러떨어질 정도의 경사.

심장이 터질 것처럼 팽팽하게 죄어 와서, 무섭다.

"학생 중, 그 누구보다도 토가와 네가 소중해."

결코, 누구도. 들어서는 안 될 진심이다. 식은땀이 등에 송골송골하게 맺힌다.

귓가로 혈액이 세차게 흘러 핑핑 시끄럽다.

"안 들렸지?"

토가와가 눈을 감으며 작게 끄덕였다. 잘 들렸으면서. 손을 뗀다.

세게 누르고 있던 탓에 귀가 빨개진 토가와가 미소 짓는다.

드디어, 저 미소와 반짝반짝한 빛을 보여 주었다. 가슴에 들어차 있던 공기가 단숨에 빠져나간다.

"선생님은 말이에요……."

토가와가 녹아내릴 듯한 말투로 무언가 말하려다, 다시 삼킨다.

"아니에요, 역시 됐어요."

"궁금하기는 하지만……. 응, 나도 됐어."

아마도 그건, 아직은 서로 입 밖에 내어서는 안 될 말이리라.

토가와의 걸음걸이가 솜사탕처럼 폭신폭신하고 몽실몽실하다. 마치 이 순간이 계속되었으면 하는 바람이 들 만큼, 그런 공기를 머금고 있었다. 지금 우리의 모습을, 방금 있었던 일이 누군가에게 알려지기라도 한다면 분명 크나큰 문제가 될 텐데도, 나는 이상하게도 두렵지 않았다.

점심시간에 사소한 일로 목숨을 걸었기 때문인지도 모른다.

모리에게 목숨을 걸 수 있다면, 토가와에게는 그보다 더한 것도 걸 수 있다. 목숨보다 더 무거운 것. 그런 게 정말 있는지는 모르겠지만, 걸 수 있다는 마음만은 확실했다.

"음, 음."

토가와가 갑자기 솜사탕을 던지고는 코를 만진다.

"코끝이 건조하네."

확인하듯 손가락으로 문지르더니, 그렇게 중얼거렸다.

"왜 그래?"

"아뇨, 별거 아니에요."

토가와와 바로 헤어질 마음이 들지 않아서 특별한 목적도 없이 그대로 둘이 걸었다.

이대로 토가와의 집까지 데려다주는 것도 괜찮을 것 같다.

데려다주고 나면 나는 다시 학교로 돌아가 남겨 두고 온 업무를 해야 하지만.

토가와가 또 한 번 손가락으로 코끝을 문지르며 얼굴을 찌푸렸다.

"항상 이렇단 말이야……."

무언가를 예감하며 중얼거리는 말이, 나는 잘 이해되지 않았다.

그리고 다음 날, 토가와는 학교를 나오지 않았다.

혹시 학교로 연락이 오지 않을까 해서 한동안 기다렸다. 그 어머니가 연락할 리 없다는 건 이미 알기에 토가와 본인이 결석한다는 연락을 할까 싶어서 오전에는 움직이지 않고 기다렸다. 그러나 점심까지 아무 소식이 없어, 하는 수 없이 내가 움직이기로 했다.

토가와에게 직접 연락했다. 원래는 이런 걸 개인적으로 활용해서는 안 되지만.

「오늘 왜 안 왔어? 몸이 안 좋아?」

교실에서 관찰한 바로는 토가와의 친구들도 사정을 모르는 듯했다. 만약 단순히 변덕으로 학교를 빠졌다 하더라도 아무에게도 연락하지 않는 건 걱정된다. 등굣길이나, 혹은 어제 그 뒤로 무슨 일에 휘말렸을 가능성도 고려하면, 불안함과 초조함이 심해졌다.

답장이 올 때까지, 인적 드문 복도 끝에서 이리저리 서성이며 걸어 다녔다.

그리고 마침내, 점심시간이 끝나 가던 무렵에야 답장이 왔다.

「죄송해요, 잤어요. 벌써 점심이네..」

먼저 답장이 왔다는 사실 자체에 마음이 놓였다. 그러고 나서, 태평한 반응에 얼굴을 찌푸렸다.

「잤다고?」

「네, 완전히 늦잠 자 버렸네. 지금 일어나서 저도 깜짝 놀랐어요.」

여러 의미가 담긴 긴 한숨이 새어 나왔다. 이마를 손으로 짚고 속에서 피어오른 감정을 천천히 소화해 나갔다.

야단을 쳐야 할지, 그냥 넘어갈지 고민스러웠다.

「어제 늦게 잤어?」

「그런 건 아닌데……. 괜찮아요. 너무 자서 몸이 좀 찌뿌 둥하지만요.」

「그래. 내일은 늦잠 자지 말고.」

학교 측에 내가 설명하기는 어렵다. 어떻게 알았냐고 물을 테니까.

「네. 저는 괜찮으니까, 선생님도 일 열심히 해요.」

“……………………………흠.”

그렇게 해서 교실에 빈자리 하나를 두고 평일이 흘러간다. 방과 후에 종례를 하며 토가와가 없는 교실을 둘러봤을 때 느낀 허전함에, 독이 꽤 퍼졌음을 알았다.

섭섭하다는, 교사로서 그래서는 안 되는 생각.

그 기분 탓도, 아마 있었을 터다.

그래서 나는.

학교 밖에서 다시 토가와에게 연락했다.

「지금, 너희 집 앞이야.」

「움직일 수 있으면 문 좀 열어 줘.」

「몸은 좀 괜찮아?」

답장을 기다리지 않고, 잇달아 메시지를 보냈다. 초인종을 누를까도 했으나 누가 왔는지 아는 편이 토가와도 안심할 것 같았기 때문이다. 자느라 메시지를 보낸 줄도 모르면 그냥 돌아가려고 했다. 잠시 기다리기로 하고, 벽에 기대었다.

관광버스가 눈에 들어오는 도로를 바라보면서 날이 갈수록 강해지는 햇볕이 머리를 짓누르는 느낌이 들었다. 소금을 탄 듯한, 바닷가 마을 특유의 여름 냄새가 점점 더 가까워지고 있었다. 까슬까슬한 그 감촉을 피부로 기억하듯 바람을 맞고 있는데, 집 안쪽에서 인기척이 들려서 벽에서 몸을 뗐다.

불안정한 발소리와 함께, 잠금을 푸는 소리가 난다. 그리고 그쪽에서 문을 열었다.

머리가 뻗치고 안색이 창백한 토가와가 앞머리는 이마에 눌어붙은 채, 눈을 가늘게 뜨며 힘겹게 나를 쳐다보았다.

발가락에 바른 페디큐어도 어쩐지 광택이 흐려 보였다.

"진짜로 선생님이다."

코가 막혔는지, 목소리가 약간 코맹맹이 소리다.

"안녕. 열은…… 있는 것 같네."

토가와의 팔을 잡아서 부축하며 어깨를 빌려주었다. 토가와가 몸을 움찔하며 당황하는 게 느껴지지만, 그 기운은 실낱같았다. 인사도 생략하고 집으로 들어와서는 우선 문을 잠갔다.

문을 잠금으로써 안도감이 생긴 장소와, 토가와와, 나.

벗은 신발도 정리하지 않고 그대로 둔 채 안으로 들어가, 가방과 토가와를 질질 끌 듯이 움직여서 계단으로 향했다.

"선생님, 어떻게 알았어요?"

"정말 괜찮은 사람은 말이지, 두 번씩이나 괜찮다고 말 안 해."

한 번이면 충분하다. 괜찮지 않으니까 덧붙이게 되는 것이다.

"……그렇구나. 선생님, 예리하네요."

토가와가 저항을 포기한 것처럼 축 늘어져서는 온전히 기대 온다. 셔츠 너머로도 피부에 도는 습기가 나한테까지 전달된다. 이런 말을 하면 싫어하면서 몸부림칠 것 같아서 입 밖에 내지 않았지만, 땀 냄새가 짙었다. 자면서 땀을 상당히 흘린 모양이었다.

그나저나 어쩌다 알게 됐다지만, 학생의 집 구조까지 안다는 건 기분이 묘했다.

"그리고, 토가와가 변덕으로 학교를 쉬는 애가 아니라는 것도 알아. 그래서 몸이라도 안 좋은 건가 해서……."

다른 일이 손에 잡히지 않을 만큼 걱정돼서.

"상태를 보러 왔어."

학생의 사적인 공간에, 교사가 사적인 감정으로.

마음속에 드리운 그림자는 결코 옅지 않았다. 심장도 불안함을 호소하듯 조금 아프다. 그럼에도 이렇게 약해진 토가와를 보고 있자니, 가슴 한편에 또 다른 무거운 것이 자리 잡았다. 그것은 목덜미를 뻐근하게 할 정도로 나를 가득 채우는, 안도감과 흡사한 감정이었다.

"숨길 일이 아니잖아. 열나니까 쉬겠다고 솔직하게 연락 했어야지."

"그런 연락은 보호자가 해야 믿어 주지 않을까 싶기도 했고…… 그렇다고 엄마한테 부탁하는 것도 귀찮고…… 선생님한테 말하면, 직접 찾아올 것 같고…… 머리가 빙빙 돌았어요."

그 어머니에 대한 심정적 갈등은 이해할 수 있다. 하지만 나에 대한 배려는 납득이 가지 않는다.

"오지 말 걸 그랬나?"

약간의 고집을 담아 그렇게 말해 버렸다. 토가와는 바로 고개를 가로저었다가 이내 작게 끄덕였다.

"둘 다야?"

"손 많이 가는 애라고 생각할까 봐……. 그게 싫어서요."

놀라 토가와의 눈을 들여다보았다. 토가와는 부채감을 느끼듯 충혈된 눈을 내리깔고 있다.

"밤에, 돌아다니다가 혼났는데…… 다른 일로도 수고스 럽게 했다가, 선생님이 귀찮아할 거라 생각하면…… 힘들 어요. 선생님이, 다정한 건 알아요. 하지만, 하지만요."

매달리듯 얼굴을 들어 올린 토가와의 목소리는 눈물보 다도 먼저 젖어 있었다.

"엄마도 처음에는 다정했었어요."

그 토로는 내 귓속에 날카로운 잡음을 만들어 냈다.

감정이 뒤섞여, 사선이 산을 그린다. 뒤엉키는 그것이

분류에 휩쓸려 이명이 들린다.

깨닫고 보니 토가와를 꼭 끌어안고 있었다. 귀와 눈가가 뜨겁게 달아올랐다.

"나는, 수고스럽게 해 주길 바라."

금방이라도 쓰러질 듯한 토가와를 단단히 껴안아 지탱한다. 토가와가 나보다 키가 커서 안정적이지는 않았으나 두 팔로 감싸 체중을 받아 냈다. 열이 오른 토가와와 접촉하니 머리카락까지도 뜨겁게 느껴졌다.

"몸이 약해지면, 부정적으로 생각하게 돼……. 그러니까 얼른 낫자. 알겠지?"

"……네."

우물거리는 목소리를 덮듯, 어깨를 빌려주었다.

애틋함과 맹렬한 분노가 두통처럼 몰아친다.

나는나는나는, 그런 여자와 달라.

나는, 나는나는, 나는, 토가와를.

토가와 린을.

눈물처럼 쏟아질 듯한 진심이 어디에도 새어 나가지 않도록, 필사적으로 이를 악물었다.

격렬한 감정의 파도가 가라앉을 때까지, 토가와에게 무리하게 하고 말았다.

"미안해, 괜찮아?"

"네…… 괜찮아요, 선생님이 있으니까."

땀에 젖은 몸을 부축하여 방으로 올라갔다. 토가와의 방

에 들어가는 건 두 번째지만, 배어 있을 리 없는 술 냄새의
환후가 코끝을 스치며 불쾌한 기억이 식은땀처럼 떠오른다.

커튼을 닫아 어둑한 그 방은, 불면을 습도로 옮긴 양 공
기가 눅눅했다.

"선생님."

내 어깨에서 몸을 뗀 토가와가 춤추듯 비틀거리며 뒤
돈다.

"고마워요."

사색이 된 얼굴에서, 굳어 있다 풀린 볼만이 탐스럽게
물들어 있었다.

"응."

침대에 몸을 맡기는 토가와를 보고 나는 크게 숨을 내쉬
었다. 가방끈을 걸고 있던 손가락이 욱신댔다. 오는 길에
들러서, 마실 것을 여러 가지 사 왔다. 차, 주스, 스포츠음
료. 몸이 어떻게 안 좋든지 간에 목은 마르리라 생각해서
나도 모르게 이것저것 챙겼다.

"마시고 싶은 거 골라."

기운 없이 축 늘어진 토가와가 목을 빼고 비닐봉지를 들
여다본다.

"뭐가 많네요."

직접 찾는 건 힘들까 싶어, 요청을 들어주기로 한다.

"뭐 마시고 싶어?"

"음……. 달착지근한 주스 있어요?"

“그럼.”

사과 주스를 찾아서 꺼냈다. 뚜껑을 느슨하게 딴 주스를 받아 든 토가와가 몸을 일으켜 살짝 입을 댔다. 목을 축인 뒤의 날숨은 조금은 가벼워진, 살아난 듯한 숨결이었다.

“선생님, 일은 괜찮아요?”

“안 괜찮아. 그래도 이따가 학교로 돌아가서 하면 되니까, 괜찮아.”

해야 할 일을 책상 위에 던져두고, 방과 후에 곧장 토가와의 집으로 왔다.

……오고 말았다.

“……왜 와 줬어요?”

“……선생님이니까.”

토가와가 듣고 싶어 하는 대답이 아님을 알면서도, 그렇게 말할 수밖에 없었다.

토가와의 눈이 책망하듯 가늘어졌다. 심술궂다며 나를 비난하듯이.

“그러면 요시무라나 삿 짱이 감기에 걸려도 집까지 찾아갈 거예요?”

반 친구들의 이름을 대고 캐물으며 확인한다.

아마도 토가와 자신의 안녕을 위한 확인이리라.

요시무라는 누구인지 바로 알겠는데 삿 짱이라…… 사타케를 말하나? 토가와 자리 주변에 자주 있는 걸 본 듯한데.

나는 이름이 언급된 두 학생의 모습을 떠올리고, 그들이 침대에 누운 걸 머릿속에 그려 보았다.

"안 갈 것 같아."

"……왜 와 준 거예요?"

거듭 묻는다. 눈동자에 집요하고 질척한 것이 떠 있었다.

무슨 말을 하게 하고 싶은지, 무슨 말을 듣고 싶은지 알 수 있었다.

나는 그 말을 입 밖에 내어서는 안 된다는 걸, 분명히 알고 있었다.

"너니까."

하지만 원칙과 감정은 지금, 분리되어 있다. 교사로서 선을 넘어서 이 집에 와 있는 것처럼. 여기까지 와서, 토가와를 특별하게 여기지 않는다는 건 명백한 거짓이었다.

가장 소중한 존재다. 다른 학생들에게서는 느끼지 못하는 무언가가, 분명히 존재한다.

이제는 인정할 수밖에 없었다.

인정하고, 솔직해진 척하면서.

어떤 형태로 이루어진 소중한 존재인지, 그 본질에서 계속 도망치는 중이다.

토가와는 따뜻한 것을 끌어안듯 눈을 감으며 만족스러운 미소를 지었다.

"그런 말 하면 나, 선생님을 좋아하게 될 거예요."

"……그보다, 몸은 좀 어때?"

노골적으로 화제를 돌렸다. 장난으로 받아들이지도, 진

지하게 반응하지도 않고 도망쳤다.

토가와는 주스를 한 모금 더 마시고 성가신 듯 앞머리를 쓸어 올렸다.

"아침부터 머리가 아파서 잤어요. 자는 동안 열도 난 것 같고요."

"열이…… 꽤 높은 것 같던데, 체온은 쟀어?"

토가와의 이마에 손을 얹어 확인하자, 축축하게 맺힌 땀 너머로 날숨 같은 열기가 단단히 응어리져 있었다. 마치 내 손바닥을 침식하는 듯한 그 열기에, 토가와는 몸속에서 부터 좀먹혀 가는 중인 것이다.

"최근에는 쓴 적이 없어서 어디 뒀는지 잊어버렸어요."

"약은?"

"약도요."

서두르지 말고 오는 길에 약이라도 사 올 걸 그랬다.

"음…… 근처에 약국 있니?"

해열제 정도는 먹이는 게 좋겠지.

"머리 아픈 건 나아졌어요. 그리고 왠지요, 선생님이랑 이야기하니까 기운이 나요. 귀찮아하지 않고 선생님이 와 주니까 정말 편해졌어요. 뭐더라, 병은 마음먹기에 달렸다? 그런 거 아닐까 싶어요."

토가와의 말은 거짓말이 아니었다. 말하는 것도 아까보다 훨씬 생기가 돈다. 어릴 적에 열이 나면 가족이 곁에 있어 줘서 마음이 편안해진 기억은 나도 있다. 혼자 누워 있기만 하면 시간이 이상하게 느리게 가고, 고통이 끝나지 않을 것 같고, 머릿속에서는 온갖 힘든 생각들이 소용돌이쳤다.

"그보다요, 선생님. 그대로 있어 줘요. 손, 기분 좋아요."

떨어지지 말라고, 눈이 그렇게 부탁하고 있었다. 나 좋을 대로 해석한 것일까? 이마에 손을 얹은 채로 토가와를 바라본다. 땀에 젖어 숨결조차 쉰 듯한 토가와에게 한순간이나마 가엾다는 감정 외의 것을 품어 버릴 것 같은 내 목을 조르고 싶었다.

"땀범벅이라 찝찝해?"

"……음, 네. 네."

무언가를 생각하듯 두 번 끄덕였다. 몸을 닦을 만한 뜨거운 물수건을 준비하는 게 좋을지도 모른다. 땀으로 젖은 셔츠가 몸에 달라붙어, 토가와의 몸 선이 드러나 있었다. 가슴의 굴곡과 돌기 역시, 당연하게.

눈 속에서 무언가가 깜박였다.

선생님은.

모리의 말이 원을 그리듯 퍼져서 머릿속을 맴돈다. 그럴 리 없다는 부정은 어금니에 걸려 밖으로 나오지 못한 채 삼켜졌다. '나는' 하고 운을 떼려 해도 그저 헛돌기만 한다.

"아, 선생님이 가슴 본다……."

이마를 세게 얻어맞은 듯 격한 동요가 덮쳤다.

"무슨 소리야."

토가와가 미소 짓는다.

“괜찮아요. 선생님이라면 봐도 돼요.”

“무슨, 소리를 하는 거야…….”

똑같이 반응해서, 여유가 없다고 알려 주고 말았다. 벽도 없는데 사방이 막힌 듯한 기분이다.

“땀이, 들러붙은 게, 갑갑해 보여서.”

그래, 그뿐이다. 떠오르는 건 관계없다. 애초에 아픈 토가와를 어떤 눈으로 보는 건지. 그 점을 가장 창피해야 한다. 아니, 그런 눈으로 보지 않았다니까. 아니야, 나는 그런…….

“근데 얼굴, 볼 때는 실눈 뜨고 부옇게 봐요. 이렇게요.”

토가와가 자기 눈을 양옆으로 쫙 잡아당겨 여우 눈을 만들었다. 그러니까 토가와도 인상이 꽤 달랐다.

“상당히 구체적인 부탁인걸. 왜 그렇게 보라는 거야?”

“그야, 화장도 안 했고…… 머리도…….”

토가와가 입안에서 우물거리다 숨기려는 듯이 고개를 돌리려 한다. 그 귀여운 모습에, 숨소리가 훗 새어 나왔다. 이제야 겨우 동요를 가라앉힐 수 있을 것 같다.

“아픈 사람이 그런 데 신경 쓰는 거 아니야.”

“쓰여요……. 선생님이 보고 있는걸요.”

토라진 듯한 말투와 평소 나를 부르는 특유의 발음이 어우러져서 입안에서 사탕을 굴리는 것처럼 달콤하다.

“괜찮아. 토가와, 지금도 귀여우니까.”

“거짓말.”

"내 눈에는 귀여워 보여. 그러면 안 돼?"

혈색이 안 좋았던 토가와의 뺨이 무언가를 되찾듯 물든다. 내 손길을 벗어나 몸에 이불을 돌돌 말며 반대쪽으로 돌아눕는다.

"역시 싫어요. ……그래도, 한 번만 더 귀엽다고 해 줘요."

이불 속에 온몸을 숨긴 채 사랑스러운 어리광을 부린다. 손바닥에 달라붙은 토가와의 땀을 들어 올리듯 바라보며, 어리광을 받아 주었다.

"귀여워."

"어떻게 귀여운지 귀찮은 질문 할 테니까 대답해 줘요."

벽에 튕겼다가 돌아온 토가와의 어리광이 조금 커졌다.

"전부 다, 안 돼?"

진심인데.

"그렇게 끝내면 엉엉 울 거예요."

"그건, 곤란한데……."

그렇게 말하면서도 이렇게 어리광을 부리는 게 전혀 싫지 않았다.

토가와는 지금 이불 속에 숨어 있지만, 눈을 감으면 내가 늘 보던 모습이 눈꺼풀에 비친다. 혹시 병이 아닐까. 요즘 방에서 혼자 있을 때도 토가와가 나를 부르는 환청이 들릴 때가 가끔 있다. 중병은 아니겠지.

"교사가 이런 말 하는 게 이상하지만…… 우선, 얼굴이 예뻐. 부드러운 눈매도 그렇고, 콧날이 곧아서 보기 좋아.

응, 보고 있으면 저절로 머릿속에 들어오는 얼굴이라고 봐.
이목구비가 반듯하다는 게 이런 거구나 하고 깨달았어. 그
리고 그 점이 친근함으로 자연스럽게 이어지는 것 같아. 웃
으면 볼에서 살짝 앳된 부분이 보이는 것도 마음에 들어.
거기에 또래다운 면도 있으면서 키도 큰 것도 인상적이야.
지난번에 사복 차림을 보고 느꼈는데, 다리가 참 예쁘더라.
길어서 깜짝 놀랐어. 허리도 가늘지만, 몸매가 좋아. 다른
애들과 비교하는 건 좋지 않지만, 그 비율 덕분에 키가 더
커 보이는 것 같아. 말을 고르지 않고 말하자면, 미소녀라
고 생각해. 분명 학교에서 인기도 많겠지. 쾌활하고 사람들
과 잘 어울리면서도 외로움을 타기도 해서 그냥 내버려 둘
수 없는 게 있어. 그게 가장 귀엽다고나 할까…….”

아니, 귀엽다. 귀에 걸린 머리카락을 만지작거리며 뭘
이렇게 쉬지도 않고 떠드는 건지.

토가와에 대해 생각한 대로 다 말해 버렸다. 중간에 정
신을 차려 끊기는 했지만, 솔직히 칭찬할 점은 아직도 많
다. 오히려 싫은 점이 없다. 그야말로 호감의 결정체. 이런
사람을 만나기는 처음이었다. 남편도 함께 살면서 생활해
보면 안 맞는 부분이 있는데.

토가와가 데구루루 이쪽으로 몸을 돌린다. 내 손으로 닦
아 준 이마에는 다시 땀이 송골송골 맺혀 있었다.

“선생님, 혹시, 저를 그렇게나 보고 있어요?”

이불로 입을 가린 토가와의 감출 수 없는 미소가, 눈빛

만으로도 전해진다.

"……눈이 마주치잖아."

교사와 학생이 교실에서 보내는 짧은 시간 속에서도. 눈이 마주칠 때마다 토가와는 늘 기뻐 보였다.

이것도 저것도 좋지 않은 징조였다.

귀를 틀어막지 않으면 말 못 할 감정이 자꾸만 넘쳐흘러서 끝내 감추지 못하게 될 것 같아서.

파멸이 보일 것 같아서.

"토가와야말로 나를 보고 있잖아."

"그거야 수업 시간이니까 당연히 선생님을 보죠."

"나 말고 칠판을 봐야지."

토가와가 이불째 질질 몸을 끌어 다가온다. 그리고, 눈동자에는 장난기가 어렸다.

"선생님, 변태."

"뭐?! ……뭐, 뭐어?"

한 박자 두고 또 놀라면 어쩌자는 거지. 도저히 마음이 따라가지 못한다.

"그때 역시 다리 보고 있었네요."

전화번호를 교환했을 때도 지적을 받아서 적당히 둘러댔던 일이 기억났다.

시선에서 이미 다 들통났을 내가 이제야 창피해져, 토가와의 침대에 얼굴을 와락 파묻을 뻔했다.

"나, 나 말고도 다들, 볼걸!"

예쁜 여자애가 길을 걸어가면 눈길을 끌어모으는 건, 뭐
랄까. 인류의 업이다. 거기다 다리까지 아름다우면 눈에
띄니까 어쩔 수 없이 보게 된다, 인간으로서. 나는 그런 평
범한 인간이었다.

"다들이라. 아무나 보는 건 싫은데. ……선생님만 봐 줘요."

열기에 촉촉이 젖은 눈동자가 나를 홀리듯 흔들린다.

이것 봐, 또 이런다. 토가와의 이런 고약한 면이 나를 괴
롭힌다.

"……이제 자, 알았지?"

침대 정중앙으로 돌아가라고 이불 너머의 어깨를 민다.
토가와는 별다른 저항 없이 순순히 밀려 제자리로 돌아갔
다. 얘기하느라 잊을 뻔했는데 지금 고열에 시달리는 중이
다. 저항할 기력조차 없을 터였다.

"몸이 힘들지는 않아?"

"네, 몸이 나른하기는 한데 괜찮아요. 선생님, 학교는 어
땠어요?"

드디어, 학생과 교사다운 적절한 대화 주제가 나왔다.

교사가 개별적으로 학생 병문안을 왔다는 점만 빼면, 드
디어 건전하다.

"평소대로 수업하고, 업무 보고……. 특별히 애기할 만
한 건 없네."

그러나 이런 대화를 오래 부풀릴 수가 없어서 결국 복귀
하기는 어려울지도 모르겠다.

……복귀라니.

"흐~응……."

토가와도 이 정도 반응밖에 보일 길이 없겠지. 그런 줄 알았건만.

"선생님은, 내가 없어도 평소처럼 잘 지내는구나……."

일부러 토라진 척하는 걸 알면서도, 막상 들으니 가슴에 중력이 작용한다.

"그런 뜻이 아니잖아."

"그렇겠죠……. 훌륭한 선생님이시니까."

계속 삐딱하게 나온다. 어떻게 해서든 말하게 만들고 싶다, 듣고 싶다는 의도가 보인다.

토가와가 듣고 싶은 말과, 나의 진심은 일치한다.

하지만 그 말을 하는 순간, 많은 사람을 배신하게 된다.

그렇다고 말하지 않으면, 토가와를 배신하는 게 된다.

나는 그 두 가지를 저울질하며 죄책감에 목이 기울 것만 같았다.

고집부리기를 관두자, 진짜 속마음이 공중제비하고는 배가 천장을 향했다.

"사실은 계속, 토가와 생각만 했어."

기계적으로 수업을 진행하면서 교실도, 학생들도, 칠판도 보이지 않았다.

자세를 바꿔 침대에 기대어 무릎을 끌어안고 앉는다. 그 자세가 말로 직접 하지 않아도 쓸쓸함을 비치고 있었다.

토가와 없는 교실은, 내게 너무도 따분하다.

끔찍한 선생님이었다. 이런 적이 없었다. 전에는 적어도 안정된 만족감을 얻으며 학생들을 대했다. 지금은 어떤 의미로, 진심으로 대하게 되어 구제 불능이 되었다.

"엎드려 절 받기 느낌이 없잖아 있네요."

그렇게 말하면서도, 토가와는 싱글벙글 웃었다.

"저도요, 싫은 기억이 떠올라서…… 그 뒤에 바로 선생님 생각을 했더니, 조금 보고 싶다고 생각했어요. 조금요, 정말로."

"……흐응."

조금이란 말이지.

토가와를 지그시 본다. 공수 전환이 빠르다.

"조금."

"그렇구나."

"……조금은, 싫어요?"

익, 받아치는 게 능숙하다. 방어만 하는 게 아니라 반격도 해 온다.

우리는 대체 무슨 공방을 펼치고 있는 걸까.

"조금이더라도 보고 싶은 마음이 들었다니까, 괜찮은 것 같기도 하고."

속내를 감춘 채 허세를 부리며 모범적인 척 미소 짓는다.

"그렇구나."

토가와가 더 볼일 없다는 듯 등을 돌렸다. 그대로 꼼짝

하지도 않는다.

서로가 상대방이 몸이 달아 먼저 움직이기를 기다리고 있다. 방 어딘가 있는 시계의 초침 소리가 빗방울처럼 튀었다. 침묵의 시간, 학생 방에서 단둘이, 잠깐, 잠깐만.

아직 일이 남아 있어서 돌아가야 한다는 것이, 이제야 생각이 났다.

"있지, 정말 조금이야?"

내가 먼저 굽혔다. 토가와를 슬쩍 들여다보자, 눈을 감고 웃으며 어깨를 들썩이고 있었다.

"아이참."

화를 내자, 토가와가 머리맡에 있던 휴대폰을 집어 들고 조작하고는 내게 건넨다. 봐도 되는 건가 싶었지만, 화면을 보니 나와 주고받은 메시지가 떠 있었다. 그리고 쓰다 만 메시지도.

「보고 싶어요, 보고 싶어요, 보고 싶어요, 보고 싶어요, 보고 싶어요, 보고 싶어요, 보고 싶어요, 보고 싶어요, 보고 싶어요, 보고 싶어요, 보고 싶어요, 보고 싶어요, 보고 싶어요, 보고 싶어요, 보고 싶어요, 보고 싶어요.」

보내지 않고 놔둔 그 메시지에, 온몸이 전율했다.

"사실은, 울고 싶을 만큼 보고 싶었고, 결국 울었어요."

토가와가 손으로 눈가를 가린다. 나는 휴대폰을 곁으로 돌려주며 입술을 움직여 '기뻐'라고 했다.

"온 보람이 있네."

어제도 그랬다. 토가와가 나를 강하게 원한다는 것이, 환희에 차게 한다.

토가와의 강렬한 감정에 영향을 받았는지 내 마음도 격하게 떨린다. 그런 너무나도 당연한 공명이, 나에게는 놀랍도록 신선했다. 상대방을 존중하는 것과, 상대방을 지나치게 배려하는 것은 비슷하면서도 다르다. 이제껏 내가 해왔던 것은, 어쩌면 타인의 의사를 별로 신경 쓰지 않을 뿐인, 그런 배려에 불과했는지도 모른다.

한 발짝 뒤로 물러서는 마음. 하지만 상대가 토가와라면, 물러서고 싶지 않았다.

"땀…… 찝찝해."

앞머리를 쓸어 올린 토가와가 그렇게 중얼거린다.

"수건 가져올게. 부엌이나…… 세면대에 있어?"

어디 있는지 물으니, 토가와가 옆으로 누워서, 가만히, 나를 본다.

"토가와?"

그리고 다시 한번, 손바닥으로 눈을 가리고, 그러고는.

"저기, 선생님이…… 닦아 줄래요?"

찰나의 순간.

쩍.

내가 지켜 오던 교사의 윤곽에, 토가와의 목소리가 닿아 균열이 이는 소리가 났다.

전율 속에서, 시간이 흐른다.

"닦아 달라니⋯⋯. 그건."

"팔, 움직일 기운도 없어서요⋯⋯. 선생님, 부탁해요."

눈을 가리고 담담한 목소리로 토가와가 감정을 숨기고 있다.

반면 나는, 갈망을 알리기라도 하듯, 침을 삼키고 말았다.

왜냐하면, 닦아 준다는 건, 나더러 하라는 건, 토가와의 몸을.

직접.

아니, 아니아니, 아니야.

대체 왜 이리 당황하는 건지. 학생의 알몸이다. 아픈 학생을 간호하는 거다. 간호하려고 여기에 왔고 부탁받은 일을 기꺼이 해낸다. 그뿐인데 순간적으로 정신이 새하얘진다. 학생의 알몸.

토가와의, 알몸.

눈과 코와 이마가, 바싹 말라서 아프다.

알몸도 알몸이지만, 토가와가 내게 부탁했다는 의미가, 무엇보다 강렬하게 나를 뒤흔든다.

외면하기를, 토가와는 그만둔 걸까.

그만둬 버린 걸까.

"토가와⋯⋯."

"더워요."

짧고, 대화를 넘어선 재촉이었다.

이 집에는 선의로 왔을 뿐인데, 지금 직면한 것은, 거대한, 본능과의 싸움이었다.

목이 바싹 말라서, 목소리가 잘 나오지 않아서.

유일하게 제대로 말할 수 있을 듯한 말은.

"닦아 줄 테니까…… 벗어……."

목소리가 갈라진다. 아니다, 겨우 깨닫는다.

"참……. 수건 가져올게……. 좀 쓸게, 수건……."

천천히 몸을 일으킨 토가와는 아무 말도 하지 않았다. 지그시, 그저 젖은 듯한 눈동자로 나를 바라보았다. 나는 그 시선을 피하며 휘청거리며 방을 나왔다. 계단에서 두 번이나 발을 헛디딜 뻔해서 식은땀이 멎지를 않는다. 마치 지금 내 삶 그 자체 같았다.

구르듯 하며 종종걸음으로 세면대로 가서, 수건을 집어 들었다. 그리고 거울에 비친 나의 시선에서도 도망치듯이 얼굴을 들지 않고 부엌으로 간다. 부엌에서, 전자레인지를 빌려 수건을 덥혔다.

전자레인지의 숫자가 천천히 줄어드는 걸 바라보는 동안, 동공이 열리고 있음을 느꼈다.

눈이 말라서 아픈데도, 눈꺼풀이 내려오지 않는다.

서서히 일상을 침식하는 꺼먼 것이 거리를 좁혀 조금씩, 나를 삼키려 한다.

전자레인지의 알림음에 맞추어 머리가 폭발할 것처럼 긴장했다.

따뜻하게 데운 수건을 들고 현관 앞에서 한 번 멈춰 선다. 도망치려면 지금뿐이다. 아니, 분명 도망치는 것과는 다르다. 올바른 길로 되돌아간다는 뜻이다. 문을 끼고 보이는 큰길에는 아직 대낮의 잔광이 비추고, 나는 분명 그 길을 따라 걸어 여기까지 왔다.

쿵, 쿵, 쿵. 발걸음이 질질 끌리듯 무겁다.

빛에서 멀어져 2층으로 향한다.

토가와가 기다리니까.

인생을 살면서, 미래를 예견할 수 있는 순간이 있구나 싶었다.

이 계단을 오르면, 필시 파멸해 가리라고 알면서도 올라가는 것이다.

"기다렸지."

그렇게 말하는 내 목소리는 손에 든 수건과 달리 메말라 있었다.

느릿하게 일어난 토가와가 셔츠를 잡고 벗는다.

갈수록, 입이 아니라 눈으로 비명을 지를 것만 같았다.

땀으로 끈적한 등에 셔츠가 걸려 중간에서 벗지를 못한다. 토가와의 눈이 이쪽을 본다.

"들러붙었어요, 벗는 거 도와줘요."

"으, 응."

어색하다. 의식하지 말라고 외치는 이성의 목소리가 멀다. 토가와의 셔츠를 잡은 손가락이 떨린다. 정말 벗겨도 될까. 괜찮은 걸까. 벼랑 끝에 선 내가 있었다.

옷을 벗기면 있는 것을 보면, 만지면, 정말로 발을 헛디디는 것이다.

위험이 목덜미를 움켜쥐고 있었다. 그 위험조차도 멈추라고 미리 경고하고 있었다.

세상을 비웃는 악의조차 친절을 베풀 정도로 이제까지 선량함을 팔아 온 나는.

지금 그것을 벗어던지려 하고 있었다.

몸의 반쪽을 내던지는 듯한 감각과 함께, 토가와의 셔츠를 걷어 올린다.

셔츠 아래에는, 겉으로 드러난 선만으로도 짐작했듯 아무것도 걸치고 있지 않다.

토가와의 상반신이, 여실히 드러났다.

나도 모르게 벗긴 셔츠를 손에서 떨어뜨렸다.

나도 여자니까 익숙, 하다, 는 듯 가슴을 보고도 태연함을 가장했다.

제대로 연기하고 있다는 자신은 없다.

상반신을 벌거벗은 토가와와 침대 위에서 마주 본다. ……의식하니, 나도 땀이 나기 시작했다. 이상할 것은 아무것도 없다. 이건 간호고, 학생이고, 같은 여자고, 그런 수많은 당연한 사실이 눈과 함께 소용돌이친다. 열일곱…… 아니, 아직 열여섯? 살 난 여자의 상반신을 이렇게 가까이서 바라볼 기회가 거의 없어서 긴장한 걸지도 모른다.

목욕……. 그래, 목욕탕에 가면 좀 멋쩍은 거, 그거다.

그거일 것이다, 분명.

게다가 토가와도 부끄러운지 고개를 숙이고 있어서, 괜히 나까지 의식하게 된다.

"그럼, 먼저…… 등부터……."

누운 토가와와 정면으로 마주할 용기가 나지 않아서 도망쳤다.

"네……."

토가와가 몸을 굼실굼실 움직여 등을 돌리자, 조금 안도했다. 안도하기는, 뭘 안도해.

하지만 그 등도 곧고, 어깨뼈가 보이고, 매끄럽고 그래서 위험했다.

토가와의 등을 수건을 사이에 두고 만진다. 눈 속 깊은 곳이 찌르르, 뭔가에 걸린 듯이 경련한다. 반들반들한 피부를 수건으로 닦는다. 너무 세지 않게 조심조심 닦는다. 전전긍긍, 손 움직임도 조심조심. 닿은 겨드랑이의 부드러움과 촉촉함에, 숨이 멎을 뻔했다.

"아, 기분 좋아요……. 더 만져 줘요."

"…………………………………………."

내 마음속에, 가책이 희미하게 있는지도 모른다. 아니, 희미하지 않을지도 모른다.

심장뿐만이 아니라, 목과 머릿속에서도 핏덩어리가 부글부글 튀고 있었다.

아무리 사정이 있다고 해도 제자의, 열여섯 살의 나체를 보고 있는 것은 사실이니 이건 문제가 되느냐, 마느냐를 따지면 상당히, 문제가 될 가능성이 있는 쪽이었다. 토가와의 목덜미에 들러붙은 머리카락을 걷어 내기만 해도, 가슴이 마구 두근두근했다. 손가락으로 헤집으며, 보면 안 되는 것을 들춰 보는 듯해서.

점점, 토가와의 등에 하얀 소용돌이가 보이기 시작한다. 너무 가까이 다가가서, 빨려들 것만 같았다.

"선생님."

나를 부르는 소리에 흠칫하며 상반신이 허리에서 빠진 듯이 튀어 오른다.

"앞쪽만 땀투성이인 건 좀 찝찝하니까……. 알겠죠?"

등만 닦고 있지 말라며 비웃는 느낌이 들었다. 턱이 떨리지 않게 어금니를 꽉 물고 토가와 앞쪽으로 간다. 눈 아래로 중력이 강해져서 피가 그쪽에 고여 간다.

"선생님, 얼굴 새빨개요."

지적을 당하자 더더욱 열이 치솟을 것 같았다. 따끔따끔하며 열의 그물코가 뺨과 귀에 들러붙는 게 느껴졌다. 토가와 쪽은 적응되기 시작했는지 입술 움직임도 한결 막힘이 없었다.

어디를 보면 좋을지 취한 양 시선을 이리저리 방황하면서 토가와의 몸을 닦는다. 땀에 흠뻑 젖은 것은 사실이라 땀을 닦으려 수건을 움직인다. 움직이기만. 수건이니까. 선생님이면 당연히 해 줄 수 있는 일이다. 당당하면 된다.

못 한다, 절대.

"귀여워."

내 상태를, 토가와가 한마디로 표현한다.

"어른한테 그게 무슨 소리야."

"귀엽잖아요, 가슴 주변은 닿으려고도 하지 않는 게."

"……………………아니, 그건, 토가와, 있지…….."

아무 말도 안 나온다. 손대면 멈출 수 없을 것 같다는 말 외에는, 아무것도.

"가슴 아래도 땀이 찼어요……. 부탁해요."

"……아, 알겠어."

부탁을 받았으니, 손을 뻗어야 한다. 간호하는 것뿐이니까, 불쾌하지 않게 해야 한다.

목은 이미 바짝 말라서, 말할 때마다 탄 맛이 섞여 있다.

가슴 아래로, 수건을 댄다. 수건 너머로, 손가락이, 닿는다. 움직인다. 들어 올린다.

내 몸을 닦을 때도 익숙한, 익숙하기만 한 동작인데도, 밀려드는 것이 있다.

10대의 피부 탄력에, 말문이 막힐 만큼 영혼이 속절없이 끌려가는 내가 있었다.

사정이 있다손 쳐도 제자의, 열여섯의 가슴을 만지고 있는 건 사실이라서 문제가 되느냐, 마느냐를 따지면 고민할 필요도 없이, 확실히 문제가 되는 쪽이었다. 중대한 일이며, 누군가에게 들킨다면 처벌받아 마땅하다.

바다 내음조차 닿지 않는 방에서, 나는, 대체 뭘 하는 걸까.

“아, 하……. 가슴, 엄청 빤히 보네…….”

“바보…….”

토가와의 입으로 듣는 사실에, 수치심의 거품이 터진다. 하지만 눈앞에 가슴이 대놓고 있는데, 과연 안 볼 사람이 있을까. 이렇게 예쁜 아이의, 모양 좋은 가슴에 끌리고 마는 내게 거부감이 들지 않는다. 아름다웠다. 그리고 견딜 수 없이, 마음속에 잠들어 있던 부분이 쑤셨다.

숨을 참아도, 그 가슴을 보고 있으면 살 수 있을 듯한 기분마저 들었다.

그만큼 활력 넘치는 것이, 토가와의 가슴이었다.

뭐래니, 나가 죽어.

거센 자기혐오 속에서도 계속해서 눈앞의 가슴을 바라보며 토가와를 닦았다.

“닦았다, 다 닦았어……. 이제 끝.”

한계가 와서 떨어지고는 고개를 있는 대로 돌린다. 꽉 쥔 수건이 손가락 관절을 스친다.

“아하……. 고마워요, 선생님.”

“별, 말씀을.”

보지 않는다. 토가와를 보지 않는다. 가슴도 보지 않는다. 눈이 점멸해서 속이 울렁거린다.

“옷, 입었어?”

“입었어요. 그런데 선생님, 왜 엉뚱한 곳을 보고 있어요?”

웃음소리가 나비의 날갯짓처럼 공중을 가벼이 춤추다가 내 뺨을 간지럽히며 놀린다.

"……알면서, 묻지 마."

잔류하는 열에 뺨을 베인 채, 누우라며 토가와를 재우려 한다. 토가와가 고분고분 몸을 굴린 뒤에도, 계속 눈으로 나를 좇는다.

"알몸 보여 준 거, 선생님이 처음이에요."

확 하고 귀가 불타는 소리가 들렸다. 지금 당장 귀가 우글쭈글해질 만큼 긁으며 몸부림치고 싶다.

"내가 본 건, 세지 않아도 돼."

"왜요?"

"이건, 간호에, 불과하니까."

뭐라 형언할 수 없는 공기가 감돌았지만, 그래도, 간호 였다. 나는 단지 토가와가 흘린 땀을 닦아 깨끗하게 해 주 었을 뿐, 그 외에는 아무 일도 없었다. 그게 맞다. 마음을 주먹처럼 단단히 움켜쥐지 않으면, 심장 고동에 빠질 것 같았다.

"……그렇군요. ……………이건 그렇죠."

토가와의 작은 목소리는, 끝까지 주워들을 수 없었다. 무슨 말을 하려 했을까.

"선생님."

이 아이가 부를 때마다, 가슴속에 두 가지 감정이 솟아난 다. 머무를 곳을 찾은 듯한 기쁨과 여태 머무르던 곳에서 떨어져 나오는 듯한 불안. 두 가지가 동시에 느껴진다. 내 인생이 토가와에게로 수렴해 가는 감각이 가슴에 있었다.

"오늘 와 줘서 정말, 정말, 정말로……."

감정이 한 번, 두 번, 점점 부푼다. 터질 듯한 감정을 들어 올려서.

쿵. 나를 뭉개 버린다.

"……기뻤어요."

만감이 교차한다는 게 이런 걸까. 가슴으로 덮쳐 오는 다양한 감정들이, 토가와의 마음과 손을 포갠다.

이 아이를, 지키고 싶다.

온갖 상처로부터, 멀리 떼어 놓고 싶다.

다른 누구도 손을 못 대게 하고 싶다는, 내 안의 욕망도 담겨 있었다.

"힘들면, 언제든 올게."

토가와의 뺨에, 살포시 손가락을 댄다.

"왜냐하면, 나는."

너를.

"……나는, 선생님이니까."

진심을 숨길 만한 도피로가 거기밖에 없었다.

그러나 애써 감춘 마음도 모두 전해진 것처럼, 토가와는 만족스러워하며 눈을 감았다.

학교로 돌아가 잔업을 하는 중에도, 귀가해서 남편과 마주하고 있을 때도.

머릿속에는 온통 토가와 린뿐이었다.

머릿속의 토가와를 쳐다보면서, 작업과 대화를 해 나간다. 그렇게 나 이외의 누군가에게 몸을 빼앗긴 듯이 시치미를 떼고 뛰었는데 문득 멈춰 섰을 때 왈칵 덮친다.

토가와의 알몸을 떠올리고, 떠올리고, 또 떠올려서 무릎이 꺾여 주저앉을 것만 같다.

머리가 둥실둥실 떠다니는 감각 속에서, 간신히 이불 속으로 기어들어 갔다.

방 안은 칠흑같이 어두웠으나 머릿속 시간은 여전히 해가 저물기 전, 그 순간에만 머물러 있다. 심장을 때리는 소리가 시끄럽다. 가만히 있으면 그 소음 탓에 심란해져서, 영원히 잠들 수 없을 듯하다.

그래서, 결정적인 한마디로 그것들을 잠재운다.

"……토가와……."

처음으로 자려고 누운 이불 속에서 제자의 이름을 토로한다.

목소리는 상상 이상으로 축축하고 뜨거워서, 나의 암흑을 흐리게 했다.

다음 날도, 교실에 토가와의 모습은 없었다. 알고 있었다.

아침에, 출근하기 전에 토가와에게 연락이 왔다. 학교를 거치지 않고 개인적으로 보고하고 마는 건 바람직하지 않다고 생각하지만, 아직 약간 열이 덜 떨어진 모양이다.

「어제보다는 훨씬 나아졌으니까 괜찮아요.」

「뭐 좀 먹었어?」

「네. 사과 주스 마셨어요.」

안 먹었다.

「간단히 먹을 만한 게 없었어요. 만들어 먹을 만큼 뭘 먹고 싶지도 않고요.」

「그렇구나. 무리하지 마. 먹을 수 있는 것만 먹어.」

「막혔던 코가 뚫려서 기뻐요.」

「오늘도 집에서 얌전히 쉬어.」

그 뒤로는 답장에 뜸을 들였다. 아무래도 답장을 안 할 생각인가 보 다 싶어서 휴대폰을 내려놓으려는데.

「집에 있으면, 또 와 줄 거예요?」

“……………………………………”

나도, 답장을 보내는 데 시간이 걸렸다.

나는 모두의 선생님이지, 토가와 한 사람만의 선생님이 아니라거나.

어제 본 걸 떠올리는 죄책감과, 인정하기 힘든 고양감과.

겉으로 내세운 이유들이 내면에서 갈등하는 척하며, 진

짜 속마음을 필사적으로 숨기려 한다.

왜냐하면, 가면 분명, 또.

또, 그 아이의 나체를.

목덜미를 꽉 죄는 감각은 공포일까, 아니면 환희일까.

「사 갔으면 하는 거 있어?」

저항하지 못하는 나 자신에게, 이성의 실망스러운 한숨 소리가 들렸다.

「선생님. 다른 건 필요 없어요.」

직설적인 말과 감정에 밀려, 처지라는 벽으로 떠밀린다.

이런 순간이, 점점 더 늘고 있다.

「알겠어.」

오늘은 여러모로 토가와의 얼굴을 보기가 힘들다. 하지만 그래도 보고 싶다.

만나서, 분명.

눈을 감는다.

거부할 수 없으리라는 예감이 들었다.

조례하며 토가와가 감기에 걸려 결석한다는 연락이 왔었다고 전했다. 원래는 보호자가 학교로 연락해야 하지만, 그 집에 그런 걸 기대하기는 무리였다. 딸이 감기를 앓는 것조차 모르는 어머니니까. 그리고 같은 반 학생들, 토가와의 친구들도 상황을 알 리 없다. 아마, 집으로 문병을 가기도 어려울 테지.

그런 생각을 하며 씰룩거릴 뻔한 입매를 나도 모르게 찰

싹 때린다.

순간, 바보 같은 우월감을 품을 뻔한 나 자신이 무섭다. 학생에게, 대체 뭘. 가르치고 이끌어야 할 아이들에게 지금……. 적절한 표현이 생각나지 않지만…… 적은 아니고…… 라이벌 의식?을 가질 뻔했다.

토가와의 가장 가까이 존재한다는 경쟁을, 내 멋대로 주변과 하고 있다.

머리가 아파 왔다. 왜냐하면 요컨대 이건, 모리나 토가와와 같다는 뜻이니까.

얄궂게도, 내가 업신여긴 토가와네 어머니가 말했던 '특정 학생만 특별히 마음 써서 챙기는 교사'가 되고 만 것이다. 그래서 더는 내게, 토가와의 어머니를 비난할 권리가 없다.

걱정되는 마음에 조바심을 내며 잰걸음으로 걸었던 어제와는 달리, 이 앞에 기다리고 있는 것에 대한 긴장으로 발걸음이 굳었다. 심장의 고동 소리와 구두 소리가 완전히 겹쳐서 가슴이 아려 온다. 거기다 부정할 수 없는 고양감까지 뒤섞여, 겉으로는 아무렇지 않은 척 걷는 듯해도 속은 뒤죽박죽이었다.

아무것도 필요 없다고 했지만, 비상약으로 둘 것도 고려

해서 약국에 들러 약을 다양하게 샀다. 토가와를 위해 뭔가를 사는 일이 는 것 같다. 이런 것도 교제비라고 할 수 있을까.

오늘도 역시, 일단 책상에 일을 내팽개치고 토가와네 집으로 가고 있다. 이틀 연속, 아니, 카페로 토가와를 데리러 간 것까지 포함하면 사흘 연속으로 볼 수도 있다. 이렇게 일상을 무너뜨리는 건 사실 좋지 않다. 갑작스러운 변화는, 주변 사람이 무언가를 알아차릴 수 있다.

게다가 오늘은 걱정이 반이었다. 나머지 반은, 학생에게 품어서는 안 되는 감정이었다.

토가와네 집에 도착했다. 거의 다 왔다고 미리 연락해 둬서 문 앞에 서자마자 곧바로 잠근 문을 따는 소리가 났다. 문이 열리고, 살짝 얼굴을 내밀고는 활짝 웃었다.

"선생님, 다녀왔어요?"

다녀왔어.

내가 아무리 토가와에게 빠졌대도, 그 인사에는 아직 대답할 수 없었다.

"……응."

토가와네 집으로 자연스럽게 들어가는 것도 익숙해져 버렸다. 신발을 벗고, 가지런히 둔다.

옆에 놓인 토가와의 신발과 비교해 발 크기는 거의 차이가 나지 않는다는 걸 알았다.

"열은?"

"아직 조금 있어요. 그래도, 내일은 학교에 갈 수 있을 것 같아요."

말 그대로, 어제와는 비교도 안 될 정도로 몸을 움직일 수 있는 듯했다. 그 증명으로 오늘은 뻗친 머리를 매만졌다. 나를 만나기 전에 만진 걸까 하고 생각하니, 사랑스러움이 뺨을 에워쌌다.

"마음 같아서는 감기를 좀 더 앓고 싶어요."

"……왜?"

사실 묻지 않아도 안다.

"선생님이 매일 와 주니까."

이것 봐.

"……내일은 안 올 거야."

"내가 또다시 열이 심하게 나도요?"

장난스럽게 묻는다. 그러면, 무조건 올 수밖에 없다.

토가와도 그걸 아니까, 응석을 부리는 거다.

"네가 건강하길 바라니까, 또 아픈 건 안 돼."

"그게 마음대로 되는 것도 아니고……."

그러면서 토가와는 어느 정도 납득한 듯이 웃었다.

"아, 참. 소라 언니가 정말 미안하다고 선생님한테 전해 달랬어요."

"호시 씨가……. 아아, 그 일 때문이구나."

모리와의 일이겠지. 그 후, 모리와 얘기를 나누었나 보다.

모리에게 나도, 호시 씨도 칼에 찔리지 않았다는 건 잘

구슬렸다는 뜻이리라.

"다음에 사과하겠대요."

"아니…… 됐어. 그 사람과 만나면 또 성가신 일이 생길 듯하니, 신경 쓰지도 말고 말도 안 걸었으면 좋겠어."

이야기를 듣자니, 다른 여러 사람에게 손을 뻗친 모양이라 다음에 딴 사람에게 원한을 사게 되면 정말 울고 싶어질 것 같았다.

"그보다 이거 받아. 약 사 왔으니까 눈에 띄는 곳에 보관해."

약국 봉투를 토가와에게 건넨다.

"선생님, 어제도 한가득 사 왔는데 용돈 괜찮아요?"

토가와의 고등학생다운 걱정에, 미소가 절로 번졌다.

"나는, 원래 용돈을 그렇게 많이 쓰는 편이 아니라서 괜찮아."

애초에 따로 용돈을 안 받지만, 일부러 그렇게 말했다.

"고마워요. 선생님이 걱정해 주는 거, 정말……."

마지막까지 말하려다, 입술을 웃는 모양으로 휘며 삼킨다.

토가와가 봉투를 받아 들고는 주위를 둘러보더니 가까운 다다미방의 미닫이를 연다. 구석에 봉투를 내려놓은 뒤, 둘 다 빈손이 된 틈을 놓치지 않고 내 손을 잡았다. 손가락 표면에 서서히 퍼지는 열과 긴장을 공유하듯. 토가와의 손가락도, 뜨거워져 있었다.

"가요, 선생님."

만약 이 아이가 사람을 어루꾀어 영혼을 앗아가는 나쁜 악마라면.

내 영혼이 100개여도, 파멸하는 건 자명했다.

그 악마가 아주 잘 어울리는 토가와의 손을 마주 잡는다. 토가와는 손잡는 걸 좋아한다. 안심이 되는 거겠지. 나는, 두근두근한다. 남들 눈이 매우 신경 쓰인다. 그렇지만 이 집에서는 누구도 보지 않는다. 그러니까, 그래. 나도 순수하게, 토가와의 손을 느끼면 되는 것이다.

함께 계단을 올라, 토가와의 방으로 향한다. 이 방으로 가는 의미를, 계단을 오르는 천천히 되새겼다. 어제 그런 일이 있었는데 오늘 아무 일도 일어나지 않을 리 없다.

알면서도 나는 이 집에 왔고, 토가와의 손을 잡고 있는 것이다.

문이 활짝 열린 방에서 선풍기 소리가 들렸다. 선풍기가 만들어 내는 바람이, 내가 있는 곳까지 향기를 실어 온다. 어제 그렇게 가까이에서 토가와를 만지며 깨달은 게 있다.

이 방은 온통 토가와의 체취로 가득하다.

그걸 알게 되니 머릿속이 이상해질 것 같았다.

"선생님, 이리 와요."

먼저 침대에 걸터앉은 토가와가 옆에 앉으라며 내 손을 잡아끈다. 가방을 놓아두고 옆자리에 앉자, 토가와는 내가 쥐고 있던 손을 가져가 목덜미에 갖다 댔다.

희미하게 스치는 땀의 습기와 가속하는 심장 고동이 손 끝을 두드렸다.

"선생님……. 오늘도 땀 때문에 찝찝해요."

토가와가 고개를 기울여 기댄다. 나보다 키가 크다 보니 밀리는 몸을, 침대에 손을 짚고 겨우 지탱한다. 심장이 위 아래로 강하게 조여드는 탓에 뛰지 못해 숨이 막힌다. 갈 곳 을 잃은 것이 금방이라도 입 밖으로 흘러나올 것만 같았다.

"또, 닦아 줄래요?"

요염하게 조르는 토가와 때문에 오히려 내가 땀으로 범 벅이 되어 있었다.

이렇게 되리라고는 알고 있었다. 알고 있었기에 온 건데.

"이러면…… 안 돼……."

실낱같은 이성이 가녀린 저항을 하려다 몸이 젖히며 접 착력을 잃는다.

남은 실오라기보다도 더 가냘픈, 교사의 윤곽이 마지막 으로 무의미한 저항을 시도한다.

"선생님."

토가와의 목소리가 머리카락과 귀를 스치며, 내 윤곽을 부드럽게 쥐어 으스러뜨린다. 한계다. 있을 리 없는 둥지로 틀어박히듯 몸을 빼려 했으나 토가와가 놓아 주지 않는다.

"옷, 벗겨 줘요."

"……하하."

끝이었다. 거부할 마음이었다면 애초에 오지 않았다는

사실을 직시하고, 단념한다. 토가와의 셔츠에 손을 얹고 목구멍 안쪽에 뱅글뱅글 도는 것을 품으며 벗긴다. 어제와 다르게 셔츠는 피부에 달라붙지 않아서 쉽게 벗길 수 있었다. 그리고 유백색의 빛이 드리운다.

어제와 마찬가지로 알몸이 된 토가와를 물끄러미, 똑바로 바라본다.

얼굴로 피가 몰려서 혈관 몇 가닥이 터지는 소리가 났다.

벗긴 셔츠를 힘없이 떨어뜨리고 비틀려 뜯길 만큼 무거운 어깨를 움직인다.

오늘은 수건도 없다. 손바닥이 직접, 토가와에게 가 닿는다.

"선생님이 손으로 닦아 줄 거죠?"

의미를 알 수 없고 명분도 없어져 버렸다. 이건, 그저.

토가와의 몸을, 만지는 행위일 뿐이다. 침대에서, 선생님인 내가, 제자를.

열여섯이든, 열일곱이든 나이는 관계없다. 이건 그저 성행위다.

나는 토가와에게 욕정하고 토가와는 내 욕정을 받아 준다. 더는 속일 수도 없이 나는 토가와의 몸에 흥분하고 있다. 두통이 일 만큼 지금 상황에 강한 자극을 느낀다. 제자의, 열 살 어린 여자애에게. 그 아이의 가슴을, 건져 올린다.

나는 대체, 누구지?

언제 죽고 다시 태어나서. 이런 쓰레기 교사가 됐지?

어제와 어젯밤, 지금 내 눈앞에 있는 것이 겹쳐서 선이 여러 겹으로 그어지고 눈이 이상을 일으킨다.

"……하, 선생님, 오늘은, 가슴만, 만지네."

그 지적에 눈 밑이 찢어진 듯 열감과 통증을 호소했다.

범죄. 범죄, 범죄, 범죄, 범죄. 두개골에 비명이 이리저리 부딪친다. 그때마다 현기증이 나고 그 너머에는 10대의 매끄러운 피부가 있었다. 그것은 나의 메마른 무언가를 충족할 만큼 생기가 넘쳐흐르고 있다. 내가 움직이는 손길을 따라 토가와의 가슴이 모양을 바꾸는 걸 봤을 때, 극심한 자극에 나도 모르게 떼고 말았다. 귀까지 새빨개진 토가와가 그런 나를 보고 웃는다.

"조심하지 않아도 돼요, 선생님."

떼어 버린 내 손을 토가와가 가볍게 들어.

"자."

손바닥을 자기 가슴으로 이끈다.

목구멍에서 짧은 비명이 새어 나오고 뒤이어 찾아오는 한 손 가득한 감촉에 이명이 들렸다.

멈출 수 없었다. 열의 고리가 빙글빙글 돌며 나를 움직이고 있다.

피 같은 꿀이 머리와 가슴에 걸쭉하게 흘러든다. 사람의 몸을 만지는 것뿐인데 알 수 없는 감정과 감각이 잇따라 솟구친다. 이렇게나, 내 몸에 흐르는 피를 느낀 적이 없었다. 끊임없이 흐르는 거센 혈류야말로 인간의 모든 것을 쥐고 있는지도 모른다.

　제자의 가슴을 탐하는 손가락에 끼어 있는 결혼반지를 본 순간, 피 위를 휩쓸고 지나가는 무언가가 있었다. 하지만 그것은 무언가를 억누를 정도의 힘이 없어 순식간에 다시 원래대로 돌아왔다.

　바뀐다, 움직인다, 모양이, 바뀐다, 움직인다.

　내게도 있을 터인 가슴으로는 아무것도 느낄 수 없는 것이 뇌의 변모를 촉진한다.

　나는, 토가와의 가슴을 주무를 때마다 한 번 죽고, 그리고 다시 태어나고 있다.

　"…………웃, 아."

　토가와가 참지 못하고 내뱉은 교성을 들었을 때, 그제야, 경고등이 켜졌다.

　이 이상 하면 안 된다. 이미 전부터 완전히 안 될 상태였지만, 그런데도.

　어딘가에서 자제하지 않으면 인생이 파탄 나는 때가 더 일찍 올 뿐이었다.

　토가와의 가슴에서 팔을 뜯듯이 떼어 낸다. 욕망의 실이 끈질기게 달라붙으려 하는 것을, 어떻게든, 끊어 내었다.

　"토가와, 옷, 입어."

　침대에서 떨어진 셔츠를 주워 내민다.

　"다 닦았, 으니까."

　"……네."

토가와가 한 번 몸을 크게 떨고는 셔츠를 입는다. 아직 다 낫지 않은 환자의 옷을 벗기고, 나는, 해서는 안 될 짓을 하고 말았다. 셔츠를 입은 뒤에도 그 속에 있는 것이 보이는 것 같아서 얼굴을 제대로 들 수가 없다.

"선생님."

어리광 부리는 듯한 토가와의 목소리가 손톱을 세워 끼릭끼릭 마음을 할퀸다.

옷을 입어도 우리는 아직 눈앞과 코앞의 거리에 있었다.

"선생님 가슴도, 만지게 해 줘요."

토가와의 눈이, 품은 욕구를 따라 은은하게 빛나고 있었다. 내 다리에 손을 얹고, 한 발짝 다가온다. 더 좁힐 거리도 없는데 더욱 몸을 밀착해 온다.

"나만 못 만지는 건, 치사해."

"치사, 치사하다니."

나를 말하는 건가. 치사하기는 하지. 이 아이의 가슴을, 주무르며 만끽했지만.

교사의 지위를 이용해서. 죽어. 죽어 버려.

"오늘 일은, 잊을 테니까요."

토가와가 거짓말을 한다.

"잊을 테니까, 괜찮죠?"

토가와는 지금, 거짓말을 하고 있다.

잊을 수 있을 리가 없다. 육체 그 자체에 새겨지는 경험이다.

하지만.

내가 만져서 이토록 심장이 방망이질 친다면.

입장이 반대가 되면 무엇이 밀려올까. 그 생각에 뇌가 더욱 묵직해진다.

무엇보다 토가와도 내 몸을 원한다는 욕망이, 나를 동하게 한다.

"옷, 입고서도, 괜찮다면."

옷을 입는 게 무슨 양보가 되는지는 알 수 없는, 우회적인 수락이었다.

토가와가 손을 쭉 뻗다가 도중에 멈춘다. 내 얼굴을 보고 아랫입술이 파들파들 파도쳤다. 그리고 침대에서 네 손발로 기어 이동해 내 등 뒤로 가서 앉는다.

"뒤에서 만지려고……?"

"선생님 얼굴 보면서 만지는 거, 부끄러워……."

"…………………………………."

나도 그럴 걸 그랬다. 하지만 뒤에서 만지면 토가와의 가슴이 움직이는 모습을 제대로 못 봤을 것이다. 죽어라.

살짝 떨어져 있는데도 토가와의 심장의 움직임이 등으로 전해진다.

겨드랑이에서 자라난 두 손이, 순간, 떨리며 멈추었다가.

토가와의 손가락이, 내 가슴에 닿는다. 또 한 손가락, 일상을 붙들고 있던 줄이 끊어지는 것 같았다.

피가 비가 되어 내리쏟아지듯 귓가에서 뜨거운 소리가

튄다.

"후아……."

토가와의 손가락과 숨소리가 힘없이 떨린다. 지금 소용돌이치는 감각은 어젯밤 내가 느낀 것과 같은 것이리라. 내려다보니, 제자의 가느다란 손가락이 내 가슴을 확실히 만지고 있었다.

힉, 우주까지 닿을 듯한 극도로 가는 신음이 새어 나온다. 토가와의 손길에 저항감이나 거북감 따위는 일절 없이, 비명은 환희에 도달할 수 있음을 축하하고, 칭송을 위한 전주 같았다.

나와 마찬가지로 이것은 명확히 행위이며 그 외의 목적일랑 없다. 상대는 제자고, 범죄다.

내가 만져도, 토가와가 만져 줘도 위법. 용납될 수 없는 일.

거기다 불륜. 침대에 가라앉는 손가락 관절이 쥔다.

남편이 있고, 나를 만지도록 허락한 사람은, 그렇지만, 그…… 기분은…….

"선생님……."

날숨과 섞어 부르는 소리가 목덜미에 걸려 머리가 새하얘질 뻔했다.

인생이, 조각나고 있다. 순조롭게 흘러가던 모든 길에 선이 그어지며, 무너져 내린다.

파멸과, 순간의 욕망을 맞바꾸었다.

평범하디평범한 인생의 막다른 길이었다.

제자가 집요하게 가슴을 만져 대는 이 상황이 뇌에 주는 부담이, 환시와 환청을 일으킨다.

현기증처럼 불꽃이 튀고 비를 뒤집어쓴 것처럼 귀 옆에서 굉음이 울린다.

"남자는 특히 더 그렇겠지만, 선생님 가슴을 만지고 싶다거나, 보고 싶다거나…… 그런 생각 하겠죠."

수치심을 부추기듯 토가와가 날숨 섞인 쉰 목소리로 말한다.

"그건…… 사춘기라면, 자연스러운……."

"그러면…… 나도, 사춘기 할래요."

쥐어짜듯 앞뒤로 움직이니, 점점 서로에게 있던 약간의 여유조차 잃어 조급한 호흡만이 더해 간다. 토가와가 내 등을 받치듯 기대었다가 점차 둘이 같이 앞으로 몸이 구부정해진다. 손가락도 대담하게 움직여, 세게 움켜쥔다.

"선생님…… 선생님의…… 선생님……."

간절히 부를 때마다 뇌에 노이즈가 생긴다.

"나, 선생님 가슴, 평생 만져도 안 질릴 것 같아요……"

사춘기를 응축한 물방울이 똑, 내게 내린다.

그 원액을 우산도 쓰지 않고 맞으며, 꾹, 참고 견디었다.

나는 제자와 얼마나 오랫동안 그 행위를 했을까.

가슴 주무르기 이상은, 끝까지 가지는 않았다. 어떻게 든, 오늘은.

드디어 손을 뗀 토가와의 아쉬워하는 표정을 보고 있으면 잘못을 속행할 것 같아 눈을 내리깐다. 내리깔면서 모습을 살핀다.

내리고 있던 열이 다시 오른 것처럼 토가와는 얼굴에 홍조를 띠고 있다.

게슴츠레. 여러 감정과 함께 녹은 눈동자가, 나를 담았다.

"선생님, 우리 깨끗이 잊어요, 알았죠?"

"……………………………………그래."

그럴 수 없다는 건, 서로 잘 안다.

우리는 알아 버린 맛의 여운을 조용히 곱씹으며 헤어졌다.

제자와 서로 가슴을 주무르고 돌아간 집은, 밤보다 더 짙은 어둠 속에 숨은 것처럼 보였다.

오늘 일은, 정말 치명적이었다.

결정적인 균열이 생겼고, 이제 멈출 수 없으리라.

남은 건, 그걸 얼마나 더 미룰 수 있을지.

부서진 벽을 일상이라는 포스터로 언제까지 숨길 수 있을지.

시간과의 문제였다.

"고생했어~."

아무 의심도 하지 않는 남편의, 느긋한 인사에, 나는.

"다녀왔어."

토가와에게 건네는 말과는 전혀 다른, 아직 이어져 있다
는 듯이 속인다.

아아.

이렇게, 거짓말이 능숙해지는 거구나.

얼굴에 또 하나의 나를 뒤집어쓴다.

미래 따위 없는, 과거의 잔해를 그러모은 내가 언제나처
럼 남편에게 미소를 짓고 있었다.

유부녀 교사가
여고생 제자에게
푹 빠지는 이야기

유부녀 교사가
여고생 제자에게
푹 빠지는 이야기

『그날, 그때, 그곳』

멍하니 있었다. 그러다 이따금, 이상한 고함을 지르고
싶어지는, 그런 평소와 다를 바 없는 밤이었다. 청소를 끝
내고 나서 공부하지 말고 그냥 잘지 고민하던 차에 휴대폰
이 울렸다.

친구인가 했는데, 조금 달랐다.

「안 자? 아니, 지금 집이야?」

소라 언니한테서 온 메시지였다. 무슨 일인가 싶어, 무
릎을 안고 앉아 고개를 갸웃한다.

「안 자~.」

답장은 조금 이따가 왔다.

「너희 집으로 갈게.」

「왜? 웬일이래.」

다음 답장도 늦다.

「지금 타자 치기 힘드니까 가서 얘기할게.」

아무래도 손을 놓을 수 없는 상태에서 연락한 모양이다.
소라 언니에게 급한 상황이라면……. 여자 문제? 작업한
여자가 하자가 있는데 쫓아다니는 탓에 도망치는 중일 수
도 있다. 상상해 놓고 말하기는 뭣하지만, 만약 그런 사정
이라면 우리 집으로 도망치지 않기를 바랐다.

그래도, 집에 손님이 온다니까 살짝 들뜬다. 방석 정도
는 깔아 두고 오기를 기다렸다.

소라 언니는 우리 집 위치는 알아도 안에 들어온 적은

없다. 안을 마음이 안 드는 여자 집에 드나드는 건 시간 낭비라 들어오지 않겠다고 했다. 본인은 그 말이 멋있다고 생각했는지, 잠시 뜸을 두었다가 한 번 더 말했다.

온다는 연락 이후, 시간이 꽤 지난 터라 어디쯤이냐고 물어볼까 하던 참에 초인종이 울렸다. 누가 왔는지 알아도, 이렇게 늦은 밤에 초인종이 울리면 살짝 흠칫하게 된다.

"네, 네, 나가요~."

익숙하다 해도 불을 끈 방을 지날 때는 일부러 목소리를 내게 된다. 우리 집은 인터폰 따위 없는 오래된 집이라서 초인종 소리와 사람 그림자가 현관 앞에 함께 나타난다.

도로에 차도 드문드문 다녀서 사람 그림자도 희미하다.

"소라 언니야?"

확인하는 순간, 문이 덜컹덜컹 흔들렸다. 움직임을 보니까 이마로 부딪쳐 노크하고 있는 모양이었다.

"린, 문 좀 열어 줘."

"리~인?"

벌레 우는 소리처럼, 내 이름을 부르는 목소리가 겹친다. 겹친다……. 두 사람? 둘 다 익숙한 목소리다. 그래도 설마 하면서도 문을 열었다.

"왘."

눈보다 먼저 코가, 강렬한 알코올 냄새에 반응한다.

"여어."

인사를 하는 둥 마는 둥 하며 숨을 헐떡이던 소라 언니가 짊어지고 있던 짐을 내던졌다.

짐은, 선생님이었다.

"선생님……?"

정말 전혀 예상치도 못한 사람이, 상상도 안 되는 새빨개진 얼굴로 나타났다.

문을 열자마자 풍겼던 냄새대로, 술을 마셨다. 그리고 불안정한 눈매로 알 수 있었다. 상당히 취했다. 선생님은 현관에 내팽개쳐진 채, 일어날 생각도 없이 멍한 눈을 살짝 움직였다.

"툐갸아다."

내 얼굴이 아니라, 발치를 흘끗 본 거로 알아맞혔다.

"선생님……."

"핫꾜~?"

선생님이 두리번거리며 중얼거렸다. 아, 내가 있으니 여기가 학교라고 착각하는 건가. 상황 파악을 아예 하지 못할 만큼 고주망태 상태다. 교단에 서서, 조용한 교실에서 수업하던 선생님의 모습이, 필요 없어진 종잇조각처럼 구깃구깃 구겨졌다.

"선생님 상태가 왜 이래? 소라 언니, 설마…… 손, 댔어?"

"헛소리하지 마. 카바레 데려가서 술 먹였더니 이렇게 됐어."

"뭐……?"

그건 그거대로 어처구니없는 이야기였다.

"힘들다."

소라 언니가 신발을 벗지도 않고 손만 짚은 채 숨을 크게 쉰다.

"물로 착각했는지 말 한마디 하고 숨 돌릴 때마다 술을 마시니까 점점 재미있어지더라고. 그냥 내버려 뒀더니 아가씨들에게 무절제하게 술을 퍼주는 호쾌한 손님이 되어 버렸어."

"세상에."

"그리고 어째선지 아가씨들을 끊임없이 칭찬하더라. 칭찬할 점을 찾아내서 공손히 말해 주니까, 의외로 호평이었어. 말하다 목말라서 또 술 마시고."

소라 언니가 그때를 떠올렸는지 무책임하게 껄껄 웃었다. 이 언니는 나쁜 사람이 아닌데 책임감이라는 게 없다.

본인 말로는 그런 건 이제 됐다던데. 대체 뭐가 됐다는 걸까.

"어? 토갸아. 교복 입고…… 와야지이."

뺨이 바닥에 눌려 있는 선생님이 무언가 웅얼웅얼 말한다. 그러더니 갑자기 딸꾹질하듯 웃어 대서, 조금 무섭다. 그런 선생님의 모습을, 소라 언니가 웃으며 보고 있다.

"피곤해. 요금을 대신 내고 나니까 택시비도 없어서 업고 올 수밖에 없었어."

"선생님 댁으로 보낼 생각은 안 했나 봐?"

"설명은 하는데 도무지 알아들을 수가 없더라. 안내하는 대로 갔는데 중앙 공원이길래, 그냥 포기했어."

땀으로 흠뻑 젖은 얼굴과 목덜미를 보고, 세면대로 달려
갔다. 손 닦는 수건이지만, 이럴 때 뭘 따지나 싶어 집어
들고 현관으로 돌아와 소라 언니에게 건넸다. 소라 언니는
자기 머리 색만큼이나 환하게 웃으며 수건을 받았다.

"고마워."

"다들 이 미소에 속겠지~."

"속이다니, 듣는 사람 섭섭하게."

땀을 닦으면서 소라 언니의 입술과 눈이 일그러졌다. 자
조하는 듯이 보이기도 했다.

"섭섭하기는, 언니는 손대는 애들 별로 안 좋아하잖아?"

"그건 그렇지."

깔끔하게 인정한다. 이마의 땀을 훔치며 앞머리를 쓸어
올리자, 이마에 난 흉터가 드러난다. 본인은 넘어지면서
뾰족한 돌에 박았다고 말했지만, 그 이상으로 무언가 사연
이 있는 듯한 말투와 태도로 사람들의 관심을 끄는 데 한
몫하고 있다. 죄 많은 흉터다.

"그래도 좋아한다고는 하지 않으니까, 거짓말은 안 했어."

"참 나쁜 여자네."

"나름 성실하게 군다고 하는 건데. 수건 고맙다."

그러면서 수건을 돌려준다. 우리가 이러고 있는 사이에
도 선생님은 아직도 바닥에 널브러져 있다. 미동도 없길래
자나 싶어 들여다보니, 실눈을 뜨고 멍하니 있다. 보나 마

나 소라 언니가 데려간 걸 테지만, 어쩌다 카바레까지 가게 된 걸까. 평소라면 거절했을 것 같은데.

"그나저나 왜 선생님을 여기로 데려왔어?"

"길바닥에 버리고 가려던 걸 올까 말까 망설이다 여기로 온 거야."

"그런 얘기가 아니라."

"내가 이 선생님의 지인이라고는 너밖에 모르니까."

듣고 보니 그랬다. 내게도 선생님의 지인이 누구냐 묻는다면 학교 안에서밖에 떠오르지 않았다. 선생님과 가까워졌다고 생각했는데 모르는 게 여전히 많다.

선생님이 학교에서 퇴근하고 나서의 일은 아무것도.

남편과 어떤 얼굴로 뭘 하는지도.

"……………………………………."

요즘 그 생각에 이르면 정말 기분이 나빠진다.

내가 모르는 선생님의 행복이, 싫다.

남의 말할 처지가 아닐 만큼 나쁜 마음이지만, 그래도 싫다.

"그리고 너희 집에는 다른 가족도 없으니까, 성가신 일이 적을 것 같았지."

"그건 그래."

다른 학생 집이었다면 부모님이라는 커다란 장벽에 가로막혔을 것이다. 집으로 들이기는커녕, 이 꼴을 보인 것만으로도 문제가 더 커졌을 게 뻔하다. 나 혼자 있는 이 집

은 확실히 선생님이 술의 파도에 밀려오기에 최적의 장소
였다.

그리고…… 나랑 친하니까. 다른 애들보다 훨씬.

선생님과 나 사이에 행복과 현실이 번갈아 찾아와, 마음
이 바쁘다.

"성가실 걸 생각하면 언니네 집도 괜찮았을 텐데."

그런 일은 절대로 없을 것을 알면서 말이라도 그렇게 해
본다.

"알잖아? 취향 아닌 여자는 집에 안 들인다고."

"예전에 들은 것 같다."

왜인지 두 번이나.

"선생님이 미인이기는 해도 많이 벗어나 있어. 너랑 마
찬가지로."

"언니는 어린애가 아니면 안 되지."

"린."

경박한 눈에서 아주 한순간 진지한 표정으로 돌아온다.

매우 자연스러워서 원래 그런 사람이었음을 말하고 있
었다.

"선생님이 진심으로 너를 생각하고 걱정하더라. 사랑받
는구나."

소라 언니가 일어선다.

"그럼, 간다! 선생님, 즐거웠어. 또 보자."

"으에이?"

선생님의 둔한 반응도 보지 않고 소라 언니는 발걸음을 서둘러 그대로 가 버렸다. 도망쳤다고도 할 수 있겠다.

"자."

한숨을 푹 쉬며 문을 잠그고 돌아본다.

뒤에는 삶은 새우처럼 새빨간 선생님만이 남아 있다. 차가운 바닥이 기분 좋은지 뺨을 붙이는 위치를 조금씩 바꿔 가며 기어 다니고 있다. 일단 발에서 흘러내려 떨어진 신발만 가지런히 정리해 두었다.

이치고하라 이츠키 선생님. 나의 담임 선생님. 다른 선생님들보다 젊고, 예쁘고, 학생들이 보기에 친근하게 느껴지는 성격과 외모라는 학교 내 평판에서 멋지게 불시착한 것이 바로 이 선생님이다. 착륙에 실패한 선생님은, 심이 부러진 듯 흐물흐물한 생명체가 되어버렸다.

"어쩜담."

선생님 곁에 쭈그리고 앉는다. 금세 술이 깰 것 같지도 않으니, 데리고 들어가서 빨리 재우는 게 좋을 듯하다. 선생님이 우리 집에 묵는다니, 이상한 상황이기는 하지만 살짝 설레기도 한다.

깨우려고 손을 잡자, 평상시와 완전히 다르게 허물어져 헤실헤실 웃었다.

아직도 학교에 있다고 생각하나 싶어 나도 따라 웃었더니.

선생님이, 말했다.

"다녀왔어!"

두 눈이 파내어진 듯이 순식간에 말라 크게 떠졌다.

술김에 한 말일 뿐이니 아마 선생님 본인에게는 별다른 의미도 없을 것이다.

그냥, 주정뱅이의 헛소리다.

하지만.

그 말은 내가 어느 날 포기하기 전까지 이 집에서 기다렸던 인사였다.

우지직, 쩍. 긴 세월, 초짜가 마구 바른 얼룩덜룩한 도장이 벗겨지는 소리가 났다.

어릴 적, 한 번도 쓴 적 없는 엄마의 침대 시트까지 매번 세탁하던 내가 보였을 때.

눈물이 왈칵 밀려왔다. 톡톡, 눈물방울이 속눈썹에 튕겨 나가는 소리가 들린 것 같았다. 손가락으로 감추며 황급히 닦아 냈다. 흐느끼는 울음소리가 새어 나가지 않도록 수건으로 입을 틀어막고 세게 물었다.

턱이 덜덜 떨려서, 숨이 막힐 것 같았다.

"뎌기, 더기, 뎌기? 토가와?"

혀가 꼬인 선생님에게 들켜 버렸다. 응이이, 선생님이 몸을 일으키고는 명료하지 않은 소리를 내며 내 얼굴을 들여다본다. 선생님이 가까이 오자, 외투처럼 어깨에 두른 술 냄새가 한꺼번에 몰려온다. 그리고 그 냄새는 그대로 나를 집어삼켰다.

선생님이 나를 끌어안고, 토닥토닥 다독이며 등을 두드

린다.

"괜찮아아. 선생님이이, 같이 있잖아아."

소중한 걸 품에 안는 팔의 움직임과 녹아내릴 듯한 목소리에, 꾹 참아 왔던 울음소리가 살짝 새었다.

"툐가아가 울 일은, 이제 없어어."

"그, 런, 말, 하면."

말하면 안 돼요, 선생님. 괜히, 눈물만 더 나올 뿐이니까.

뚝뚝, 선생님의 어깨로 눈물이 흘러 떨어진다. 말라붙었던 눈동자라 눈물이 따갑다. 안약보다 몇 배나, 아프다. 머릿속은 눈물이 아니라 피가 역류하는 것처럼 뜨겁고, 우는 법조차 잊고 있던 몸이 갑작스레 큰 이변을 맞이했다.

"어, 어다다? 어다?"

선생님이 당황하니까 멈추려고 해도, 볼이 쥐가 날 만큼 힘을 줘도, 시들어 가는 눈의 통증은 가시지 않았다. 그래서 중간에 그냥 포기하고, 힘을 빼고 선생님에게 기대서 눈물이며 콧물이며 줄줄 흘렸다. 정장 더럽혀서 미안하다고 사과하면서도 계속 울었다.

이마가 쭈글쭈글해질 정도로 눈물을 다 쏟고 나서야 선생님 어깨에서 떨어질 수 있었다.

"이제 괜찮아아?"

"네⋯⋯. 선생, 님."

때문에.

덕분에.

수건으로 눈가와 코를 세게 여러 번 문지른다. 지금 내 얼굴은 분명 엉망진창이겠지. 선생님처럼 얼굴이 벌게져 있을지도 모른다. 그 선생님이 허리 부근을 만지며 굼실대더니.

"선생님, 화장실!"

손을 척 들고 선언한다. 수업 중에 이랬다가는 교실이 얼어붙을 것 같다.

"화장실 가고 싶어요?"

"응, 응."

선생님이 방정맞게 머리를 흔든다. 눈물의 감동적인 분위기는 싹 날아갔다.

"가요. 이쪽이에요."

선생님의 손을 잡아당겨 일으켜 세운다. 순식간에 주도권이 역전된 것에 웃음이 나왔다. 안아 주는 바람에 잊고 있었지만, 이 사람은 지금 그저 취객이었다.

그래도 이런 모습을 아는 게 나뿐이라는 생각이 드니까 우월감 같은 감정이 피어났다.

이런 선생님이 반의 다른 애들 집에서 묵는 건, 진짜 싫다는 생각이 들었다.

화장실은 현관 근처라 안내도 금방이었다. 불을 켜고 들어가라며 등을 밀어 주자, 선생님이 비틀비틀 화장실로 들어갔다. 괜찮을까 싶어서 화장실에서 조금 떨어진 곳에서 서 있었다. 그러자 바로 화장실에서 둔탁한 소리와 비명이 들려 되돌아갔다. 선생님이 바닥에 어정쩡한 자세로 넘어져 있었다. 손으로 감싸 쥔 부위를 보아하니 오른쪽 정강이를 변기에 세게 부딪친 모양이다. 그러다 벽에도 박았는지 이마도 약간 빨갛다.

"으아앙, 으아앙아아아앙."

"서, 선생님, 아파요? 괜찮아요?"

"쉬, 쉬야를 할 수가 없어어어."

사정없이 엉엉 운다. 이 모습을 영상으로 찍어서 나중에 보여 주면 죽겠다고 할지도 모르는, 그 정도로 형편없었다. 내 눈물보다 한결 가벼워 보였다.

그건 그렇고 선생님의 우는 얼굴은…… 이렇구나. 아마 반 애들 누구도 모르는 얼굴이었다.

우니까 좀 아이 같아서…… 보고 있게 된다.

"이, 일단 일어나요. 자, 어서요, 괜찮아요."

선생님의 겨드랑이 아래로 손을 넣어서 메듯이 일으킨다. 변기에 앉히니 울음은 뚝 그쳤는데 눈물을 단 채로 얼굴을 들었다. 눈동자는 뛰어들 수도 있을 만큼 촉촉했고, 그 눈은 나를 바라보고 있다.

"선생님은, 혼자 쉬 못 해."

"그, 그러시구나."

나도 모르게 그 앞에 정좌를 하고 말았다.

"아주 슬퍼……."

"이, 이걸 어쩌죠."

"쉬야는은…… 어떠케 해야…….”

이마를 짚고 싶은 나약한 소리였다. 하지만 한심하다는 생각을 들지 않았다.

"속옷을, 먼저 내리고…… 해 봐요.”

선생님에게 엄청난 걸 가르치고 있다. 나까지 땀이 뻘뻘 나는, 그런 것을.

"선생님으은~.”

귀찮은지 앉은 채로 뻔뻔하게 치마로 손을 뻗어 보지만, 당연하게도 속옷까지는 손이 닿지 않는다.

"안 닿아아…….”

"……………………그럼, 내가.”

목구멍의 수분이 한순간에 증발해 목소리가 달라붙는다.

"내가, 벗길까?”

선생님이 고주망태가 된 틈을 타, 욕망이, 솟구친다.

"아~, 그거 좋다~.”

거부하지 않기에, 왜 거부하지 않을까 하며 웅크린다. 선생님의 무릎 가까이에 가기만 해도 심장 소리가 엄청나다. 무방비하게 다리를 벌리는 선생님의…… 치마, 속으로, 손을…… 손을.

"선생님, 허리 조금만 들어 봐요.”

"응…….”

선생님이 변기를 손으로 밀면서 살짝 뜬다. 회전하는 기계에 볼이 말려 들어가 깎이고 있나 하는 착각이 들 만큼 뜨겁고, 아프다. 살짝 생긴 틈으로, 선생님의 치마 속으로, 천천히.

밀착된 치마 속으로 손을 집어넣을 즈음에는 귀가 농익어 부어오른 게 느껴졌다. 나는 지금, 엄청난 짓을 저지르고 있는 게 아닐까. 갈라진 호흡이 시끄러울 정도로 크게 들린다. 내리는 동안에는 견딜 수가 없어서 눈을 감았다.

손가락을, 손가락을 걸고, 피부와 속옷 사이로 낀 손가락의 촉감에 숨까지 멈추고 아무렇지 않게 팬티를 내렸다. 잡아당길 때 선생님 발뒤꿈치에 걸려 다리가 들리면서 치마 속이 보일 뻔해 비명을 지를 뻔했다. 한계에 다다른 입술이 떨릴 것 같았지만, 팬티를 벗겨 냈다. 그리고 참고 있던 숨을 볼썽사납게 몰아쉬다가 사레가 들렸다.

선생님과 있는 밤은 무조건 건강에 안 좋다. 수명이 가다랑어포만큼의 무게로 깎여 나가고 있다는 실감이 났다.

"이제…… 쉬, 할 수 있죠?"

"노력해 볼게~."

선생님은 팬티가 벗겨져서도 헤실댈 뿐이었다. 아무리 그래도 누는 것까지 지켜볼 수는 없었기에 화장실에서 나왔다. 얼굴이 땀범벅이길래 훔치고 간지러운 곳을 세게 긁었다.

벗긴 팬티를 들고 있으니 기분이 이상해질 것 같아서 바닥에 내려 두었다. 그리고 팬티 주변을 서성서성했다.

도저히 가만히 있을 수가 없었다. '이 손이'라며 무심결에 손가락 끝을 쳐다보는데.

휴대폰이 울린다. 주머니에 넣어 뒀던 휴대폰을 꺼내어 보니, 소라 언니였다. 그리고 언니가 전해 준 내용은.

「깜박했는데 말이야. 그 선생님, 린 너를 아주 야한 눈으로 보더라.」

"……잠깐, 어, 뭐?"

갑작스러운 정보에 눈을 깜빡하는 것도 잊었다. 한참 운 눈이 점점 말라 간다.

「되게 좋아하는 것 같던데? 아니면 여고생을 좋아하나? 잘 모르겠네.」

「무슨 소리야. 선생님, 결혼했어.」

「그렇다면 불륜이네.」

「왜 단정 지어?」

「그 선생님, 남편 냄새가 하나도 안 나니까.」

나도 느끼고 있던 위화감을, 소라 언니가 지적한다. 확실히 선생님에게서는, 다른 사람의 냄새가 전혀 나지 않는다. 유일하게 끼고 있는 결혼반지도 왠지 빛이 탁해 보인다면 나의 바람이 그렇게 보이게끔 하는 걸까.

「결혼해 봤는데도 역시 여고생이 좋은 거 아니야?」

「……선생님은, 그런 사람……인지, 모르겠지만…….」

「여고생밖에 사랑할 수 없는 여자하고는 만나 본 적 있는데. 뒈져!」

「무섭게 왜 이래.」

「갑자기 싫은 기억이 떠오르는 바람에 미안. 아무튼, 조심해.」

"뭘 조심하라는 거야……."

「속옷은 자신 있는 거로 바꿔 입는다든가.」

그쪽? 이 언니라면 그러고도 남는다. 그리고 언니의 메시지는 더 오지 않았다.

응원을 하는 건지, 주의를 주는 건지, 아리송하다.

'무책임하게 살자'가 신조라는 사람이니.

"속옷……."

잘 준비를 하던 터라 티셔츠 아래로 아무것도 입지 않았다. 천장을, 2층을 올려다보고.

붕붕붕, 고개를 젓는다.

안 일어나, 아무 일도 일어나지 않아.

몇 번을 심호흡하면서 선생님의 팬티 앞으로 돌아가 무릎을 안고 앉았다.

"………………."

선생님의 남색 팬티. 오늘 하루 동안 입은, 선생님의 팬티.

쿵. 심장이 머리로 옮겨 간 듯이 가슴 외의 장소에서 뛰어서 구역질이 나고 열이 난다.

"뭔가, 이상해……."

익숙했을 같은 여자의 속옷에, 숨이 멎을 것 같다. 뻗으려던 손을 깨닫고 재빨리 거두고는 무릎을 안아 나를 견고하게 가둔다. 팬티와 정반대 방향으로 목을 구부려 절대 보이지 않게 자세를 유지한다.

선생님의 팬티를 벗긴 게, 이제 와서, 맹렬하게 의식되었다.

선생님이 나를 보는 눈이 따뜻하다고 생각했는데, 그 속에.

나와 같은 것이 섞여 있다면, 어떻게 해야 좋을까.

머릿속에서만 할 수밖에 없던 망상이 현실이 될 가능성이 한순간 어른거려서.

심장이, 아프다. 아프다. 죽을 것 같냐, 아니냐고 묻는다면, 당장에라도 죽을 것 같다.

술에 취한 선생님이 소라 언니에게 대체 무슨 말을 한 걸까.

선생님에게 그런 소문이 있는 건 알고 있었다.

소문이라고 해도 문제로 번질 정도는 아닌, 그냥 가십거리로 잠깐 떠들썩해질 정도였다.

「이치 쌤 말이야, 가끔 시선이 좀 야하지 않아?」

「아, 나도 그 생각했어. 왠지 치마 같은 거 물끄러미 보는 느낌이야.」

「가슴은 의외로 안 본단 말이지.」

「의외라니? 이치 쌤을 잘 아는 것도 아니면서.」

「그쪽인가?」

「근데 얘기할 때는 완전 평범하잖아. 그냥 자기도 모르게 보는 거 아닐까?」

「그래도 결혼했잖아.」

「음~, 그러면 양쪽 다 가능한가 보지.」

「그렇다는 건 우리를 노리고 있다는 거야? 큰일이잖아!」

사람을 가볍게 웃음거리로 삼는 요란한 목소리에, 뒤늦게 화가 치밀었다.

선생님이 비웃음의 대상이 되다니, 지금은 흘려들을 수가 없을 것 같다.

"안 돼⋯⋯."

나는 이미, 선생님을 아주 좋아한다. 선생님을 내 것으로 만들고 싶다는 마음에 손가락 끝이 저릿하다.

머리를 가누지 못해 오른쪽으로 힘없이 기운다.

조용히 귀를 기울이자, 선생님이 화장실에서 내는 소리가 들려 등줄기가 경직된다.

물소리. 물소리가 귓가를 스친다.

선생님이 오줌을 머릿속에 직접 누는 것처럼, 소리가 가까웠다.

머리가, 이상해질 것 같다.

아니, 어쩌면 이미 그럴지도 모른다.

선생님이 나빠.

선생님이, 나쁜 거야.

귀를 틀어막고 버렸다. 막아도 다 들려서 무의미했다.

물을 내리는 소리는 들렸는데 한참이 지나도 나오지 않길래 조심스레 상태를 보러 가니 선생님이 눈을 감고 꾸벅꾸벅 졸고 있었다. 너무 무방비하다. 선생님이 우리 집으로 온 것에 진심으로 안도했다.

선생님의 이런 모습, 절대 다른 사람에게 보여 주고 싶지 않아.

오직 나만의 선생님이었으면 좋겠어.

"선생님, 일어나요."

"응."

눈을 비비면서 순순히 일어선다. 화장실에서 나와 세면대로 데리고 갔다.

"손 씻어요."

"응."

아이를 가르치는 것 같았다. 내 말에 선생님이 손을 꼼꼼히 씻는다.

가만히 서 있기만 해도 가끔 비틀거리는데 속은 괜찮을까.

손을 씻고 나서 젖은 손을 흔들며 선생님이 발그레한 얼굴로 웃는다.

"토가와 덕분에 쉬야 잘했어. 고마워."

"네, 네, 그래요."

적당히 맞장구치자, 선생님이 또 나를 와락 껴안는다. '와' 하는 탄사가 목 안에서 뭉개졌다.

잎맥처럼 뜨거운 선이 몸에 새겨진다. 피가 와글와글 끓어오르듯 뜨거웠다.

"토가아, 이제 안 울어? 괜찮아?"

"……네. 선생님 덕분이에요."

선생님 때문에 울어서 눈물도 바닥났다. 이제 당분간은, 울지 않고 살 수 있을 것이다.

"선생님과 있으면요, 저는 맨날 웃기만 해요."

대충 꾸며 낸 웃음과는 명백하게 다른 웃음이 선생님 앞에서는 앞다투어 튀어나와 버린다. 예정하지 않은 감정이 어디선가 와서, 나를 지배한다. 무서운 일이 벌어지고 있는데도 그런 순간만큼은 언제나 밝디밝은 곳에 있을 수 있었다.

"선생님도오, 토가아, 정말 좋아해애."

나는 말하지도 않았는데, 먼저 고백해 줘서 귀가, 뺨이, 타오른다.

'도', ……'도'라니……. 좋아하기는, 하지만.

좋아. 선생님이, 좋아. 온갖 의미로, 좋아해.

구체적으로는 가슴을 만지고 싶을 만큼 좋아해.

선생님도 정말로, 나를 야한 눈으로 보고 있는 걸까.

술 냄새에 섞인 선생님의 체취를 맡고 눈이 빙글빙글 돌았다.

"……선생님, 이제 잘까요?"

이대로는, 선생님과 접촉을 너무 많이 해서…… 이상해질 것 같았다.

"느에에……."

선생님이 어린아이처럼 불만스러워한다.

"안 돼애. 자기 전에는, 꼭, 이 닦아야 해애애."

그러면서 갈지자로 정확하게 걸으며 목적지를 바꾼다. 비틀거리기만 할 줄 알았는데, 불안정한 걸음걸이와는 달리 정확히 세면대로 돌아갔다. 여기가 우리 집이라는 걸 알고는 있을까. 지금 선생님의 머리는 주변과 어떻게 타협을 보는 건지 상당히 흥미롭다.

"칫솔…… 어? 어떤 거지이이?"

그건 일단 접어 두고, 세면대에는 당연히 내가 쓰는 칫솔만 나와 있다. 새 칫솔을 꺼내 건네주자 눈을 동그랗게 뜨고는 굳는다.

"이거 내 칫솔 아니야. 색이 달라."

그러고는 자기 칫솔은 '이거야, 이거'라며 내 페퍼민트 색 칫솔을 집는다.

"그건……. 그래요, 선생님 줄게요."

"내 거~."

천진난만하게 승리를 자랑한다. 뭐, 아무렴 어떠랴 싶어 온 김에 이를 닦기로 했다. 새 칫솔을 입에 물면 특유의 쓴 맛이 난다. 선생님은 내가 쓰던 칫솔이어도 거북스럽지 않은 듯했다.

나란히 거울에 비친 모습을 보니, 정말로 선생님과 같이 사는 것 같아서 살짝 간지럽다.

"후오후에후어후……."

선생님이 눈을 감은 채 손을 계속 움직이고 있다. 무어라 말하고 있는 것 같은데, 입술도, 소리도 흐물흐물해서 알아듣기가 어렵다. 옆에 서서 내려다보면 의식되는 키 차이도 있고 해서, 선생님이 귀여운 생물처럼 보인다. 지금은 머리를 풀고 있어서 더 그럴지도 모른다.

난 머리를 푼 게 더 좋아. 거울 속 선생님을 보며 평가해 본다. 학교에서도 풀고 다니면 좋겠다는 마음과 이런 선생님은 나만 알고 싶다는 마음이 동시에 든다. 선생님에 관해서는 항상 이런 식이다. 아마 이런 감정을 사랑이라고 부르는 걸 거다.

나, 선생님을 정말 좋아하는구나. 거울을 보며 새삼 깨닫는다.

그건 그렇고 어려 보인다. 이러고 있는 선생님은, 상당히 어려 보인다.

서른 살에 가깝다는 생각이 들지 않는 외모에, 말투도 부드러워서 대학생이나 갓 부임한 신입 교사 같은 거리감으로 대하는 학생들이 많다. 좋게 말하면 친근하고, 나쁘게 말하면 위엄 없다. 남학생들 사이에서도 인기가 많고, 싫은 소리를 안 하니까 여학생들에게도 호감도가 균일한 편이다.

나도 예전에는 '남자들이 저런 스타일 좋아하지~' 정도로만 생각했다.

그런데 요즘은 남자애들이 선생님에 대해 저속한 얘기를 하는 걸 들으면 괜히 짜증이 난다. 짜증을 겉으로 드러내지 않으려 애써 웃으며 대화하는 게, 점점 더 힘들어지고 있었다.

남자애들은 선생님의 얼굴과 가슴과 엉덩이 얘기를 좋아한다.

그 심정은 이해한다. 수업 중에 선생님의 엉덩이를 눈으로 좇는 건 나도 마찬가지니까.

요컨대 동족 혐오이다. 아마도.

의미 모를 말을 하며 양치질하는 선생님을 곁눈질로, 거울 너머로, 힐끔힐끔 훔쳐본다.

부드럽게 허물어진 교사가 아닌 얼굴이 눈길을 끌어당긴다.

예쁘다…… 예뻐. 정말로. 몇 번이고 곱씹는다.

학교에서 본 선생님은, 주위에서 평가하는 만큼 우호적이라고 생각지 않았다. 적어도, 예전에는.

상냥해 보이기는 하지만, 온화하다고 해야 하나, 담담한 분위기가 느껴졌다. 웃기는 웃는데 어쩐지 즐거움이 전해지지 않는 듯했다. 그런데 이건 거리를 두고 지켜봤을 때의 감상이고 실제로 마주해서 이런저런 모습을 겪어 보니, 아주 사랑스러운 얼굴을 보여 주는, 정말로 상냥한 사람임을 알게 되었다. 상대를 배려하는 법을 굉장히 잘 아는 사람이라 그게 고스란히 전해져서 나도 모르게 마음을 터놓게 된다. 오늘 점심시간에도 거절당한 나보다 더 슬퍼 보이고, 열심인 모습이, 정말…… 좋다. 좋다는 마음밖에 안 든다.

그런 선생님이 술에 취했다고는 해도 우리 집에서 자고 간다니…… 두근거린다.

그보다 아직도 팬티를 벗은 상태다.

지금 거울에 비치는 사람의 치마 속을 의식하자, 심장이 두 배로 두근두근한다.

선생님과 엮인 뒤로 선생님을 생각하는 시간이 내 모든 무료한 시간을 점유해 갔다.

야구 글러브를 사 와서는 살짝 기뻐하며 내게 보여 주었을 때.

'아, 좋아지겠다'라는 예감이 들었다. 미모도 상냥함도, 마음을 빼앗기기에는 충분했다.

캐치볼을 할 때, 공을 잘 받으면 살짝 우쭐해하며 웃는 선생님을 몇 번이고 보고 싶어졌다.

나를 진심으로 걱정해 주는 선생님이 전혀 부담스럽지도, 귀찮지도 않고, 가슴이 벅차오를 만큼 스민다. 열 살이나 많은 사람의 사소한 몸짓 하나하나가 사랑스럽게 느껴지는 그때부터 이미 꽤 깊이 빠졌음을 자각했다.

아무리 좋아해도 상대방은 선생님이고, 유부녀라 어찌할 수 없는 것투성이였다. 그래도 그다지, 비관적이지 않았던 이유는 어쩌면 선생님도, 나를 좋아한다. 태도가 나와 좀 비슷하니까.

그래서 어떻게든 되지 않을까 하고 막연하게 생각했다.

어떻게 되면 큰일이지만, 그런 건 별로 생각하지 않았다.

아무 일도 일어나지 않는 편이, 나한테는 훨씬 더 불행한 일이니까.

아까도 정말 좋아한다고 말했지만, 그 말은 믿지 않는다.

주정뱅이의 말은 신용할 수 없다. 엄마도 예전에 가끔 집에 돌아왔을 때, 예외 없이 술에 잔뜩 취해 있었으니까. 이제 와 생각하면 집에 와 있었던 것은, 만취해서 판단력이 흐려져서 그랬을 뿐이었다. 그런 사람이더라도, 나는 엄마를 미워할 수 없다. 미울 만큼 얼굴을 본 시간이 적은 탓일지도 모른다.

양치질을 마친 선생님이 입안을 헹구고 졸린다고 중얼거린다.

"죠려어~."

"가요, 졸리면 자러 가요."

선생님의 칫솔을 정리하고 내 칫솔도 정리한다. 선생님이 아까 화장실을 가기 전처럼 손을 번쩍 들었다.

"침대 빌려 쓸게!"

"그래요, 그럼, 침대 있는 데까지 가요, 선생님."

"우웅."

흐느적거리는 대답이 어디를 향한 건지 알 수가 없다. 침대가 있는 곳은 내 방뿐이다. 예전에는 엄마 방에도 침대를 두었다가 돌아오지 않는다는 걸 받아들이고부터는 시트도 빨지 않는다. 엄마가 안 돌아오는 데는 나름대로 이유가 있으리라고 여겼는데 그런 게 아니고 그냥 나에게

별로 관심이 없을 뿐이라는 걸 깨달았을 때는, 조금 서글
펐다.

선생님의 손을 이끌고 2층으로 데려간다. 계단을 오르다
선생님은 또다시 다리를 부딪쳐서 하마터면 굴러떨어질
뻔했다. 내일 아침에 선생님 다리는 멍이 들어 색이 끔찍
할 것 같다. 다리도 예쁜데, 더 소중히 다뤄 주면 좋겠다.

선생님을 내 방으로 안내했다. 복도에서 들어오는 희미
한 불빛만으로도 방 안을 어렴풋이 확인할 수 있었다. 내
방에, 선생님과 술 냄새가 뒤섞인다. 선생님은 졸린 눈으
로 침대를 내려다보고는,

"아아."

긴장 풀린 탄사를 뱉었다.

"내 방이다아."

"……네, 그래요, 그래. 선생님 방이에요."

선생님 방과 비슷한가 하고 익숙한 내 방을 힐끗 본 뒤,
선생님을 침대에 앉힌다. 선생님은 앉고 나서도 흔들흔들,
헤벌레헤벌레 했다. 술기운이 쉽게 가시지 않을 듯하다.
그런데도 선생님 옆에 앉고 나니, 침대에 앉아 있다는 게
의식돼서 조금 긴장됐다. 너무 가까워서, 이불 위에 올린
손끝이 맞닿을 것 같았다.

……잠깐, 나는 앉을 필요 없잖아. 어차피 오늘은 여기
서 못 잘 텐데.

선생님이 나를 가만히 응시한다. 그 눈빛이 점점 가늘어

지며, 강해진다.

"토가아, 언제까지 밖에 있을 거야. 집으로, 가야지이."

"선생님에게 그런 말 들으니까 곤란한걸."

도대체 어디로 가라는 걸까. 선생님이야말로 집에 안 가도 되나 싶은데.

안 가면 좋겠다는, 생각도 했다.

비틀대며 집으로 돌아가 남편에게 안기는 선생님을 상상하니, 위의 아랫부분이 바짝 조여 온다.

선생님은 잔소리를 늘어놓다가 갑자기, 우물쭈물 코를 훌쩍이며 내 어깨를 붙잡았다.

"오늘 일은 미안. 점심시간에 말이야, 마음 같아서는 토가아하고……."

"네……. 네, 그렇지만 선생님도, 일이 있으니까……. 응, 기뻐요."

선생님이 나를 원해 준다는 사실이 기쁨이 땀처럼 흥건하게 살갗으로 떠오른다. 선생님은 내 등을 쓰다듬으며 연신 미안하다고 사과하며 얼렀다. 너무 가까워서, 좀처럼 땀이 멎지를 않았다. 따뜻한 돌을 만지는 것처럼, 후텁지근함과는 다른 무언가가 나를 감싼다.

"……오늘, 동네를 배회하는데 모르는 사람이 말을 걸었어요."

안도감이 나를 안아서 그러는지, 살짝 불안했던 이야기를 털어놓고 만다.

“원조 교제 하재?!”

분노로 충혈된 선생님의 눈동자가 미동이 없어서 무서웠다.

“아니에요, 아예 모르는 사람이었어요. 술 취했는데 나를 보더니…… ‘이래서 말이야, 어쩌고가 고생하는 거라니까’ 라며 소리를 질렀어요. 그래서 무서워서 바로 도망쳤어요.”

집에 일찍 오기를 잘했다고 지금은 생각한다. 덕분에 이렇게 선생님을 맞이할 수 있었으니까.

이상한 아저씨와의 우연한 만남에 감사하기로 했다.

“그것 봐! 그러니까 위험하다고 했잖아……. 응?”

선생님의 손이 안 놓지 않겠다는 듯이 내 볼을 감싼다.

“토가아, 듣고 있어?! 그런 일이 생기니까, 생기면 어떻게 될 것 같아!”

선생님은 진심으로 나를 걱정할 때, 대개 화를 낸다.

그때마다, 선생님 눈이 나만을 비춘다는 걸 알아 가슴이 떨린다.

“어떻게 되는데요?”

되묻는다. 여고생을 노리는 나쁜 어른을 맞닥뜨리면.

나는 어떻게 되는 걸까.

침대 위에서, 선생님에게 묻는다.

선생님의 손에 닿자, 흐릿하고 멍한 눈빛이 어둑한 공간 속에서 흔들렸다.

“어떻게 되긴…… 여기를, 이렇게 해서…….”

웅얼웅얼 입을 움직이며 내 어깨를 민다. 움직인 몸보다 한발 늦게 높은 곳에서 심장이 아프다. 뒤처진 심장을 허공에 남긴 채 껍데기만 남은 몸이 침대에 가볍게 가라앉았다. 심장과 이어져 있지 않아 의미 없는 호흡이, 입만 벙긋거리는 것처럼 반복되었다.

선생님의 가느다란 손가락에, 눕혀졌다.

흘러내리는 머리카락과 함께 의식이 흩어지는 것처럼, 머릿속이, 새하얘져 간다.

술 냄새 섞인 숨결이 바로 위에서 불어와, 속눈썹을 간지럽힌다.

"이렇게 되니까…… 더 저항해야지……."

선생님의, 얼굴과 그림자가 무기력하게 떨어진다.

"저항해야지……. 토가와, 저항해야 한다니까……."

"안 하면, 어떻게 되는데?"

나는 멈추지 않는다. 선생님에게 계속해서 묻는다.

나는 선생님을 원해.

선생님은?

선생님의 눈이 깊은 바닷속처럼, 어둡게 가라앉는다. 빛이 없는 눈동자가, 내 입술을 응시하고 있다. 경직된 손가락 끝이 어깨뼈를 확인하듯 강하게 눌렀다. 선생님의 날숨이 기다리기 힘들다는 듯이 점점 더 거칠어진다.

뭐가 보이는지도 모르는, 의식이 술에 잠긴 사람에게 말해 봤자 의미가 없다.

알지만.

"좋아해, 선생님."

진심을 담아 고백한 건, 이번이 처음이었다.

순간, 선생님의 얼굴이 울상으로 일그러졌다.

입술이 소리 없이 움직인다.

'나도'라고 한 것 같다.

싫지 않았다.

무섭지도 않았다.

그저, 두근거리기만 했다.

좋아하는 사람과 하는 키스가, 커다란 그림자를 드리우며 내려온다.

다소 볼품없이 착륙한 그것은, 술 냄새를 연기처럼 퍼뜨렸다.

꾹, 아랫입술이 서로를 짓누른다. 선생님의 긴 머리가 퍼져 내려 우리의 숨결을 가둔다. 선생님은 내 입술의 감촉에 겁을 집어먹었는지 얼굴을 떼었다. 그래 봤자 바로 코앞이었다.

"이렇게, 된단 말이야."

"……끝?"

몸을 일으키려는 선생님의 팔꿈치를 붙잡고 거리를 유지한다.

"선생님, 가르쳐 줘."

콧날이 반듯하다든가, 속눈썹을 관리하고 있다든가,

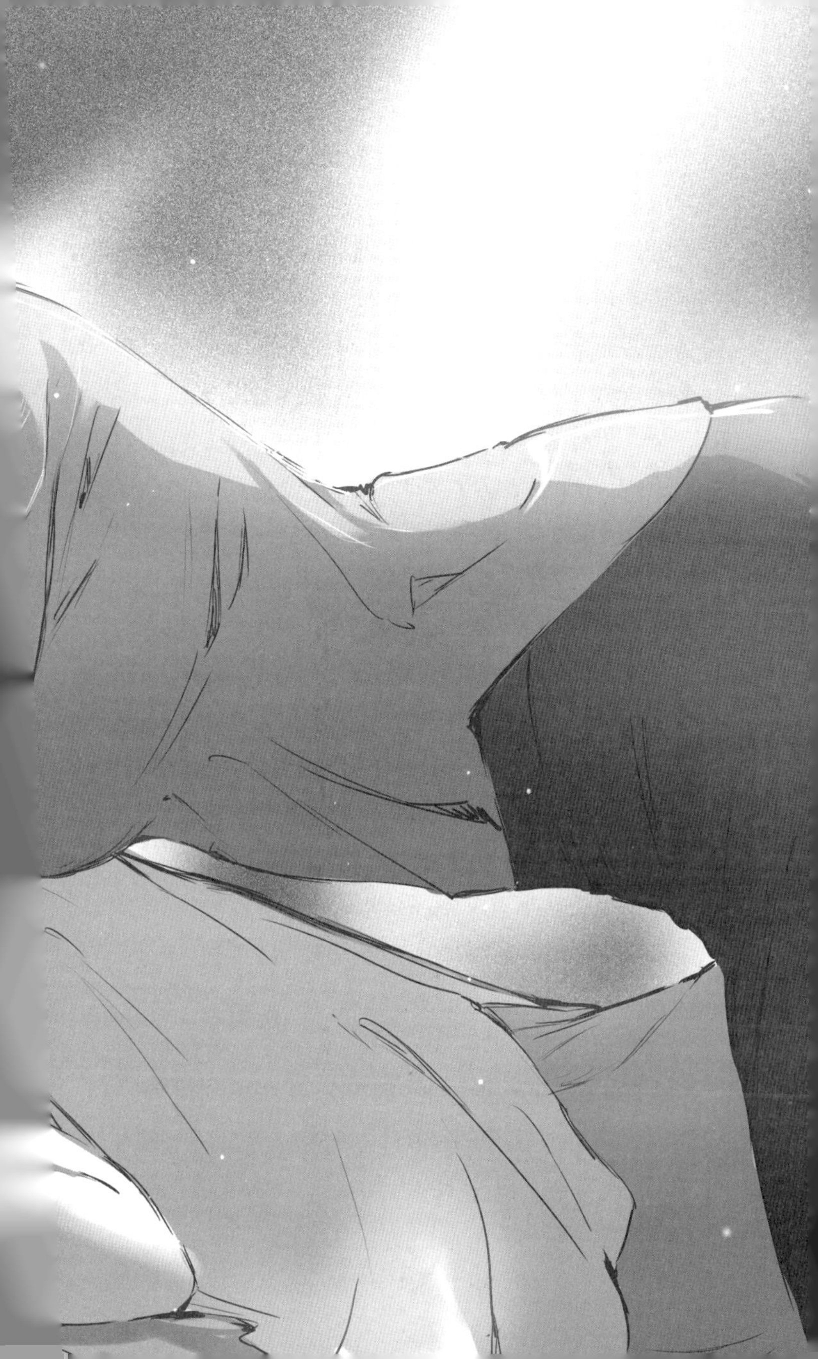

가까워져야 알게 되는 것들이 많다. 더 가까워지면, 나는 무엇을 알게 될까.

입술이, 선생님과 한 번 더 포개지고 싶다며 움찔움찔한다.

"토가와."

그렇게 속삭이고는 선생님이 다시 한번 나를 덮으며 입술을 포개 온다. 방금보다 더 거칠고, 격렬하게.

눈이 반짝반짝 점멸한다.

내 혀 위에 선생님의 혀가 있었다.

접촉의 한계를, 혀가 거뜬히 침범한다.

선생님이, 내 안으로 들어온다.

그 인식은 확실하게, 뇌를 해롭게 했다.

선생님의 혀가 나의 입안을 훑고 다닌다. 모조리 음미하듯 여기저기를 핥고 달아나려는 혀를 붙잡아, 넘칠 듯한 거품과 침이 입술 틈에서 부서지며 음란한 소리를 내었다. 선생님과의 키스. 꿈이 아니다. 선생님의 혀가 있다. 선생님의 손이 내 얼굴을 안 놓치려 잡고 있다.

담임 선생님과 침대 위에서 겹쳐 있다.

그리고 선생님이 나보다 더 익숙하다는 것에, 심장이 터질 뻔했다.

"토가와……."

절절하게, 나를 부른다. '토가와, 토가와' 하며 몇 번이나. 뭣 때문에 빨개졌는지 모를 뺨과 촉촉한 눈동자가 지그시, 내 가슴을 내려다본다.

“아.”

선생님의 손에 셔츠가 걷어 올라갔다. 선생님의 손에. 선생님의 손으로. 브래지어도 차지 않아서 감출 수도 없는 가슴을 선생님이 빤히 내려다본다. 같은 여자인, 선생님이 눈을 돌리지 않는다.

신경 쓴 속옷 하나조차 준비하지 못한 채, 굴러떨어져 흘러가는 흐름 속에서.

내 방에서, 공상이 아닌 선생님의, 진짜 손이 가슴에 낳으려 한다.

“후아, 아…….”

입술 윤곽이 떨려 소리로 나오지 않는다. 선생님이 내 가슴을 밀어 올리듯이 만져 온다. 선생님의 손길에 맞춰 내 가슴 모양이 바뀌는 것을 눈앞에서 보니, 머릿속에서 무언가가 잘가닥잘가닥 재조립되는 소리가 난다. 안팎으로 급격한 변화가 일어나지만, 내가 따라잡는 것을 기다려 주지 않는다.

나도 모르게 다리를 버둥거리며 몸부림친다. 선생님이, 내 가슴을 빨아들인다. 선생님의 콧김이 가슴을 미끄러져 내려와 쇄골을 어루만졌다. 나는 필사적이었고 선생님은 몰두했다. 마치 잠행하듯 몸과 숨을 내게 가라앉힌다. 더 는 내 이름을 부를 여유도 없는지 말이 없어졌다.

술이 깼나 했으나 여전히 홍조가 오른 얼굴로 내 몸을 탐하며 물고 늘어진다. 담임 선생님이 내 몸을 정성스레 핥는 모습은 선정적인 걸 떠나 뇌가 아득해졌다.

지금은 선생님이 내 가슴을 펼쳐 가슴골의 땀을 핥고 있다. 눈을 감고 성심껏, 음미하듯 핥는 모습을 가까이서 보니, 눈물이 나올 만큼 부끄러운데도 눈을 뗄 수가 없다. 선생님이 술에 취해서 다행이라고 진심으로 생각한다. 그 술 냄새가 나를 이따금 되돌아가게 해 준다. 선생님이 맨정신이어서 선생님의 체취를 한껏 들이마셨다면 내 머리는 손 쓸 수 없을 만큼 새하얗게 타 버리고, 말을 잃었으리라.

선생님이 내 가슴을 맛보며 손을 다리 쪽으로 뻗는다. 눈꼬리로 가까스로 그를 알아차리자마자 비명이 터져 나온다. 선생님 손이 닿은 곳에, 또 다리가 버둥대었다.

"선생님, 선생님……."

몰아붙이는 미지의 경험에 겁을 먹고 선생님을 불렀다. 선생님 역시도 숨이 가빠서 배려할 여유조차 없는 듯 보였다. 선생님이 내게서 멀어진다. 쫓아가려는데 나보다 더 빠르게 선생님의 손가락이 내 바지에 걸린다. 뭘 하려는지 알아서 손이 반사적으로 얼굴을 감싼다.

선생님의 손에, 바지와, 팬티가 벗겨져 나간다. 그동안 나는 내내 손으로 얼굴을 감싸고 있었다.

힉, 힉 하는 신음만이 잇새로 새어 나갔다.

하반신에 바람이 잘 통하자, 창피해 죽을 것 같았다. 물론, 벗기는 것만으로 그치지 않았다. 미지의 접촉이 주는 감각에 손가락 사이로 조심스레 확인하니.

“…………아.”

내 가랑이 사이에 얼굴을 묻고 올려다보는 선생님의 눈과 마주쳤을 때, 무언가가 확실하게 고장 났다.

TV가 전원 케이블이 끊어진 것처럼 뚝, 소리와 함께 빛이 사라졌다.

“아핫.”

선생님이 짧게, 다리 아래를 파고들 듯 예리한 각도의 소리를 가끔씩 내고 있다. 솔직히 말해서, 상스러운 소리였다. 부정이었다. 내가 아는 선생님과 너무 달라서, 무섭다.

그래도 나를 단지 원하는 것에, 충만해진다.

정말로 나라면.

상대가 누군지도 모르고 그저 맛보는 것에 지나지 않나 하는 불안감에.

선생님을, 부른다.

“선생님, 내가 누군지, 알아?”

선생님이 약간 충혈된 눈으로 내 얼굴을 흘끗 본다. 그러고는 쓱, 다리 아래서부터 위쪽으로 몸을 기울여 얼굴을 가까이 가져온다. 입가가 처덕처덕한, 그렇지만 내가 아는 선생님이었다.

“토가아.”

“응.”

“외로움 잘 타는, 귀여운, 토가와.”

선생님이 내 앞머리를 젖히고 입술을 포개 온다. 숨결이 밀려 들어와 내 입안에서 맴돈다.

"좋아해, 좋아해……. 좋아해, 좋아해, 좋아, 좋아해, 좋아해……."

선생님이 내 머리를 끌어안고 머리를 헝클며 사랑을 속삭인다. 취기와는 다른 열기가 선생님의 눈과 뺨을 녹여 내는 게 보였다. 지금의 내 표정과 분명 같은 표정이었다.

"좋아해, 좋아……. 좋아, 좋아, 정말 좋아, 좋아해, 정말……."

감정이 극에 달하면 단순한 말밖에 안 나온다. 어휘나 미사여구 따위를 고를 여유가 없다. 빈틈없이, 사이가 뜨지 않게, 끝없이, 그저 전하고 싶은 마음만이 넘쳐흐른다.

키스를 반복하며 서로 몸을 꼬고, 겹치고, 얽힌다. 혼자서 누우면 적당한 침대가 둘이 눕기에는 비좁아서 몇 번이고 팔다리를 벽에 부딪혔고, 그때마다 우리는 '좋아해'를 주고받았다.

내일이 되면 선생님은 분명, 오늘 밤을 전혀 기억하지 못하리라.

하지만 나는, 오늘 밤을 잊을 수 없다.

선생님에게 안긴다는 의미를 알아 버렸으니까.

행복이 구체적인 형태를 갖춘다는 것은, 간단할까, 아니면 손에 넣기 어려울까.

선생님은 내일이 오면 이 집을 떠난다.

나와 만나기 전에 꾸린 가정으로, 돌아간다.

"선생님……."

계속, 여기에 있어.

그 바람을 입 밖으로 내려고 해도 선생님의 혀와 입술에 막혀 버린다.

나에게는 보장이 없다.

선생님의 삶을 보장해 줄 수 있는 것이, 지금은 하나도 없다.

그런 나는, 무엇을 할 수 있을까.

선생님이, 돌아올 수 있는 곳이 되기 위해서는.

후기

안녕하세요.

이게 올해 처음 낸 책이라는 걸 알고 놀랐습니다. 이루마 히토마입니다.

올해도 잘 부탁드립니다.

이 작품은 '카쿠요무라는 걸 하니까 뭣 좀 써 주세요!'라는 요청을 받고 '맡겨만 달라!'며 집필한 것입니다. 카쿠요무에서 장르를 확인해 주셨으면 하는데요, 러브 코미디로 분류되어 있습니다. 그러니까 이번 작품은 제 망언이 아니라, 정말로 순정(純正) 러브 코미디입니다.

처음부터 길게 끌고 갈 유형의 이야기는 아니라고 생각하며 쓰기 시작해서 다음 권에서 완결을 내려고 구상 중입니다. 그러니 혹 괜찮으시다면 끝까지 함께 해 주세요.

기혼자를 주인공으로 한 이유는 제가 지금까지 써 온 작품 중에서도 이번이 처음이 아닐까 싶네요. 아니, 단편까지 포함하면 있을지도 모르겠군요……. 잘 모르겠습니다. 제가 이제까지 뭘 해 왔는지……. 뭐, 그건 그렇다 치고 이렇게 불성실한 이야기도 써 보니 나름 재미있네요. 이치고하라 선생님은 그렇게 나쁜 사람이……. 아니, 꽤 나쁜 사람이기는 한데 천성은 선한 면이 있는, 평범한 사람입니다. 그런 사람이 왜 계속해서 잘못된 선택을 하는가 하는 심리적인 부분을 열심히 써 보았습니다만, 표현이 잘되었는지는 고개를 갸웃하게 됩니다. 아무튼 글 자체는 실력이 많이 늘어서 저에게 감탄했습니다. 역시 아무 생각 없이 계속 쓰다 보면 언젠가는 실력이 느는군요. '꾸준함이 힘이다'라는 말이 딱이네요.

그러고 보니 후기를 쓰는 것도 정말 오랜만인 것 같습니다. 기본적으로 후기는 쓸 말이 없어서 안 써도 되면 그냥 넘어가는데 이번에는 써 달라고 해서 이렇게 키보드를 달각달각 두드리고 있답니다. 아직도 독수리 타법을 씁니다. 엔터 키를 누를 때만 중지가 쓱 나타나서 열심히 일한 척하는 게 요즘 좀 신경 쓰이는군요.

그럼, 읽어 주셔서 감사합니다.

일러스트를 담당해 주신 네코야시키 씨에게도 감사합니다.

속편도 너무 오래 기다리시지 않게 내려 합니다.

또 만나요!

이루마 히토마

HITOZUMA KYOSHI GA OSHIEGO NO JOSHIKOSEI NI DOHAMARI
SURU HANASHI vol.1

©Hitoma Iruma 2024
Edited by 전격 문고
First published in Japan in 2024 by KADOKAWA CORPORATION, Tokyo.
Korean translation rights arranged with KADOKAWA CORPORATION, Tokyo.

유부녀 교사가 여고생 제자에게
푹 빠지는 이야기 1

2026년 4월 30일 1판 2쇄 발행

저　　　자 이루마 히토마
일 러 스 트 네코야시키 푸시오
옮 긴 이 변성은
발 행 인 유재옥
담 당 편 집 정영길

이　　　사 조병권
출판본부장 박광운
편 집 1 팀 박광운
편 집 2 팀 정영길 조찬희 박치우
편 집 3 팀 오준영 이소의 권진영 정지원
디 자 인 랩 팀 김보라 전세연
디지털사업팀 김지연 윤희진 장혜원
콘텐츠기획팀 강선화
라이츠사업팀 김정미 이지현 유아현
영업마케팅팀 최원석 윤아림
물 류 팀 백철기
경영지원팀 최정연
인쇄제작처 ㈜코리아피엔피
발 행 처 ㈜소미미디어
등　　　록 제2015-000008호
주　　　소 서울시 마포구 토정로222, 502호 (신수동, 한국출판콘텐츠센터)
판매 및 마케팅 (070) 8822-2301

ISBN 979-11-384-3874-2 04830
ISBN 979-11-384-3873-5 (세트)